瀛奎律髓彙評

二

〔元〕方　回　選評
李慶甲　集評校點

上海古籍出版社

瀛奎律髓彙評卷之九　老壽類

香山九老之會，洛陽耆英繼之，此盛事也。予嘗羨慕近世詩人曾茶山、陸放翁、趙昌父、滕元秀、劉潛夫，皆年八十以上，而放翁之壽爲最高，故多取放翁詩云。

紀昀：此卷太寥寥。

李光垣：原闕五言。

七言 八首

胡吉鄭劉盧張六賢皆多年壽予亦次焉偶於敝舍合成尚齒之會七老相顧既醉且懽静而思之此會世所稀有因成七言六韻詩以記之傳好事者

白樂天

七人五百七十歲，拖紫紆朱垂白鬚。囊裹無金莫嗟嘆，樽中有酒且歡娛。詩吟兩句神還壯，酒飲三杯氣且粗。嵬峨狂歌教婢拍，婆娑醉舞遣孫扶。天年高邁二疏傳，人數多於四皓圖。除却三山五天竺，人間此會更應無。

方回：胡杲年八十九，吉旼〔一〕年八十六，鄭據年八十四，劉貢〔二〕年八十二，盧貞年八十二，張渾年七十四，白居易年七十四。元注：「已上七人合五百七十歲〔三〕。會昌五年三月二十四日於白家履道宅同宴，宴罷賦詩。時秘書監狄兼謨、河南尹盧貞，以年未七十，雖與會而不及列。」予按會者九人，狄兼謨、盧貞以年未七十不著於詩，雖名七老，實九老也。故世傳九老圖云。且一時有同姓名者，亦可謂異矣。

查慎行：按白集諸公年齒小異。○按白集九老圖詩自序，云「其年夏又有洛中遺老李元爽年一百三十六歸洛，僧如滿年九十五年貌絶倫，同歸故鄉，亦來斯會，續命書姓名、年齒，寫其形貌附於圖右，與前七老題爲九老圖」云云。據此則狄、盧二公始終不列九人之數，虚谷第未深考，故訛注如此。

馮班：天竺何與老人事？

紀昀：此以盛事見傳，其詩殊不足取，不宜選以爲式。○三句太鄙。

睢陽五老圖

杜祁公

五人四百有餘歲，俱稱分曹與掛冠。天地至仁難補報，林泉幽致許盤桓。花朝月夕隨時樂，雪鬢霜髯滿座寒。若也睢陽爲故事，何妨列向畫圖看。

方回：杜衍八十歲。王焕九十歲。畢世長九十四。馮平八十七。朱貫八十八。

查慎行：睢陽五老，年皆八十以上。

陸貽典：如三、四等句，何害乎宋？

無名氏（甲）：此下二首，只歐公第六句佳。

借觀五老圖次韻

歐陽永叔

脱遺軒冕就安閒，笑傲丘園縱倒冠。白髮憂民雖種種，丹心許國尚桓桓。鴻冥得路高難慕，松老無風韻自寒。聞説優游多倡和，新篇何惜盡傳看。

查慎行：五老圖和章甚多，載孫紹遠聲畫集。不獨歐陽公，此外尚多可采者。

紀昀：五、六好。

耆英會

文潞公彦博

九老舊賢形繪事，元豐今勝會昌春。垂肩素髮皆時彦，揮麈清談盡席珍。染翰不停詩思健，飛觴無算酒行頻。蘭亭雅集誇修禊，洛社英游賞序賓。自愧空疏陪几杖，更容欵密奉簪紳。當筵尚齒尤多幸，十二人中第二人。

方回：富弼七十九，彦國。文彦博七十七，寬夫。席汝言七十七，君從。王尚恭七十六，安之。趙丙七十五，南正。劉几七十五，伯壽。馮行已七十五，肅之。楚建中七十三，正叔。張問七十，昌言。王拱辰七十一，君貺。王謹言七十二，不疑。張燾七十，景元。司馬光六十四，君實。

查慎行：耆英會十三人，年齒無踰八十者。

無名氏(甲)：通行詩説得玄，無疵累足矣，未暇進而語上也。

七十

陸放翁

七十殘年百念枯，桑榆元不補東隅。但存隱具金鴉嘴，那夢朝衣玉鹿盧。身世蠶眠將作繭，形容牛老已垂胡。客來莫問先生處，不釣娥江即鏡湖。

紀昀：語自風華，然終帶甜熟之味。

無名氏(甲)：此首略能造句，然氣局亦隘，以下尤無足觀，俱可汰也。

枕上作

龍鍾七十豈前期，矮帽枯筇與老宜。愁得酒巵如敵國，病須書卷作良醫。登山筋力雖尤健，閉户工夫頗自奇。今日快晴春睡足，卧聽簷鵲已多時。

紀昀：此詩又見「春日類」中。此較單薄。

八十三吟

石帆山下白頭人，八十三回見早春。自愛安閒忘寂寞，天將强健報清貧。枯桐已爨寧求識，敝帚當捐却自珍。桑苧家風君勿笑，他年猶得作茶神。

紀昀：此穩適。

戲遺老懷

平生碌碌本無奇，況是年垂九十時。阿囝略如郎罷意，稚孫能伴太翁嬉。花前騎竹强名馬，階下埋盆便作池。一笑不妨閒過日，歎衰憂死却成癡。

方回：昌黎詩：「老翁真箇似童兒，汲水埋盆作小池。」亦此謂也。

馮班：用韓語。

紀昀：即用此事。

馮班：第三句，作詩何得用蠻語？

何義門：唐人顧況集中有囝一篇，内云「囝别郎罷」，此放翁所本。

紀昀：語殊潦倒。○自是真語，然亦太盡。

校勘記

〔一〕吉旼　查慎行：白集作「皎」，唐書本傳同。〔二〕劉貢　查慎行：白集「貢」作「真」。

〔三〕七人合五百七十歲　查慎行：香山集首句云：「七人五百八十四。」

瀛奎律髓彙評卷之十　春日類

「春日遲遲，我心傷悲。」見於豳詩。「目極千里傷春心。」見於楚辭。皆情之所感也。浴沂詠歸，不失其性情之正，在於知道之君子。

紀昀：此序無聊塞責，「浴沂」三語，尤夸而迂。

五言　六十首

奉和聖制春日剪綵花勝應制

宋之問

金閣裝仙杏，瓊筵弄綺梅。人間都未識，天上忽先開。蝶繞香絲住，蜂憐粉豔回。今年春色早，應爲剪刀催。

方回：律詩至宋之問，一變而精密無隙矣。此詩流麗，與太白應制無以異也。

馮舒：律詩成於沈、宋，乃曰至宋之問，誤矣。

馮班：律始於沈、宋，何言至宋之問一變耶？○五言律沈、宋高於太白。

韓鄢元：一偏之見。詩以志爲主，修辭次之。唐至李、杜勃興，始掃盡綺靡之習。兩馮君寢饋六朝，未免溺於詞人之見，宜其以沈、宋爲正宗，以李、杜爲變調也。

紀昀：不及太白之自然。

馮舒：此之謂盛唐，較太白爲穠厚。

查慎行：「裝」、「弄」二字與結處「剪刀」二字脈絡相貫。

紀昀：題本細巧，詩不得不以刻畫點綴爲工，雖初唐巨手亦不能行以渾朴。故詩亦因題而作，詩亦貴擇題。○「繞」、「憐」二字有何奇巧而圈之？〔案：方回於五、六「繞」、「憐」兩字加圈。〕初唐之詩亦爲强標句眼，可謂日鑿一竅矣。

許印芳：論皆允當。○太白宮中行樂詞，秀骨天成，他人萬不及也。

許印芳：宋之問，字延清，弘農人。善五言詩。官越州長史，坐附張易之及武三思，貶徙賜死。友人武平一纂其詩。

春日宴宋主簿山亭

公子正邀歡，林亭春未闌。攀巖踐苔易，迷路出花難。窗覆垂楊暖，階侵瀑水寒。帝城歸路直，留與接鴛鸞。

方回：「迷路出花難」，佳句也。

紀昀：三句太笨，似先得下句而强對之。

和晉陵丞〔一〕早春遊望

杜審言

獨有宦遊人，偏驚物候新。雲霞出海曙，梅柳度江春。淑氣催黄鳥，晴光轉緑蘋。忽聞歌古調，歸思欲霑巾。

方回：律詩初變，大率中四句言景，尾句乃以情繳之。起句爲題目。審言於少陵爲祖〔二〕，至是始千變萬化云。起句喝咄響亮。

馮班：方君不知律詩首聯是破題，何也？

馮班：真名作。○次聯做「游望」二字，無刻畫痕。

紀昀：起句警拔，入手即撇過一層，擒題乃緊，知此自無通套之病，不但取調之響也。末收「和」字亦密。

次北固山下

王灣〔三〕

客路青山外，行舟緑水前。潮平兩岸闊〔四〕，風正一帆懸。海日生殘夜，江春入暮年〔五〕。鄉書何處達？歸雁洛陽邊。

方回：唐人芮挺章天寶三載編次國秀集，唐書藝文志、宋崇文總目中無之。元祐三年戊辰劉景文得之鬻古書者，以傳曾彥和，曾以傳之賀方回，題云次北固山下作，於王灣下注曰：洛陽尉。而天寶十一載殷璠編次河岳英靈集取灣詩八首，此爲第六，題曰江南意，詩亦不同，前四句曰：「南國多新意，東行伺早天〔六〕。潮平兩岸失，風正一帆懸。」世之所稱「海日」、「江春」一聯同外，尾句不同，曰：「從來觀氣象，惟向此中偏〔七〕。」似不若國秀之渾全，兼殷璠語亦不成文理，可笑云。

馮舒：「失」字别致。

馮班：方君云「前四句曰」云云，應從此。

何義門：方説「不若國秀之渾全」，非是。

紀昀：二句最拙。○「闊」一作「失」，然「失」字有斧鑿痕，唐人不甚用此種字，歸愚主之，未是。

馮班：腹聯絶唱。○北固山絶唱。

查慎行：大曆以後無此等氣格矣。

何義門：不惟名句，而亦治象。武、韋繼亂，忽覩開元之政，四海皆目明氣蘇也。

紀昀：五、六全是鍛煉工夫。

無名氏(甲)：北固山，在鎮江。

許印芳：王灣，字未詳，洛陽人，官洛陽尉。

晚春嚴少尹諸公見過

王右丞

松菊荒三徑，圖書共五車。烹葵邀上客，看竹到貧家。雀乳先春草，鶯啼過落花。自憐黄髮暮，一倍惜年華。

方回：三、四唐人不曾犯重，極新。第六句尤妙。

馮班：三、四用事不覺。

陸貽典：三、四用事，天然湊合。

查慎行：「過」字千錘百煉，而出以自然。

何義門：三、四使事不覺。

紀昀：句句清新而氣韻天成，不見刻畫之迹。○五、六句賦中有比，末句從此過脈，渾化無痕。

無名氏(甲)：宋玉賦：「逆旅之女謂之曰：『上客遠來，無乃飢事。』乃炊雕胡之飯，烹露葵之羹以食之。」「露葵」即蓴菜。

春日江村　杜工部

農務村村急，溪流岸岸深。乾坤萬里眼，時序百年心。茅屋還堪賦，桃源自可尋。艱難昧生理，飄泊到如今。

馮班：五詩萬鈞之力。

何義門：「萬里」、「百年」本王子安，用意在「心」、「眼」二字，分貼江村春日。○第一句「江村」起。第七句：賤。

紀昀：五詩實非高作。

迢遞來三蜀，蹉跎又六年。客身逢故舊，發興自林泉。過懶從衣結，頻游任履穿。藩籬頗無限，恣意向江天。

何義門：首句頂「飄泊」。次句到今。後半極寫「興」字，暗寓「蹉跎」。○此篇「故舊」乃裴冕，下則嚴武。

種竹交加翠，栽桃爛熳紅。經心石鏡月，到面雪山風。赤管隨王命，銀章付老翁。豈知牙齒落，名玷薦賢中。

何義門：林泉之興可得而奪者，以屈在幕府，猶服王官，豈以生理艱難昧所從乎！

無名氏（甲）：石鏡、雪山，皆蜀地。

扶病垂朱紱，歸休步紫苔。郊扉存晚計，幕府愧羣材。燕外晴絲捲，鷗邊水葉開。隣家送魚鱉，問我數能來。

何義門：本依故舊，苦遭輕薄，仍以林泉爲適志耳。「存晚計」猶言保晚節，故隱其詞。○末句「來」字反呼，懷去。

紀昀：「燕外」「鷗邊」亦是有意求新，從延清「宿雲鵬際落，殘月蚌中開」化出。前人未始不相師，但不似後人偷句耳。

羣盜哀王粲，中年召賈生。登樓初有作，前席竟爲榮。宅入先賢傳，才高處士名。異時懷二子，春日復含情。

方回：此五詩成都草堂作，依嚴武爲工部參謀時也。末篇引王粲登樓、賈誼「前席」事，蓋謂信美而非吾土，如依劉表而非其心，猶有意賈生之召也。故他日詩曰：「白頭趨幕府，深覺負平生。」或問老杜詩如此等篇，細觀似亦平易。自山谷始學老杜，而後山繼之。「山谷學老杜而不爲」，此後山之言也，未知不爲如何？後山詩步驟老杜，而深奥幽遠，咀嚼諷詠，一看不可了，必再看，再看不可了，必至三看、四看，猶未深曉何如〔八〕者耶？曰：後山述山谷之言矣，譬之弈焉，弟子高師一着，始及其師。老杜詩所以妙者，全在闔闢頓挫耳，平易之中有艱苦。若但學其平易，而不從艱苦求之，則輕率下筆，不過如元、白之寬耳。學者當思之。

馮舒：一看已了，再看、三看愈不了，方是老杜妙處。若一看不可了，再看、三看猶未深曉，恐便入鬼道。○反謂黄、陳高於老杜，寃哉！○元、白何嘗寬？

馮班：夢語可厭。此五首何嘗平易？○此論亦深，然謂元、白輕率，未知唐人之妙處也。學陳、黄易耳，元、白難近也。元、白豈陳、黄可及耶？○白公妙在寬，元亦未嘗寬。○少陵本傳及他書皆云至蜀依嚴武，未見云爲武參謀，且「工部參謀」四字尤可異。

查慎行：不但知山谷，更深識老杜。

紀昀：此論深窺工部筆法，然又須知何以能闔闢頓挫。

何義門：雖存晚計，要非終焉之地，如王、賈已屬不幸，猶愈今所處也。○「處士」，言二子終顯於王朝，不淪没於處士中也。○末句「春日」結。

春遠

肅肅花絮晚，霏霏紅素輕。日長唯鳥雀，春遠獨柴荆。數有關中亂，何曾劍外清。故鄉歸不得，地入亞夫營。

方回：後四句全是感慨，前四句言春事而起勢渾雄，無一字纖巧鬪合。大抵老杜集，成都時詩勝似關、輔時，夔州時詩勝似成都時，而湖南時詩，又勝似夔州時，一節高一節，愈老愈剥落也。〔按：成化本「起勢渾雄」句，「起」作「氣」。「關、輔時」下有二「詩」字。下句無「成都時而」四字。「湖南」下無「時詩」二字。又下句「似夔州」作「成都」。據康熙五十二年及紀昀刊誤本校改。〕

紀昀：起二句究是纖巧鬪合。○此宗山谷之論，其實英雄欺人。杜詩佳處卷卷有之，若綜其大凡，則晚歲語多頹唐，精華自在中年耳。

何義門：第六句變换妙。○末句是反言以託諷，言天子尚無如之何，吾將安歸也？

紀昀：「紅」指花，「素」指絮。

奉酬李都督表丈早春作

力疾坐清曉，采詩悲早春。轉添愁伴客，更覺老隨人。紅入桃花嫩，青歸柳葉新。望鄉應未已，四海尚風塵。

方回：「采」字舊作「來」字，或見奉酬李都督，謂此是「來」字，非也。「力疾」、「采詩」，是重下斡旋字，若「來」字則無味，亦無力矣。「桃花」對「柳葉」，人人能之，惟「紅」字下着一「入」字，「青」字下着一「歸」字，乃是兩句字眼是也。大凡詩兩句説景，大濃大鬧，即兩句説情爲佳。「轉添」、「更覺」，亦是兩句字眼，非苟然也。所以悲早春，所以轉愁，所以更老，尾句始應破以四海風塵，兵戈未已，望鄉思土，故無聊耳。此乃詩法。

查慎行：愚意「采」字不若「來」字渾成。

紀昀：究是「來」字，此説穿鑿不通。○煉字乃詩中之一法。若以此爲安身立命之所，則「九僧」、「四靈」，尚有突過李、杜處矣。虛谷論詩，見其小而不知其大，故時時標此爲宗旨。

春山夜月　于良史

查慎行：三、四從虛處着筆，倍見力量。

春山多勝事，賞翫夜忘歸。掬水月在手，弄花香滿衣。興來無遠近，欲去惜芳菲。南望鳴鐘處，樓臺深翠微。

方回：「掬水」、「弄花」一聯，恐是偶然道着。先得一句，又湊一句，乃成全篇。於六句緩慢之中，安頓此聯，亦作家也。

馮班：三、四名句。

查慎行：三、四句法雖工，終屬小巧。

紀昀：五、六頗有新味，好於三、四。

許印芳：此評有眼力。

無名氏（甲）：晚唐非無佳句，但看過杜詩，便覺纖細不足爲耳。

許印芳：于良史，字里未詳，官侍御。○小家詩多如此，其弊至於有句無聯，有聯無篇。大家則運以精思，行以灝氣，分之則句句精妙，合之則一氣渾成，有篇有句，斯爲上乘。學者當以大家爲法，此等不可效尤也。

江南春

張司業

江南楊柳春，日暖地無塵。渡口過新雨，夜來生白蘋。晴沙鳴乳雁〔九〕，芳樹醉游人。向晚青山下，誰家祭水神？

方回：思新，不拘對偶，可喜。

馮班：結得遠。

紀昀：結句偏枯而單弱，馮云「結得遠」，非也。

何義門：此是楚辭中所謂「江南」，故有落句。

紀昀：三、四自然，其妙在於「紅入」、「青歸」之上，而虚谷不知。

許印芳：張籍，字文昌，烏江人，官司業。〇虚谷原選此詩之前有老杜早春詩，五、六句云：「紅入桃花嫩，青歸柳葉新。」虚谷盛稱「紅入」、「青歸」字法之妙，故曉嵐論及之。

晚春從人歸覲〔一〇〕

周　賀

鳥鳴春日曉〔一一〕，喜見竹門開。路自高巖出，人騎瘦馬來。折花林影動，移石澗聲回。更欲留深語，重城暮色催。

方回：五、六得賈浪仙「過橋分野色，移石動雲根」之意。周賀者，清塞上人也，後還俗。

紀昀：是從賈詩脱出，然不及賈之闊大。

紀昀：題不了了，與詩亦不對，再校。〇「曉」起「暮」結，清極。

春　日

李咸用

浩蕩東風裏，徘徊無所親。危城三面水，古木一邊春。衰世難行道，花時不稱貧。滔滔天下者，何處問通津？

方回：「古木一邊春」，絶好。「危城三面水」，不知指何郡？蓋多有之。「衰世難行道」，太淺露。以一句好，不容棄也。

馮班：古人行道，只在立身行己。平常處衰世薄俗，古道自然難行，此妙句也。如宋朝道學先生正是衰世，好合朋黨，倡議論，想方君於此句不解也。推官當唐亡之日，何須回護？「衰世難行道」，正是妙句，方君不解，固哉方叟之爲詩也。

紀昀：晚唐詩往往露骨，然佳句不可没。○六句却好。

春日即事

耿湋

數畝東皐宅，青春獨屏居。家貧童僕慢，官罷友朋疎。强飲沽來酒，羞看讀了書。閒花更滿地，惆悵復何如。

方回：荆公選唐詩不取此首，豈謂三、四淺近？然實近人情。孟浩然「多病故人疎」，尤有氣耳。「沽來」、「讀了」等字，格卑。

馮班：取舍正不在此。

紀昀：淺近之語，有不近人情者。杜荀鶴「勢敗奴欺主，時衰鬼弄人」句，何嘗非實語乎？

○謂格卑，此論却是。

無名氏（甲）：又有登第詩「童僕生新敬」，即此意也。○王績字無功，居東皋，有醉鄉記。

春日客舍晴原野望

陳　羽

東風吹暖氣，消散入晴天。漸變池塘色，欲生楊柳烟。蒙茸花向月〔一〕，潦倒客經年。鄉思盈愁望，江湖春水連。

方回：三、四能言早春之意。五、六以景對情，不費力。

馮班：次聯常言耳，脱胎謝康樂，得起句妙，不厭其偷。一直四句，所以妙。

陸貽典：次聯從康樂「池塘生春草」脱胎，却遜自然。

查慎行：次聯對句動宕。

紀昀：起四句極有意象。五、六有物尚乘時人獨失所之慨。對法甚活，但語弱耳。結尤少力。

許印芳：後半語意渾融，和緩中有骨力，正是唐人身分。此評未的。

許印芳：陳羽，江東人，官東宮尉佐。

蜀城春望

崔　塗

天涯憔悴身，一望一沾巾。在處有芳草，滿城無故人。懷材皆得路，失計獨傷春。青鏡不忍照，鬢毛應更新。

方回：三、四佳，但太悲苦。

馮班：中四句傷心。

紀昀：五、六亦太直。

春日〔三〕題山家

李郢

偶與樵人熟，春殘日日來。依崗尋紫蕨，挽樹得青梅。燕静銜泥起，蜂喧抱蘂回。嫩茶重攪緑，新酒略炊醅。漠漠蠶生紙，涓涓水弄苔。丁香政堪結，留步小庭隈。

方回：六韻無句不工，惟聖俞許發運寒食偶書六韻足以敵之。

何義門：句句新。

紀昀：又是一種妙，無酸餡氣。

酬劉員外見寄

嚴維

蘇耽佐郡時，近出白雲司。藥補清羸疾，窗吟絶妙詞。柳塘春水漫〔四〕，花塢夕陽遲。欲識懷君意，朝朝問檝師〔一五〕。

方回：五、六全於「漫」字上「遲」字上用工。

馮舒：五、六名句。

查慎行：五、六全於第五字用意。

何義門：測水痕，候日影，五、六正含落句，不徒爲體日景物語，故韻味深。

許印芳：嚴維，字正文，山陰人。官校書郎。

早春松江野望

竇　鞏〔一六〕

江村風雪霽，曉望忽驚春。耕地人來早，營巢鵲語頻。帶花移樹小，插槿作籬新。何事勝無事，窮通任此身。

方回：竇氏聯珠集，常、牟、鞏、羣、庠五昆弟詩一百首，乾德三年太常博士和跋〔一七〕。荆公於鞏取八首而不收此詩。劉後村自云「未見聯珠集」。第七句尤佳。

紀昀：未見佳處。

紀昀：「武功」一派。

許印芳：竇鞏，字友封。官秘書少監。

春日野望

李中

野外登臨望，蒼蒼烟景昏。暖風醫病草〔一八〕，甘雨洗荒村。雲散天邊影，潮回島上痕。故人不可見，倚杖役吟魂。

方回：第三句新異，第四句淡而有味。

紀昀：情景俱佳，格亦不俗。○末句不好，「役吟魂」三字劣。

許印芳：李中，字有中，九江人。○首句原本云：「野外登臨望。」下三字湊合，不成句法。尾句原本云：「倚杖役吟魂。」紀批云「下三字劣」。今并易之，首句改爲：「野外閒登望」，尾句改爲「倚杖暗銷魂」。

早春寄華下同志

裴説

正是花時節，思君寢復興。市沽終不醉，春夢亦無憑。嶽面懸青雨〔一九〕，河心走濁冰。東門一條路，離恨鎮相仍。

方回：五、六巧，第七句頗俗。

馮舒：方君每以字面爲俗，似全不知詩者。

馮班：如何俗？想方君不曾到河上。

錢湘靈：俗不在此。

陸貽典：佳句也，何以爲俗？

紀昀：五、六極刻畫而不佳，五句尤不佳。評七句是。

何義門：雨未作，凍已釋，言不應阻滯也。○落句以今日會難，追憾向時之別易也。

早春

司空圖

傷心仍客處〔一〇〕，病起却花朝〔一一〕。草嫩一作「軟」。侵沙短〔一二〕，冰輕着雨消。風光知一作「和」。可愛，客鬢〔一三〕不相饒。早晚丹丘伴，飛書肯見招。

方回：起句十字四折。此公有一鳴集，自誇其詩句之得意者五言，觀此亦可知也。

馮班：頷聯名句。

何義門：發端所謂「人生天地間，忽如遠行客」也，已呼起結句，除是神仙不悲老至耳。三、四固名句，破題於「早春」，則微遠極矣，詩至此真近佛心。○宋以後高手所以不如唐人，意味有限者，在有句無篇，苦心極力，只學得三、四，不知妙在首尾。

紀昀：刻畫之至，不失自然。○固是苦吟有悟，亦由骨韻本清。姚武功搜盡枯腸，終是酸餡氣。

許印芳：司空圖，字表聖，河中人，官舍人，唐末隱居王官谷。○「客」字複。

履道春居

白樂天

微雨灑園林，新晴好一尋。低風洗池面，斜日坼花心。暝助嵐陰重，春添水色深。不如陶省事，猶抱有絃琴。

方回：中四句皆下句好，「春添水色深」尤好。尾句翻案尤佳。

紀昀：本非翻案。

馮班：次聯名句。○體物入微。

查慎行：誰謂香山淺易？皆耳食而不味其胾者也。

紀昀：三句纖而拙，六句好，七句不成文。

和春深 二十首選五首

何處春深好？春深富貴家。馬爲中路鳥，妓作後庭花。羅綺驅論隊，金銀用斷車。眼前何所苦？惟苦日西斜。

錢湘靈：和韻盛於元、白。

查慎行：第三句不解。

紀昀：此種題作此種體，格意自不能高。

何處春深好？春深執政家。鳳池添硯水，雞樹落衣花。詔借當衢宅，恩容上殿車。延英聞對久，門與日西斜。

無名氏（甲）：凡頒赦日，金雞置於樹端，謂之「雞樹」。又雞舌香、丁香，郎官含之以避臭。

何處春深好？春深方鎮家。通犀排帶胯，瑞鶻勘袍花。飛絮衝毬馬，垂楊拂妓車。戎裝拜春設，尤握寶刀斜。

無名氏（甲）：「春設」即迎春祭社祈穀之類。

何處春深好？春深刺史家。陰繁棠布葉，岐秀麥分花。五匹鳴珂馬，雙橋畫戟車。和風引行樂，煒煒隼旗斜。

何處春深好？春深學士家。鳳書裁五色，馬鬣剪三花。蠟炬開明火，銀臺賜物車。相逢不敢揖，彼此帽欹斜。

方回：此所謂「家」、「花」、「車」、「斜」，元、白、劉各賦二十首。今於白取五首，元、劉略之。依次押韻，至此而盛，詩之趣小貶矣。虛空想像，無是景而爲是語，騁才馳思，則亦可喜矣。

紀昀：依次押韻云云，此論最是。虛空想像云云，有語病。

原上新春

王　建

自掃一間房，唯鋪獨卧床。野羹溪菜滑，山紙水苔香。陳藥初和蜜，新經未入黄。近來心力少，休讀養生方。

無名氏（甲）：「水苔」可作紙。「黄」即松芸之類，能辟蠹。今經新，故「未入」也。

住處去山近，傍園麋鹿行。野桑穿井長，荒竹過牆生。新識隣里面，未諳村舍情。石田〔二四〕無力及，賤賃與人耕。

方回：老杜謂「清新」，此等語亦清新者也。但前首起句十字差俗。

馮舒：只説字面。

馮班：俗字不妨，俗意乃不可耳。
紀昀：是纖瑣，非清新。
馮舒：本集題作原上新居，詩亦不專作春語。○此二首重見。
馮班：通篇詠新居，非新春也。
查慎行：寧取平易，勿取艱澀生新。
紀昀：二詩又見三十二卷「閒適類」，評語不同。○亦自「武功」分派，而俗又甚焉。

春日題韋曲野老邨舍

許渾

背嶺枕南塘，數家村落長。鶯啼幼婦懶，蠶出小姑忙。烟草近溝濕，風花臨路香。自憐非楚客，春望亦心傷。

方回：予選詩以老杜爲主。老杜同時人皆盛唐之作，亦皆取之。中唐則大曆以後，元和以前，亦多取之。晚唐諸人，賈島開一別派，姚合繼之。沿而下，亦非無作者，亦不容不取之。惟許渾丁卯集，予幼嘗讀之，喜焉，漸老漸不喜之。以後山和東坡渾字韻有云：「誰云作許渾？」因是尤不心愜。
紀昀：按後山詩乃「末世無高學，舉俗愛許渾」，此誤。

方回：每以許詩比較後山詩，乃知後山萬鈞古鼎，千丈勁松，百川倒海，一月圓秋，非尋常依平仄、儷青黄者所可望也。大抵工有餘而味不足，即如人之爲人，形有餘而韻不足，詩豈在專對偶聲病而已哉？近世學晚唐者，專師許渾七言，如「水聲東去市朝變，山勢北來宫殿高」之類，以爲摹楷。老杜詩中有此句法，而無「東去」「北來」之拘，如「湘潭雲盡暮山出，巴蜀雪消春水來」，下句佳，上句不牽强乎？

馮班：「東去」「北來」四字甚穩，非拘也。○何言「牽强」？

查慎行：「暮」字無着。

方回：如此詩「幼婦」「小姑」，工則工矣，而病太工。

馮班：此却不好，只恨未工耳。

方回：草近溝而濕，花臨路而香，多却「烟」、「風」二字，亦未爲甚高。

馮舒：草帶烟所以濕，花遇風所以香，何爲病其不高？

查慎行：五、六「香」字從「風」字來，出句「烟」字、「濕」字都不相關。

陸貽典：近溝之草帶烟而濕，臨路之花因風而香，意曲理直，方公以爲多「烟」「風」二字何也？

方回：以荆公嘗選此詩，予亦不棄。且就是發明，以開晚進之未透者。

馮班：「烟」「風」二字妙。○許詩多佳句，新麗可愛，後山酷不喜之，正由工夫太細耳。後山恨粗。

錢湘靈：許詩太整，是其一病。然句活利，學者不及。

紀昀：三句有思致而不自然。

游春　姚合

卑官還不惡，行止〔二五〕得逍遥。晴野花侵路，春波〔二六〕水上橋。塵埃生暖色，藥草長新苗。看却烟光散，狂風處處飄。

紀昀：武功詩欲求詭僻，故多瑣屑之景，以避前人蹊徑。佳處雖有，而小樣處太多。如此詩三、四自好，五、六尚不傷雅。次首中四句則下劣甚矣。學者不可不知。

身被春光引，經時更不歸。嚼花香滿口，書竹粉粘衣。弄日鶯狂語，迎風蝶倒飛。自知疎懶性，得事亦應稀。

方回：姚少監合，初爲武功尉，有詩聲，世稱爲姚武功，與賈島同時而稍後，似未登昌黎之門。白樂天送知杭州有詩。凡劉、白以後詩人集中皆有姓名，詩亦一時新體也。而格卑於島，細巧則或過之。

紀昀：格卑於島，武功定評。謂細巧過之，則不然，過處正是不及處。

方回：武功有官況三十首，趙紫芝多選取配賈島，以爲二妙集，蓋四靈之所宗也。武功游春詩十二首，今選取二。「晴野花侵路」一聯不甚雕刻，「嚼花香滿口」一聯即于良史「掬水月在手，弄花香滿衣」也，即老杜「步屧風吹面，看松露滴身」也，而淺深輕重亦可見矣。「迎風蝶倒飛」，即春秋「六鷁退飛」語耳。詩至於此，自是新美。

查慎行：「步屧」「看松」，乃韻事也，「嚼花」莫殺風景否？

紀昀：以此爲新美，則魔障深矣。

方回：又如十首中有云「正月一日後，尋春更不眠」，如「看水閒依路，登山欲到天」，如「未曉衝寒起，迎春忍病行」。樹枝風掉軟，菜甲土浮輕」，如「趁暖簷前坐，尋芳樹底行」。土融凝野色，水敗滿池聲」，如「愛花林下飲，戀草野中眠」，如「向陽傾冷酒，看影試新衣」，皆可喜，而其病在乎矜誇無感慨。

紀昀：感慨而後爲詩乎？

方回：沾沾自喜之所爲，如「摘花盈手露」似佳，下句云「折竹滿庭烟」，則不稱也。如揚州春詞云：「滿郭是春光，街衢土亦香。竹風輕履舄，花露膩衣裳。」起句十字好，第四句亦好，第三句却是湊合成對，取春間意味也。

方回：予謂詩家有大判斷，有小結裹。姚之詩專在小結裹，故「四靈」學之。五言八句，皆得其趣，七言律及古體則衰落不振。又所用料，不過花、竹、鶴、僧、琴、藥、茶、酒，於此幾物，一步不可離，而氣象小矣。是故學詩者必以老杜爲祖，乃無偏僻之病云。

馮班：「四靈」氣象小，更不及武功。評「四靈」確。

紀昀：精確之論。

無名氏（甲）：方公評語，講究句法。在初學亦好藉此入門，但本原却未見到。蓋少陵之所以獨出者，以其性情之正，學問之深，發爲詩章，自然工巧耳。今不於本源之地求之，而徒校量於字句間，抑末矣。又如李太白詩，亦關國運。韓文公純是文章經術之氣，元、白雖可删者多，而其至處亦可考見盛衰得失。乃至晚唐，而此風絶響。則雖鉥腎鏤心，有何關係？此集良楛不别，美惡無分。畢竟詩之正鵠何在？益人甚少，而貽害實多，不可不辨也。

紀昀：「迎風」句太纖瑣。

春日述懷

魏仲先

春暖出茅亭，攜筇傍水行。易諳馴鹿性，難辨鬬雞情。妻喜栽花活，兒誇鬬草贏〔二七〕。翻嫌我慵〔二八〕拙，不解强謀生。

方回：真宗太平之世，有如此等高尚詩人。潘逍遥、楊東里、林孤山，皆是人也。五、六精極，第四句一字犯重，當考。

馮舒：兩「鬭」字難换。

紀昀：小有致耳，不得曰「精極」。

馮班：腹聯深。

查慎行：五、六句，眼前語，却成名聯。○「鬭」字重。

紀昀：三、四寓忘機無争之意。

許印芳：魏野，字仲先，號草堂。

春日登樓懷歸

寇萊公

高樓聊引望，杳杳一川平。野水無人渡，孤舟盡日横。荒村生斷靄，古寺語流鶯。舊業遥清渭，沉思忽自驚。

方回：萊公詩學晚唐，九僧體相似。「野水無人渡，孤舟盡日横」之聯，説者以爲兆相業，只看詩景自好。下二句尤流麗。

紀昀：此評最通，足見詩話之陋。

馮班：頷聯即「野渡無人舟自横」也，此只是偷句，乃韋左司句，不足奇，下聯却好。
查慎行：三、四借韋蘇州「野渡無人舟自横」一句化作兩句。
何義門：三、四雖有本，却不厭。
紀昀：氣體自高。○三、四實本蘇州「野渡無人舟自横」句，然不覺其衍。
許印芳：寇準，字平仲。封萊國公，謚忠愍。

暮春

余襄公

草帶全鋪翠，花房半墜紅。農家榆莢雨，江國鯉魚風。堤柳綿争撲，山櫻火共烘。長安少年客，不信有衰翁。

方回：三、四好，餘艷而冗。
馮舒：「堤柳」「山櫻」，但傷平耳，何謂「冗」？更着首二句則冗矣。
馮班：「山櫻」句，律不調。「火共烘」，律太犯。
陸貽典：「火共烘」，犯律病。
紀昀：鯉魚乃九月風，用於暮春，未詳所本，句却鮮脆。六句從「山櫻開欲然」生出，却不雅馴。

春寒

梅聖俞

春晝自陰陰，雲容薄更深。蝶寒方斂翅，花冷不開心。亞樹青帘動，依山片雨臨。未嘗辜景物，多病不能尋。

方回：梅詩淡而實麗，雖用工而不力。

馮班：艷而冗。

紀昀：詩未有不用工者，功深則興象超妙，痕迹自融耳。醞釀不及古人，而剽其空調以自託，猶禪家所謂頑空也。

馮舒：此亦不減周賀輩。

紀昀：三、四託意深微，妙無痕迹，真詩人之筆，惟「寒」「冷」字複。六句用庾子山「山根一片雨」句，然「臨」字不穩。

寒食前一日陪希深遠游大字院

一百五將近，千門烟火微。閒過少傅宅，喜見老萊衣。晚雨竹間霽，春禽花上飛。禪庭清溜滿，幽興自忘歸。

方回：洛陽大字院係唐太子太傅白樂天故宅。五、六清麗。
紀昀：殊太平易。○「老萊衣」何指？

小圃春日

林和靖

岸幘倚微風，柴籬春色中。草長團粉蝶，林暖墜青蟲。載酒爲誰子？移花獨乃翁〔二九〕。於陵偕隱事，清尚未相同。

方回：中四句工不可言。
馮舒：神宗以前真不減唐。
紀昀：「團」「墜」二字有工夫。
許印芳：林逋，字君復，謚和靖。

東皋

王半山

起伏晴雲徑，縱横暖水陂。草長流翠碧，花遠没黄鸝。楚製從人笑，吴吟得自怡。東皋興不淺，游走及芳時。

方回：三、四甚工。

馮舒：「翠碧」何物？

查慎行：「碧」字疑誤，俟考。

紀昀：三、四小巧，然對句勝出句。末句「游走」二字不佳。

無名氏（甲）：「楚製」，如荷衣、荔裳之類。

許印芳：王安石，字介甫，號半山，封荆國公。

半山春晚即事

春風取花去，酬我以清陰。翳翳陂塘〔三〇〕静，交交園屋深。牀敷每小息，杖屨或幽尋。惟有北山鳥，經過遺好音。

方回：半山詩工密圓妥，不事奇險。惟此「春風取花去」之聯，乃出奇也。餘皆淡静有味。

馮舒：何奇？○傷筋露骨以爲奇，詩之惡境也。

馮班：首句宋氣。

查慎行：起句律中變格，下聯承「清陰」二字來。

陸庠齋：此等起法，終不足稱。

紀昀：七詩俱高雅。○「風」字，李雁湖本誤作「陰」。「翳翳」、「交交」，雁湖注皆言「清陰也」。

「牀敷」字出寶積經，詳雁湖注。

即事

徑暖草如積，山晴花更繁。縱横一川水，高下數家村。静憇雞鳴〔三一〕午，荒尋犬吠昏。歸來向人説，疑是武陵源。

方回：詩話載云：「自謂武陵源不好，韻中别無韻也。」東坡嘗親書此詩。

許印芳：武陵源事已爛熟，故嫌不好，此説非是。

查慎行：不事組織，摛藻清華。

紀昀：中四句並佳，而三、四尤勝。

欲歸〔三二〕

水漾青天暖，沙吹白日陰。塞垣春錯寞，行路老侵尋。緑稍還幽草，紅應動故林。留連一杯酒，滿眼欲歸心。

方回：雁湖注謂簡齋「紅緑扶春上遠林」亦似此佳。

紀昀：各自一意，此二句力在「稍」字、「應」字。虚實相配，情景俱到。

查慎行：此介甫送北使時作，下同。

紀昀：此不減杜。○五、六高妙，對句尤天然生動。

許印芳：荆公詩錬字、錬句、錬意、錬格，皆以杜爲宗。集中古今體詩，多有近杜者。然非形貌近杜，乃骨味神韻闇與之合也。詩不學杜，必不能高。而善學者，百無一二。唐之義山，宋之半山、山谷、後山、簡齋，此五家者真善學杜者也。後人欲入浣花翁之門，須從此五家問津。

許印芳：詩成之後，拈詩中「欲歸」二字爲題，老杜慣用此例。○「稍」，上聲。「應」，平聲。

宿雨

緑攪寒蕪出，紅争暖樹歸。魚吹塘水動，雁拂塞垣飛。宿雨驚沙静，晴雲漏晝稀。却愁春夢短，燈火着征衣。

方回：未有名爲好詩而句中無眼者，請以此觀。〔按：方回在「緑攪寒蕪出，紅争暖樹歸。魚吹塘水動，雁拂塞垣飛。宿雨驚沙静，晴雲漏晝稀」六句「攪」「争」「吹」「拂」「驚」「漏」字旁皆加圈。〕

紀昀：好詩無句眼者不知其幾。此論偏甚，亦陋甚。

馮班：唐人用事，全句活現；宋人用事，欲新反駁，全句似死。唐在意，宋在字，相去遠矣。

紀昀：「攪」字險而纖，不及「緑稍還幽草，紅應動故林」二句自然。

將次洺州憩漳上

漠漠春風裏，茸茸緑未齊。平田鴉散啄，深樹馬迎嘶。地入河流曲，天隨日去低。高城已在眼，聊復解輕齎。

方回：雁湖注謂：「田之平衍，鴉乃散啄；馬喜嘉蔭，望樹而嘶。此二句甚妙，可畫」。雁湖別注云：「公多有使北詩，而本傳、年譜皆不載。嘗出疆，獨温公朔記云云。」今欲歸〔三〕至此三詩，皆送契丹使時所作。

紀昀：「獨温公朔記云云」，亦宜補録全文。

無名氏（甲）：洺州，在廣州府。

許印芳：第六句亦佳。

春日

冉冉春行暮，菲菲物競華。鶯猶求舊友，燕不背貧家。室有賢人酒，門無長者車。醉眠聊自適，歸夢到天涯。

方回：此唐人得意詩，恐誤入半山集中，而雁湖亦爲之注。姑存諸此，候考。

紀昀：半山詩境可以到此，何據而定爲唐詩？

馮舒：「賢人酒」、「長者車」，直述老杜語，然杜題是走邀許主簿，故妙。此較寬。

馮班：五、六全用少陵詩。

查慎行：春日詩易作難工，如此詩三、四景中有意，乃爲絶唱，老杜家法也。○「座對賢人酒，門停長者車」，少陵成語也。半山熟於唐詩，往往有此病。他如「昔逢滅劫壞，今遇勝緣脩」，二句亦出樂天集，一時不及檢點耳。

紀昀：第四句最警，并上句常語亦增色。六句全用杜句，太現成。

暮　春〔三〕

春期行晼晚，春意賸芳菲。曲水應修禊，披香未試衣。雨花紅半墮，烟樹碧相依。悵望夢中地，王孫底不歸？

方回：夢中之夢，當是用作平聲。左傳：「楚雲夢地曰夢中。」

馮舒：「王孫歸兮不歸」，是用楚辭，自然是雲夢之「夢」，況又云「夢中」乎？何用疑也？

馮舒：直作唐人看。

暮春遊柯市人家

張宛丘

桃李雖云過，林塘老景濃。幽花冠曉露，高柳旆和風。草木家家秀，溝塍處處通。況聞時雨足，高枕待年豐。

方回：句句自然。

馮班：第二聯正欠自然。

查慎行：「冠」「旆」二字硬入句中作眼，何得云「自然」？

紀昀：三、四豈可謂之自然？

馮舒：「冠」「旆」畢竟生造。溝塍既處處通矣，何用況聞？

錢湘靈：詩眼，可恨。

紀昀：馮云「溝塍處處通，何用況聞」，語殊未是，溝塍本自相通，不必定因雨漲，雨自可另作一層。

紀昀：「冠」「旆」字吃力求奇，而轉入魔道。

早春

陳後山

度臘不成雪，迎年遽得春。冰開還舊緑，魚喜躍修鱗。柳及年年發，愁隨日日新。老懷吾自異，不是故違人。

方回：極瘦有骨，盡力無痕，細看之句中有眼。〔按：方回在「迎年遽得春，冰開還舊緑，魚喜躍修鱗」三句「遽」「還」「躍」字旁加圈。〕

馮舒：八字批得妙。

馮舒：「冰乍開」，水尚欠緑也。第六句湊甚。落句只結得「愁隨日日新」，未穩足。○二、三句一串下。

紀昀：馮云：「冰乍開，水尚欠緑。」然「緑」字本唐人東風解凍詩。又云：「湊甚，落句只結得『愁隨日日新』，未穩足。」不知此以「柳發」引入「愁新」，十字流水，故單以「愁新」爲結，正是唐人詩法，不得以才調集板對繩之。

陸貽典：起四句何減老杜？

紀昀：自然閒雅，良由氣韻不同。

許印芳：「年」字、「不」字俱複。

和仲良春晚即事　楊誠齋

貧難聘歡伯，病敢跨連錢。夢豈花邊到，春俄雨裏還。一犂關五秉，百箔候三眠。只有書生拙，窮年墾紙田。

方回：零陵丞時詩。仲良者，永州司法張材，山東人。「連錢」「紙田」，用韻好勝之過。「一犂」「五秉」，「百箔」「三眠」，湊合亦佳，但恐少年作未自然，學詩者不可不由此入也。五首取一。

查慎行：學詩若由此入，便誤走蹊徑。

紀昀：此評最允，虚谷亦儘有分明處。○未自然之評甚確，然不惡也。

馮舒：刻意作新。

馮班：起句不好，因貪用古語，「聘」字尤拙，「敢」字亦不妥。○「五秉」字湊。五、六句兩截。

○起結不相顧，撤。

紀昀：末二句正應首二句，馮云首尾不相應，不可解。

查慎行：「連錢」如何替得「馬」字？五句牽强。

無名氏（甲）：「歡伯」，酒。「連錢」，馬。

許印芳：楊萬里，字廷秀，號誠齋。○此章中二聯鍊句可學，三、四句合首聯看，卻犯平頭病，此不可學；「歡伯」、「連錢」、「紙田」之類，用來皆小樣，亦不可學。

小園早步

趙昌父

今朝欣雨止，天氣漸柔和。籬落小桃破，階除馴雀多。占方移果樹，帶土數蔬科。農務侵尋及，吾寧久卧痾。

方回：章泉乾道丙戌詩猶少年作也，亦頗似晚唐，已工麗如此。其後日益高古清瘦，乃不肯作此體。

紀昀：云似晚唐，甚似。然語頗圓熟，以爲工麗則非也。

馮舒：「數蔬」字畢竟聱牙。

春晚雜興

陸放翁

池面萍初紫，牆頭杏已青。攜兒撑小艇，留客坐孤亭。相法無侯骨，生平直酒星。正須遺萬事，莫遣片時醒。

方回：「留客坐孤亭」，雖無奇，却有味。五、六新異。

紀昀：亦習用之典，不爲新異。

紀昀：未免太薄。

無名氏(甲)：孔北海云：「天有酒星。」

暮春二首

季子黄金盡，安仁白髮新。無情五更雨，便送一年春。難續西樓夢，空存北陌身。海棠應似舊，惆悵又成塵。

紀昀：此首率。

緑葉枝頭密，青蕪陌上深。江山妨極目，天地入孤吟。身已雙蓬鬢，家惟一素琴。世情君莫説，頭痛欲岑岑。

方回：並熟律。

錢湘靈：穩貼，無俗氣。

查慎行：三、四老勁。

紀昀：三、四沉著。結太激，亦太俚。

小舟游西涇渡西江而歸

小雨重三後，餘寒百五前。聊乘〔三四〕瓜蔓水，閒泛木蘭船。雪暗梨千樹，烟迷柳一川。西岡夕陽路，不到又經年。

方回：三、四極新。

紀昀：不足言新。

陸貽典：春水大發謂之「瓜蔓」，言綿延也。

查慎行：「瓜蔓水」「木蘭船」作對固然佳，然學詩若靠此等字樣，進境便難。○結處閒淡有餘情。

紀昀：語亦清妥，然效之易入空腔。

初春雜興

水長鷗初泛，山寒茗未芽。深林聞社鼓，落日照漁家。渡遠呼船久，橋傾取路斜。客愁慵遠眺，不是怯風沙。

方回：八句皆佳，而三、四尤古遠。

紀昀：三、四天然有景，五、六新而不碎。

許印芳：「遠」字複。

中春偶書

隣曲祈蠶候，陂塘浸種時。春寒薪炭覺，雨霽鼓鐘知。驢瘦銜泥怯，魚驚食釣遲。衰翁一味懶，耕養愧吾兒。

方回：三、四能以常語爲新。

查慎行：第三句生而不新。

馮班：鐘聲與「雨霽」無與。

淇：久雨則鐘聲不脆，自有理，不必抹。〔按：馮班在「雨霽鼓鐘知」句旁加抹。〕

紀昀：三句太做作，四句便自然。

七言 五十二首

立春

杜工部

春日春盤細生菜，忽憶兩京梅發時。盤出高門行白玉，菜傳纖手送青絲。巫峽寒江那對眼，杜陵遠客不勝悲。此身未知歸定處，呼兒覓紙一題詩。

方回：老杜如此賦詩，可謂自我作古也。第一句自爲題目，曰「春日春盤細生菜」。第二句下「忽憶」二字已頓挫矣。三、四應盤、應菜，加以「白玉」「青絲」之想，亦所謂「忽憶」者也。巫峽江、杜陵客不見此物，又只如此大片繳去，自有無窮之味。晚唐之弊既不敢望此，「江西」之弊又或有太粗疎而失邯鄲之步，亦足以發文章與時高下之歎也。

馮班：此「江西」祖派也。

紀昀：此詩本不佳，此評却公。

馮舒：律詩本貴乎整，老杜晚年以古文法爲律，下筆如神，爲不可及矣。然須讀破萬卷，人與文俱老，乃能作此雅筆。淺學效顰學步，吾見其躓也。「江西」不學沈、宋，直從杜入，細膩處太少，所以不入杜詩堂奥也。

紀昀：所選少陵七言六首，多頹唐之作。蓋宋人以此種爲老境耳。

許印芳：首聯皆拗調，而上下句不黏。中四句皆平調，而上下聯不黏，又與首聯尾聯皆不黏。尾聯上句古調，下句平調，合之爲拗調。首尾拗而中間平，其不相黏處皆用變體，在七律中另是一格。

曲江二首

一片花飛減却春，花飄〔三五〕萬點更愁〔三六〕人。且看欲盡花經眼，莫厭傷多酒入脣。江上小堂巢翡翠，苑邊〔三七〕高冢卧麒麟。細推物理須行樂，何用浮名絆此身？

方回：第一句、第二句絶妙。一片花飛且不可，況於萬點乎？小堂巢翡翠，足見已更離亂；高冢卧麒麟，悲死者也。但詩三用「花」字，在老杜則可，在他人則不可。

紀昀：西子捧心，不得謂之非病；「老杜則可」之説，猶是壓於盛名。

馮舒：今人改第二「花」爲「風」已不可，又改「花邊」爲「苑邊」，更不可也。〇落句開宋。

查慎行：三句連用三「花」字，一句深一句，律詩至此，神化不測，千古那有第二人？

何義門：五、六句，物理。

紀昀：「經」字、「入」字有何可圈？〇一結竟是後來邵堯夫體。

朝迴日日典春衣，每向江頭盡醉歸。酒債尋常行處有，人生七十古來稀。穿花蛺蝶深深見，點水蜻蜓欵欵飛。傳語風光共流轉，暫時相賞莫相違。

方回：七十者稀，古來語也。乾元元年春爲拾遺時詩，少陵年四十七矣。六月補外，豈諫有不聽，日惟以醉爲事乎？典衣而飲，所至有酒債，一窮朝士也。

查慎行：三、四句，游行自在。

張載華：李天生先生杜詩閲本「人生七十古來稀」句全抹，旁批「淒」字，與先生此條評語似屬判然。然各有指歸，學者於此細參，思過半矣。

紀昀：三、四不佳，前人已議之。五、六石林詩話所稱，然殊非少陵佳處。

曲江對飲

苑外江頭坐不歸，水精宫殿轉霏微。桃花細逐楊花落，黄鳥時兼白鳥飛。縱飲久拚人共棄，懶朝真與世相違。吏情更覺滄洲遠，老大悲傷〔三八〕未拂衣。

方回：三、四詩家一格，出于偶然。徐師川詩無變化，篇篇犯此。少陵爲諫官而縱飲、懶朝如此，殆以道不行也。

紀昀：此評最是。

何義門：第一句，虛含對酒。第二句，苑外。第三、四句，江頭。第五句「縱飲」，始出題；「人共棄」，頂「坐不歸」。第七句，反映曲江，更縱言之。

紀昀：淡語而自然老健。

曲江陪鄭八丈南史飲

雀啄江頭黄柳花，鵁鶄鸂鶒滿晴沙。自知白髮非春事，且盡芳樽戀物華。近侍只今難浪迹，此身那得更無家。丈人才力〔三九〕猶强健，豈傍青門學種瓜？

方回：此詩中四句不言景，皆止言乎情。後山得其法，故多瘦健者此也。

馮班：兩情兩景乃訓蒙法耳。大家老手，豈可拘此？

紀昀：晚唐詩但知點綴景物，故宋人矯之，以本色爲工。然此非有真氣力，則才薄者淺弱，才大者粗野，初學易成油滑，老手亦致頽唐，不可不慎也。〇一氣旋轉，清而不薄，此種最難學。

暮　春

卧病擁寒在峽中，瀟湘洞庭虛映空。楚天不斷四時雨，巫峽長吹千里風。沙上草閣柳新暗，城邊野塘蓮欲紅。暮春鵁鷺立洲渚，挾子翻飛還一叢。

方回：張文潛有此等詩，平正伶俐自然。

何義門：第七句反對首四字。

紀昀：少陵吴體多謦健。此乃拗而不佳，不必曲爲之詞。○結句不好。

許印芳：五、六句法好。玩末二語，詩乃懷人而作。題下當有脱落，不然尾句之下，當有小注，始見分曉也。

正月三日閒行

白樂天

黄鸝巷口鶯欲語，烏鵲橋頭冰欲銷。緑浪東西南北水，紅欄三百九十橋。蘇之官橋大數。鴛鴦蕩漾雙雙翅，楊柳交加萬萬條。借問春風來早晚，只從前日到今朝。

方回：黄鸝，坊名。烏鵲，橋名。九十之十，用作平聲，唐人多如此。

馮舒：作仄亦何不可？

查慎行：「十」叶平，音「諶」，謂之長安語。説略改音「旬」，舊音「忱」。

紀昀：此亦樂天純熟之境，然效之易成一種淺薄敷衍之格。

和程員外春日東郊

包何

郎官休浣憐遲日，野老歡娛爲有年。幾處折花驚蝶夢，數家留葉待蠶眠。藤垂宛一作「委」。地縈珠履，泉迸侵堦浸緑錢。直到閉關朝謁去，鶯聲不語一作「散」。柳含烟。

方回：第三句絶妙。

查慎行：有何妙處？

何義門：第七句應「休浣」。

紀昀：三、四好，餘不稱。○結句以「語」複「聲」，故改爲「散」。其實「語」字雖複而有意，「散」字不複而無味。

和牛相公春日閒望〔四〇〕

劉夢得

官曹崇重難頻入，第宅清幽且獨行。階蟻相逢如偶語，園蜂速去恐違程。人於紅藥偏憐色，鶯到垂楊不惜聲。東洛池臺怨抛擲，移文非久會應成。

方回：「階蟻」「園蜂」一聯，似已有「江西體」。「鶯到垂楊不惜聲」，絶唱也。

馮舒：「江西」畢竟無半句。

何義門：鈎黨刺促，閑坐縱觀，豈不如蜂蟻之紛紜乎？

紀昀：此評確。

查慎行：陸放翁七律全學劉賓客，細味乃得之。

紀昀：三、四究非佳語，不得以新取之。六句自好，五句湊泊不稱，結二句笨。

何義門：只寫春日景物，略於首尾致意，深妙。第五言中書崇重，眷戀者多。第六則攀附者衆，不能不爲之紆意。我爲牛公計，惟有趨駕東洛而已。

春日長安即事

崔魯

一百五日又欲來，梨花梅花〔四一〕參差開。行人自笑不歸去，瘦馬獨吟真可哀。杏酪漸香隣舍粥，榆烟將變舊爐灰。畫樓春暖清歌夜，肯信愁腸日九迴〔四二〕？

查慎行：前半既用「吴體」，後半不稱。

紀昀：有峭健之致。

許印芳：崔魯，字里未詳。大中時道士，有無機集。○首聯古調。次聯拗調。第二句七字皆平，而天然入妙，不覺音節之乖。七平句當以此種爲式。○「日」字複。

春晚岳陽城言懷

烟花零落過清明，異國光陰老客情。雲夢夕陽愁裏色，洞庭春浪坐來聲。天邊一與舊山別，江上幾看芳草生。獨凭闌干意難寫，暮笳嗚咽調孤城。

方回：兩篇詩律無斧鑿痕。張文潛多近此。

何義門：三、四所謂日暮途遠也。

紀昀：此詩較前篇稍薄。

賞春

姚合

閒人祇是愛春光，迎得春來喜欲狂。買酒恐遲令走馬，看花嫌遠自移床。嬌鶯語足方離樹，戲蝶飛高始過牆。顛倒醉眠三四日，人間萬事不思量。

方回：中四句皆工，起句皆散誕〔四三〕放曠。然只是器局小，無感慨雋永味。

馮舒：題是賞春，何須感慨？此語蓋爲「四靈」而發，然如此亦可謂雋永矣。

紀昀：此評是。

馮班：腹聯絶妙。「江西」人豈能如此雋永？大抵詩粗則少味，疲則味澀也。

查慎行：此之謂淺易。

紀昀：傖氣。○中四句是碎非工。

殘春旅舍

韓致堯〔四四〕

旅舍殘春宿雨晴，恍然心地憶咸京。樹頭蜂抱花鬚落，池面魚吹柳絮行。禪伏詩魔歸静域〔四五〕，酒衝愁陣出奇兵。兩梁免被塵埃污，拂拭朝簪待眼明。

方回：致堯〔四四〕詩無句不工，唐季之冠也。

紀昀：無句不工，談何容易！李、杜不能，況致堯乎？

紀昀：「恍然心地」四字不佳。五、六已逗宋格。唐季究以江東爲冠。

無名氏（甲）：「兩梁」，朝冠也。

春盡

惜春連日醉昏昏，醒後衣裳見酒痕。細水浮花歸別澗〔四六〕，斷雲含雨入孤村。人間易得芳時恨，地迥難招自古魂。慚愧流鶯相厚意，清晨猶爲到西園。

何義門：以春盡比國亡，王室鼎遷，天涯逃死，畢生所望，於此日已矣。○元遺山嘗借次聯而續以「惟餘韓偓傷心句，留與纍臣一斷魂」，蓋以第三比叛臣事敵，第四比弱主之遷國也。

紀昀：後半極沉着，不類致堯他作之佻。○四句勝出句。六句言非惟今人無可語，併古人亦不可招，甚言其寥落耳。

暮春山行田家歇馬

李郢

雨濕菰蒲斜日明，茅廚煮繭掉車聲。青蛇上竹一種色，黄蝶隔溪無限情。何處漁樵將遠餉，故園田土憶春耕。千峯靄靄水潏潏，羸馬此中愁獨行。

方回：此詩一筆寫成。山行天趣，言言新美而無作爲。第三句尤奇譎也。

馮班：第七句對得變化。○次聯只是「四靈」境界，未是唐人佳句。

查慎行：恐入下劣詩魔。

紀昀：第三句却不甚佳，以在吴體不妨耳，馮氏譏之良是。

許印芳：李郢，字楚望，爲藩鎮從事，兼侍御史。○吴體即拗律，此説又可證矣。次聯、尾聯皆拗調，勿誤爲古句。

公舍春日

丁謂

緑楊垂線草鋪茵，觸處烟光舉眼新。一品也須防〔四七〕白髮，千金莫惜買青春。鶯聲圓滑堪清耳，花艶鮮明欲照身。獨向此時爲俗吏，風流知是不如人。

方回：近似白樂天體。

紀昀：此評是。

馮舒：亦是「崑體」，此獨清澈。

馮班：此詩不作「崑體」。

紀昀：三句粗疏。

閏十二月望日立春禁中作

宋元憲

閏曆先春破臘寒，綵花金勝寵千官。冰從太液池邊動，柳向靈和殿裏看。瑞氣因風生禁仗，暖暉依日上仙盤。須知聖運隨生殖，萬國年年共此歡。

方回：「崑體」〔四八〕。

紀昀：此非「崑體」，乃初唐應制體耳。

春陰

晏元獻

十二重環閟洞房，愔愔危樹俯迴塘。風迷戲蝶閒無緒，露裛幽花冷自香。綺席醉吟銷桂酌，玉臺愁作澁銀簧〔四九〕。梅青麥緑江城路，更與登高望楚鄉。

方回：亦「崑體」。紀昀：此乃真「崑體」。

紀昀：殊有情致，可云逼肖義山，非干撏撦。

許印芳：六句「作」字不通，必有訛誤。

假寐

王平甫

計較平生分閉關，偶然容得近人寰。春風池沼魚兒戲，暮雨樓臺燕子閒。假寐塵侵黄卷上，行吟花墮緑苔間。了無一事撩方寸，自是頽齡合鬢斑。

方回：平甫詩富滿。第七句好，尾句無怨言，詩人當行耳。

紀昀：凡作詩人，皆知温厚之旨，而矢在弦上，牢騷之語，揺筆便來，故和平語極是平常事，却極是難事。虚谷此言未免看得輕易，由其平日論詩只講字句，不甚探索本原。

查慎行：三、四「魚兒」「燕子」作對，本用少陵詩而「風」「雨」二字顛倒出之。

紀昀：「魚兒」「燕子」太襲工部。

池上春日

一池春水緑於苔，水上花枝間竹開。芳草得時依舊長，文禽無事等閒來。年顔近老空多感，風雅含情苦不才。獨有浴沂遺想在，使人終日此徘徊。

方回：雅淡。

紀昀：前四句好，結二句太腐。

春陰

似雨非晴意思深，宿酲牽率臥春陰。苦憐燕子寒相並，生怕梨花晚不禁。薄薄簾帷欺欲透，遥遥歌筦壓來沉。北園南陌狂無數，祇有芳菲會此心。

方回：極能言春陰之味。

陸貽典：起句出題好，三、四摹寫虛神。

查慎行：稍近詞調，而風致韶秀。

紀昀：極有情致，置中、晚唐人集中不可復辨，但格不甚高耳。

西湖春日

争得才如杜牧之，試來湖上輒題詩。春烟寺院敲茶鼓，夕照樓臺卓酒旗。濃吐雜芳薫巘崿，濕飛雙翠破漣漪。人間幸有簑兼笠，且上漁舟作釣師。

方回：三、四峭響，五、六最工，尾句高甚。

紀昀：「茶鼓」「酒旗」對亦可喜，但專事此種，便入小家。尾亦習徑，未見其高。虛谷不言詩格之高，但以一言隱遁，便是人品之高耳，殊是習氣。

查慎行：中二聯亦似「崑體」。

紀昀：通體鮮華，起得超妙。○五、六生造而不捏湊，「且上」二字繳起句「爭得」二字，一氣呼應。

許印芳：兩「上」字音義不同。

春睡

蘇子美舜欽

別院簾昏捲竹扉，朝酲未解接春暉。身如蟬蜕一榻上，夢似楊花千里飛。嗒爾暫能離世網，陶然直欲見天機。此中有德堪爲頌，絕勝人間較是非。

方回：蘇滄浪詩律悲壯，予少嘗嗜之。三、四絕佳，或以爲子美早世之兆；又「山蟬帶響穿疏戶，野蔓蟠青入破窗」，亦議其意味寂寞，所以終於滄浪，皆非也。修短有數，自說死而不死者何限耶。

紀昀：此自正論。然人之窮通，亦往往見於氣象之間。福澤之人作苦語亦沉鬱，潦倒之人作歡語亦寒儉，不必定在字句之吉祥否也。

查慎行：三、四嫌「如」字、「似」字，琢句未超，他非所論。

紀昀：三、四極切，亦有意境，而終覺不佳，此故可以意會。

郊行即事

程明道

芳原緑野恣行時，春入遥山碧四圍。興逐亂紅穿柳巷，困臨流水坐苔磯。莫辭盞酒十分醉，只恐風花一片飛。況是清明好天氣，不妨游衍莫忘歸。

方回：學見聖域，詩其餘事也。或問此可與浴沂意趣看否？曰：詩且看詩，不必太深太鑿。

紀昀：此論足以破俗。

馮舒：詩不忌道學，然詩人道學多在言外，説出便厭。詩以道性情，不知發乎情，便不知止乎禮義。○道學氣不可耐。

馮班：不見道學先生，末句只不好耳。説是道學，彌不可耐。○結句可厭。

紀昀：末句「莫」字即「暮」字，説文：「莫從日在草中。」俗書加「日」字於下。

許印芳：此詩無一毫道學氣，五、六情韻俱佳，宜爲文公所取。虚谷原選入「春日類」，又入「閒適類」，故有二評，今併録之。○首句借對。

正月二十日往岐亭潘古郭三人送余於女王城東禪莊院

蘇東坡

十日春寒不出門，不知江柳已摇村。稍聞決決流冰谷，盡放青青没燒痕。數畝荒園留我住，半瓶濁酒待君温。去年今日關山路，細雨梅花正斷魂。

方回：坡詩不可以律縛，善用事者無不妙，他語意天然者，如此儘十分好。

馮班：於題不甚顧，力大才高故也。○比山谷何啻天壤？大略黄費筋力，蘇自然；黄苦而險，蘇散而闊。○杜、白、蘇三家皆不爲律縛者也。「江西」有意擺脱，醜態百出。惟以力大學富，後人不能及耳。

紀昀：東坡七律，往往一筆寫出，不甚繩削。其高處在氣機生動，才力富健。其不及古人者，在少鎔鍊之工，與渾厚之致。

許印芳：施氏注云：「潘名大臨，古名耕道，郭名遘。」王氏注云：「黄州東十五里有永安城，俗呼女王城。」○曉嵐前批總論東坡七律，語語的確。後批此詩亦愜當。惟批律髓此詩，但每句着圈，批本集則通首密圈。今從本集密圈之。又曰：「結語蓋指初貶黄州，元豐三年春赴貶所時言。以詩法論之，當有小注，讀者乃知其意之所在，此等處殊欠分曉。」○起句連下兩「不」字，此不爲複。惟七句「日」字與首句複。「燒」，讀去聲。○紀昀批本集云：「一氣渾成。」

正月二十日與潘郭二生出郊尋春忽記去年是日同到女王城作詩乃和前韻

東風未肯入東門，走馬還尋舊歲村。人似秋鴻來有信，事如春夢了無痕。江城白酒三杯釅，野老紅顔〔五〇〕一笑温。已約年年爲此會，故人不用賦招魂。

方回：東坡初貶黄州之年，即「細雨梅花」、「關山斷魂」之時也。次年正月二十日往岐亭，見陳慥季常，是以爲女王城之詩。又次年正月二十日與潘郭老等尋春，是以有「事如春夢了無痕」之詩。又次年正月三日尚在黄州，復出東門，仍和此韻云：「亂山環合水侵門，身在淮南盡處村。五畝漸成終老計，九重新掃舊巢痕。」謂元豐官制行，罷廢祖宗館職，立秘書省，以正字校書郎等爲差除資序，而儲士之意淺矣。觀此等語，豈惟可以玫大賢之出處，抑亦可見時事之更張，仁廟之所以遺燕安於後世者，何其盛？熙、豐之政所以大有可恨者，何其頓衰？坡下句云：「豈惟慣見沙鷗喜，已覺來多釣石温。」又可痛。坡翁一謫數年，甘心於漁樵而忘返也。「新掃舊巢痕」事，陸放翁爲施宿注坡詩作序，記所對范致能語，學者可自檢觀。

馮舒：比放翁語稍詳。○末二句云：「長與東風約今日，暗香先返玉梅魂。」

查慎行：三、四亦用「似」字、「如」字，覺意味深長，滄浪春睡詩相去天淵矣。蓋意不猶人，辭復超妙，坡仙所以獨絶也。

紀昀：通體深穩，三、四尤好。

許印芳：「人」字複。○紀昀批本集云：「三、四警策，前後亦稱。」○陸放翁詩注序云：「祖宗以三館養士、儲將相材。及元豐官制行而三館罷，東坡嘗直史館，自謫爲散官，削去史館之職，乃至史館亦廢。」故云「新掃舊巢痕」，其用事之嚴如此。而「鳳巢西隔九重門」，則又李義山詩也。又按何義門云：「李義山越燕詩『安巢復舊痕』，坡詩翻用此語。」又韓致堯湖南梅花一冬再發詩三、四云：「玉爲通體依稀見，香號返魂容易遮。」結句云：「天桃莫倚東風勢，調鼎何曾用不才。」坡詩結意本此。蓋坡之在黄，猶致堯之阨于崔昌遐而在湖南也。然時相力擠之，神宗獨爲保全，亦猶致堯之見知於昭宗。「先返玉梅魂」，蓋謂神宗必不棄絶，而語意渾然，恰是收足復出東門意。此老詩句誠非淺人所能讀也。

次韻張恕春暮

蘇子由

祇言城市無佳處，亦有江湖幾度游。好雨晴時三月暮，啼鶯到後百花休。老猿好飲常聯臂，野馬依人自絡頭。不肯低回池上醉，試看生滅水中漚。
紀昀：三、四意深，後半太盡。
許印芳：評後半太刻。
許印芳：蘇轍，字子由，一字同叔，號潁濱，謚文定。○八句皆對。

春日耕者

陽氣先從土脈知，老農夜起飼牛饑。雨深一尺春耕利，日出三竿曉餉遲。婦子同來相嫵媚，烏鳶飛下巧追隨。紛紜政令曾何補，要取中年風雨時。
方回：子由詩佳處，世鮮會者。其説詳見「送餞類」中。前一詩三、四自然。後一詩能言耕夫人情物態。「利」字、「遲」字尤妙。
查慎行：「利」字峭，「遲」字亦老。惟上六字能醒之，故佳。
紀昀：此亦清整。○五句從「思媚其婦」化來，六句用儲光羲意。
許印芳：「送別類」子由詩不佳。

暮春

張宛丘

夜雨輕寒拂曉晴，牡丹開盡過清明。庭前落絮誰家柳？葉裏新聲是處鶯。白髮生來如有信，青春歸去更無情。便當種秫長成酒，遠學陶潛過此生。

方回：詩格平穩，三、四乃倒裝句法也。

紀昀：此非倒裝。

馮班：穩貼無俗氣。

紀昀：語亦爽朗，但格調未高，學之易靡。

春日遣興

流光向老惜芳菲，搔首悲歌心事違。緑野染成延晝永，亂紅吹盡放春歸。荆榛廢苑人閑牧，風雨空城鳥夜飛〔五二〕。斷送一番桃李盡，可憐桑柘有光輝。

方回：此詩虚字上着力拘斡。

紀昀：此評似是重出，當屬後詩。

馮舒：遣興結。

馮班：落句即次聯也。

查慎行：第七句與第四句意犯重。

紀昀：三句不自然，六句好，結寓感慨。

淇：「緑野」對「亂紅」，有誤否？

立春

陳後山

馬蹄殘雪未成塵，梅子梢頭已着春。巧勝向人真奈老，衰容從俗不宜新。高門肯送青絲菜，下里誰思白髮人？共學少年天下士，獨能濡濕轍中鱗。

方回：此詩虛字上獨着力拘斡。

查慎行：此係下首評語，誤寫於此。

馮班：枉學杜。

陸貽典：「梅子」字用在立春，未妥。

紀昀：了無深意，而風度老成。

寄晁無斁春懷

稍聽春鳥語丁寧，又見官池出斷冰。雪後踏青誰與共？花邊着語老猶能。笑談莫倦尋常聽，山院終同一再登。今日已知他日恨，槍榆況是又飛騰。

紀昀：雖乏渾厚，頗有流動之趣。○「出」字湊。

次韻晁無斁

城郭朝陽散積陰，郊原注目日青深。年衰鷗鷺今如〔五二〕是，夢斷邯鄲何處尋？語鵲飛烏春悄悄，重簾深院晚沉沉。不辭杖屨衝泥雪，未有瓊琚報好音。

查慎行：少陵詩「年衰鵷鷺羣」，今引此「鷗」當作「鵷」。第三句用「鵷鷺」，第五句復用「烏鵲」。此等詩何必入選，句法亦全襲杜，未免生吞活剥之病。

紀昀：亦老潔。○五、六摹老杜「落花」「遊絲」一聯及「小院」、「曲廊」一聯，未免太似。

春懷示隣曲

斷牆着雨蝸成字，老屋無僧燕作家。剩欲出門追語笑，却嫌歸鬢着塵沙。風翻蛛網開三面，雷動蜂窠趁兩衙。屢失南隣春事約，只今容有未開花。

方回：淡中藏美麗，虛處着工夫，力能排天斡地，此後山詩也。

馮舒：如此詩未嘗不好，只不該以贊李、杜者佞諛之。

紀昀：刻意劖削，脱盡甜熟之氣，以爲「排天斡地」，則意境自高，推許太過。

馮班：「蝸成字」「燕作家」「蛛網」「蜂窠」兩聯叠用此，老杜如是乎？○此却不粗。

查慎行：第二句「僧」字疑「人」字之誤，因通首與僧無涉，且此句「僧」字無着落。
紀昀：起二句言居處之荒涼，五、六句言節候之暄妍，故兩聯寫景而不爲複。
許印芳：「着」字複。起便排對，下篇亦然。

春日郊外

唐子西

城中未省有春光，城外榆槐已半黄。山好更宜餘積雪，水生看欲到垂楊。鶯邊日暖如人語，草際風光作藥香。疑此江頭有佳句，爲君尋取却茫茫。

方回：此詩句句工緻，「水生看欲到垂楊」，絶奇。尾句即簡齋所謂「忽有好詩生眼底，安排句法已難尋」也。
馮舒：不好。
查慎行：東坡亦有句云：「春江有佳句，我醉墮淼漭。」全用此意。
紀昀：東坡「春江有佳句，我醉墜渺茫」，亦此意。
馮舒：落句所謂村夫子。
錢湘靈：工細。
紀昀：工而不俗。

許印芳：玩詩末句，當是與人同游，或和人春游，題中疑有脱漏。「有」字複。○三句「更宜」，意未圓足。六句「光」字與「香」字不甚融洽，且與首句犯複，愚並易之，「更宜」改作「近知」，「光」改「和」。

春　近

陸放翁

短褐枯笻老病身，龍鍾也復喜新春。已知不解多年住，且作都無一事人。簷角鳥聲呼醉夢，室中花氣襲衣巾。朝來更有欣然處，一筯山蔬勝八珍。

方回：爛熟。

紀昀：病在爛熟。

睡起至園中

春風忽已到天涯，老子猶能領物華。淺碧細傾家釀酒，小紅初試手栽花。野人易與輸肝肺〔五三〕，俗話〔五四〕誰能掛齒牙。更欲世間同省事，勾回蟻戰放蜂衙。

方回：兩聯俱新美。

紀昀：起得超妙。○「野人」句沉着，有對面人在，寓感至深。對句未能相稱。

許印芳：起句襲用歐陽公「春風疑不到天涯」句，妙在「忽已」二字，筆勢突兀，意境翻新，故不嫌襲也。

立春日 原注：「去冬無雪，今年正月十日巳時立春，而平旦有雪數片，猶臘雪也。」

江花江水每年同，春日春盤放手空。天地無私生萬物，山林有處着衰翁。牛趨死地身無罪，梅發京華信不通。數片飛飛猶臘雪，村隣相喚賀年豐。

方回：此詩慶元二年丙辰作。「牛趨死地身無罪」，乃是春鞭牛事，用齊宣王語。必有所指，以對老杜春日兩京梅發，亦奇。

紀昀：即有所指，亦未免欠通，不得謂之爲「奇」。

馮班：人生漸老，如牛入屠肆，漸近死地也。

春行

九日春陰一日晴，强扶衰病此閒行。猩紅帶露海棠濕，鴨緑平堤湖水明。酒賤林陰逢醉卧，牛肥稻隴看深耕。山翁莫道渾無用，解與明時説太平。

方回：引少陵、太白「曉看紅濕處」與「蜀江緑且明」，「濕」字、「明」字謂奪造化之工，却是世未有拈出者，前輩用工如此。

紀昀：二字詩家常語，不必如此矜張。

紀昀：平正。

東籬

東籬深僻嬾衣裳，書卷縱横雜藥囊。無吏徵租終日睡，得錢沽酒一春狂。新營茅舍軒窗静，旋煮山蔬七筯香。戲集句成圖素壁，本來無事却成忙。

方回：中四句閒雅快活。

紀昀：樂天體裁，但修飾光潤耳。

淇：老杜詩「地僻嬾衣裳」，似可不必抹，只是句未亮耳。

春夏之交風日清美欣然有感

天遣殘年脱縶鞿，功名不恨與心違。緑陂細雨移秧罷，朱舫斜陽擘紙歸。花市丹青賣團扇，象牙刀尺製單衣。白頭曳杖人争看，共歎浮生七十稀。

方回：「擘紙」二字本俗語，放翁既用之，即詩家例也。

紀昀：俗語有可用有不可用，不得以名人曾用，遂以爲例，此論太標榜。

紀昀：亦白體。○「象牙」二字湊。

病足累日不出菴門折花自娱

頻報園花照眼明，蹣跚正廢下堂行。擁衾又聽五更雨，屈指元無〔五五〕三日晴。不奈病何抛酒盞，粗知春在賴鶯聲。一枝自浸銅瓶水，喜與年光未隔生。

方回：第六句妙甚。

查慎行：一語動人，全篇生色。

紀昀：三、四暗言花事將盡，非横插，亦非空寫。六句從對面託出，不見花意。用筆皆極玲瓏。

春日小園雜賦

久矣雲霄鎩羽翰〔五六〕，小園聊得賦春寒。魯望有春寒賦。風生鴨緑文如織，露染猩紅色未乾。不向山丘歎零落，且從兒女話團欒。人言麥信春來好，湯餅今年慮已寬。

方回：熟之又熟。

查慎行：「鴨緑」、「猩紅」與春行一首相同，但不點出湖水及海棠，全用替身字，不如前詩老氣。

○「猩紅」「鴨緑」再見便少味。

紀昀：三、四俗，「鴨緑」「猩紅」亦套，五句終突。

晚春感事

少年騎馬入咸陽，鶻似身輕蝶似狂。蹴踘場邊萬人看，鞦韆旗下一春忙。風光流轉渾如昨，志氣低摧只自傷。日永東齋淡無事，閉門掃地獨焚香。

方回：律熟。猶不能忘情少年豪蕩時耶？

紀昀：惟其太熟，一筆瀉出，所以全無頓挫渟蓄之致。

紀昀：亦香山體，終嫌太易。

枕上作

龍鍾七十豈前期，矮帽枯筇與老宜。愁得酒巵如敵國，病須書卷作良醫。登山筋力雖猶健，閉户工夫頗自奇。今日快晴春睡足，卧聽簷鳥語多時。

方回：中四句皆新。

馮班：重。

陸貽典：此首已見「老壽類」，「簷鳥」作「簷鵲」。

查慎行：此詩已入前「老壽類」中，重出，當删。○「酒銜愁陣出奇兵」，較第三句更響亮，奇横。

紀昀：重出。○「豈前期」猶曰非所預望。○六句太率。

甲子立春前二日

頭風初愈喜身輕，書卷時開覺眼明。養熟犬雞隨坐起，性靈鳥鵲報陰晴。韭菘飣餖春盤好，芝朮篵和臘藥成。自笑衰殘殺風景，燈前不擬入重城。

方回：嘉泰四年甲子放翁八十歲爲此詩。中四句富麗，筆力老而不衰，可敬也。

紀昀：是工緻，非富麗。

查慎行：「性靈」二字用得活，不嫌其腐。

暖甚去綿衣

誰道江南春有寒？未經社日衣能單。桑麻過雨日夜長，桃李因風高下殘。舊説中州政如此，了知瘴氣不能干。天公似憫斯民病，故體淳熙詔令寬。

方回：三、四如鑄成古鼎。

紀昀：尚未能至此。
查慎行：第三句中有元氣，難乎爲對。
紀昀：首句「有」字欠老，後四句太潦倒。

早立寺門作

趙章泉

春天陰晴無定姿，陰雲未卷晴風吹。青山表見花顏色，緑水增添鷺羽儀。郭外不知誰是主？眼中今見我題詩。人生何物非郵傳，敢謂吾廬不在兹。

方回：三、四「江西」法。
紀昀：「江西派」之惡者。
查慎行：三、四俗調，「表見」「增添」四字尤淺而俗，此吾所以不喜「江西派」也。
紀昀：後半自好。

出郭

疎籬樹樹李花雪，野寺條條楊柳絲。春風收雨雨收後，白日變晴晴變時。有餘不足無盡景，截長補短何限詩。烟霞痼疾句成僻，老矣折肱真得醫。

方回：「江西」苦於麗而冗，章泉得其法而能瘦、能淡、能不拘對，又能變化而活動，此詩是也。

紀昀：「江西派」粗獷則有之，未見麗而冗，此語未解。

馮舒：惡習，可憎。

馮班：腹聯惡。

查慎行：三、四調雖新，却無趣味，後人學之最壞手筆。

紀昀：調更惡。

晚春

韓仲止

幽砌疎畦送晚春，水流山静見閒身。行吟散去風光好，熟睡醒來雨氣新。木筆豈非濃意態，石楠終是淡精神。鶯聲圓處鵑聲急，景物要之不負人。

方回：三、四已佳，「木筆」「石楠」之聯人所未道。

紀昀：雖新而佻。

馮舒：惡派。

馮班：後四句未佳。

查慎行：五、六濃淡分屬，不確。

紀昀：亦疎爽。馮云：「後四句未佳。」信然，結句尤惡。

十三日

南山春雪未全消，路並浮梁步石橋。深緑漸歸高柳葉，淺紅初上小梅梢。峭寒寺院鐘聲起，昏暮人家燭影摇。一夜東風吹酒醒，夢回花月是元宵。

方回：此嘉定十四年辛巳正月十三日詩也，澗泉年六十三，不仕久矣，山林間滋味興況，於詩中縱横無不可者。五、六雖眼前景致，常人自不能道。

紀昀：既「梁」又「橋」，句不了了。〇五、六自好。〇結却淡而有味。

寒食

曉色猶濛淡淡烟，花間行過小溪邊。人家寒食當晴日，野老春游近午天。吹盡海棠無步障，開成山柳有堆綿。呼兒覓友尋隣伴，看却村農又下田。

方回：三、四不用工而極其工，合入「節序類」中，附之「春日」亦無不可。同時「江湖」人戴石屏、「四靈」皆云此老淡之作。

馮舒：「人家寒食月，花影午晴天」，偷司空圖句。

馮班：此用表聖詩，非偷也。

陸貽典：五、六奇句。

紀昀：三、四老健深穩，五、六「無步障」、「有堆綿」，「有」、「無」二字太笨。

校勘記

〔一〕晉陵丞　李光垣：「陵」下脱「陸」字。〔二〕審言於少陵爲祖　查慎行：原訛作「審祖於少陵爲孫」。紀昀：「審祖」句有脱訛。〔三〕王灣　按：原缺，據紀昀刊誤本校補。〔四〕兩岸闊　馮班：「闊」一作「失」。紀昀：「闊」一作「失」，然「失」字有斧鑿痕，唐人不甚用此種字。歸愚主之，未是。〔五〕暮年　馮班、查慎行、許印芳：「暮」一作「舊」。〔六〕伺早天　按：「伺」原作「同」，據康熙五十二年本、紀昀刊誤本校改。〔七〕此中偏　按：「偏」原作「編」，據康熙五十二年本、紀昀刊誤本校改。〔八〕何如　按：「如」原作「爲」，據康熙五十二年本、紀昀刊誤本校改。〔九〕乳雁　馮班：「雁」，王抄本作「燕」。〔一〇〕晚春從人歸覲　許印芳：別本作「春喜有人至山舍」。〔一一〕春日曉　許印芳：「曉」一作「晚」。〔一二〕向月　李光垣：「日」訛「月」。〔一三〕春日　馮舒：「日」一作「晚」。〔一四〕春水漫　紀昀：「漫」原作「慢」。「漫」乃春融而水漲之貌，俗本訛爲「慢」字，非惟合掌，亦令全句少味。然宋人詩話已作「慢」字，則其訛久矣。〔一五〕問檝師　馮班：

「問」一作「訪」。〔一六〕按：題名及作者名原缺，據康熙五十二年本、紀昀刊誤本校補。〔一七〕博士和跋　查慎行：「和跋」二字疑有訛脱。〔一八〕醫病草　馮班：「醫」一作「蘇」。查慎行：「醫」字乃好新之病，不如用「蘇」字輕儁。〔一九〕青雨　馮班：「青」一作「清」。〔二〇〕仍客處　馮班：「仍」一作「同」。〔二一〕却花朝　馮班：「却」一作「就」。何義門：「就」，即也。〔二二〕侵沙短　馮班：「短」一作「長」。〔二三〕客鬢　馮班：一作「容髮」。〔二四〕石田　馮班：「石」一作「名」。〔二五〕行止　馮班：原本「止」作「一」，不佳。〔二六〕春波　李光垣：「陂」訛「波」。〔二七〕鬬草贏　馮班、李光垣：「贏」原訛「羸」。〔二八〕我慵　馮班：王抄本作「成嬾」。〔二九〕乃翁　紀昀：「乃」字疑是「此」字，再校。〔三〇〕陂塘　許印芳：「塘」一作「路」。〔三一〕雞鳴　紀昀：「雞」一作「鳩」，雁湖據唐詩定爲「雞」字，然「鳩」字較勝。許印芳：「雞鳴」亦爛熟語，故取「鳩」字。學者於此可悟文字之貴推陳出新矣。〔三二〕欲歸　按：「欲歸」二字原作木釘，據康熙五十二年本、紀昀刊誤本校補。〔三三〕暮春　馮舒：最早本作「春暮」。〔三四〕聊乘　按：「乘」原訛作「垂」，據康熙五十二年本、紀昀刊誤本校改。〔三五〕花飄　馮班、李光垣：「風」訛「花」。紀昀：第二「花」字乃別本之訛，實止兩用。〔三六〕更愁　馮班：「更」一作「正」。〔三七〕苑邊　馮班：「苑」一作「花」。〔三八〕悲傷　查慎行：「悲」一作「徒」。〔三九〕才力　何義門：「才」一作「文」。〔四〇〕閒望　馮班：一作「坐見懷」。〔四一〕梨花梅花許印芳：一作「梅花梨花」。〔四二〕日九迴　馮班：「日」一作「獨」。〔四三〕皆散誕　紀昀：「皆」應作「亦」。〔四四〕韓致堯　紀昀：「堯」原訛作「光」。〔四五〕静域　查慎行：「静」當作「浄」。〔四六〕别澗　李光垣：「浦」訛「澗」。〔四七〕須防　李光垣：「防」原訛作「妨」。〔四八〕崑體　馮班：「崑體」上脱「亦是」二字。〔四九〕銀篁　李光垣：「篔」訛「篁」。〔五〇〕紅顔　查慎行：「紅」一作「蒼」。許印芳：「蒼」字或作「紅」，非是。〔五一〕鳥夜飛　李光垣、許印芳：「鳥」當作「烏」。〔五二〕今如　紀昀：「今如」疑作「如今」。〔五三〕肝肺　許印芳：「肺」一作「膽」。〔五四〕俗話　許印芳：「話」一作「語」。〔五五〕元無　李光垣：「都」訛「元」。〔五六〕鎩羽翰　按：「鎩」原作「鍛」，據康熙五十二年本、紀昀刊誤本校改。

瀛奎律髓彙評卷之十一　夏日類

「南風之薰，以解民愠，以阜民財」，舜之詠也。「人皆畏炎熱，我愛夏日長」，唐文宗〔一〕之詠也。所處之時同，而所感之懷不同，故宋玉有雌雄風之對焉。

馮舒：此序欠通。

馮班：不通。

紀昀：序殊無謂。

五言　二十九首

陪諸貴公子丈八溝攜妓納涼晚際遇雨二首　杜　甫

落日放船好，輕風生浪遲。竹深留客處，荷净納涼時。公子調冰水，佳人雪藕絲。片雲頭上黑，應是雨催詩。

方回：以雨催詩，自老杜作古。前六句亦人之所不及。

陸貽典：方評拘甚。

紀昀：六句人尚可及。

馮舒：落句偶然如此，便供「江西」一生摹倣，墮入鬼趣。

查慎行：此種非少陵擅長處，然結語後人已作故事用。

何義門：攜妓遇雨，正煞風景事，乃云應是催詩，興會轉勝。

紀昀：五、六太質。

雨來沾席上，風急打船頭。越女紅裙濕，燕姬翠黛愁。纜侵堤柳繫，幔卷〔二〕浪花浮。歸路翻蕭颯，陂塘五月秋。

方回：兩詩皆尾句超脱，此詩前四句有輕重，謂船中有越之婦人焉，亦有燕之婦人焉，即富貴之家也。南婦不怯風船，則濕紅裙而已；北婦不慣乘船，而遇風故愁也。未爲苟且下語。此當選「宴集類」中，以主意納涼，故入「夏類」。

馮班：何必如是？

紀昀：此亦互文，評殊穿鑿，前人已駁之耳。

熱

雷霆空霹靂，雲雨竟虛無。炎赫衣流汗，低垂氣不蘇。乞爲寒水玉，願作冷秋菰。何似兒童歲，風涼出舞雩。

方回：起句十字，凡上之人有驕聲而無實惠，下之人名乍驚人而澤不及物者，可以愧焉，亦所以諷時事也。

紀昀：穿鑿無謂，宋人解杜多如是，是大病痛處。

方回：本三首，今取其一。第二首云「閉户人高卧」，第三首云「將衰骨盡痛」，皆不明言熱而熱已可見。「十年不解甲，爲爾一沾巾。」即老杜本色語也。

馮班：五、六雖佳，恐亦不當師法。

紀昀：中四句鄙俚之甚，杜亦有劣調，不可不知。

陪鄭廣文遊何將軍山林

剩水滄江破，殘山碣石開。緑垂風折筍，紅綻雨肥梅。銀甲彈箏用〔三〕，金魚换酒來。興移無灑掃，隨意坐莓苔。

方回：本十首，選其一。第二首云：「百頃風潭上，千章夏木清。」此十首皆「夏日」詩也。第六首云：「風磴吹陰雪，雲門吼瀑泉。酒醒思卧簟，衣冷欲裝綿。野老來看客，河魚不取錢。只疑淳朴處，自有一山川。」尤佳。今以切於夏日，特取此第五首。又重遊五首有云：「春風啜茗時。」當作「薰風」，蓋皆夏日所作詩，安得總云〔四〕「春風」乎？天寶未亂之前，老杜在長安，猶是中年，其詩大槩富麗，至晚年則尤高古奇瘦也。老杜又有「仲夏流多水，清晨向小園。碧溪摇艇闊，朱果爛枝繁」之句，亦「夏日」所當取者。

查慎行：第二首、第六首何獨不入選？〇重游五首何所據而云皆夏日作？

紀昀：中年不止富麗，晚年亦不以奇瘦爲高，此論皆似高而不確。

紀昀：獨取此首不可解。〇統觀十首，園蓋依山麓而傍水港，故有「殘」、「剩」之句。「剩水」尚如滄江之破，「殘山」尚如碣石之開，極言山高而水深也。「破」字、「開」字皆分得一半之意。〇「卸」字是，曲終而興未闌，故更沽酒耳。〇漁洋譏「紅綻」句俗，良是。

無名氏（甲）：滄江、碣石，今滄州。

夏日即事

裴　説

僻居門巷静，竟日坐堦墀。鵲喜雖傳信，蛩吟不見詩。笋抽過舊竹〔五〕，梅落立間枝。此際無塵撓，僧來趁所宜〔六〕。

方回：集本與英華兩、三字不同，大率相似。第五句尤好，取之。

紀昀：虚谷好取小巧，故以此種爲好。

查慎行：第四句難解。

紀昀：第四句晦。

林館避暑

羊士諤

池島清陰裏，無人泛酒船。山蜩金奏響，花露水晶圓。静勝朝還暮，幽觀白已玄。家林正如此，何不賦歸田？

方回：三、四佳，下句尤佳，勝上句。

馮班：未見勝。

紀昀：三、四俗艷，三句尤不自然。六句用古亦不化。

夏日登信州北樓

李郢

高樓上長望，百里見靈山。雨歇荷珠〔七〕定，雲開谷鳥還。田苗映林合，牛犢傍村閒。始得銷憂處，蟬聲催入關。

方回：中四句尤佳，却是第七句一斡有力；謂高樓之望，政足銷憂，而蟬已迫人入城矣，始見無窮之味。猶後山云「登臨興不盡，稚子故須還」也。游興未已，而小兒童輩隨行，但云欲歸。非細味不見此二詩之妙。

馮班：「入關」謂應舉入京也。聽蟬聲知秋近矣，此時當求解也，即「槐花黄，舉子忙」意。方公解誤。

紀昀：前六句無好處，虚谷取中四句未是。結自好，虚谷解亦好。

紀昀：五句景真，而寫來無味。

無名氏(甲)：信州，江西廣信府。

夏晚

劉得仁

日夕得西風，流光半已空。山色漸凝碧，樹葉即翻紅。學淺慚多士，秋成羨老農。誰憐信公道？不泣路途中。

方回：有春晚詩矣，未見夏晚詩也，蓋言秋近而已。三、四佳，第六句妙。

查慎行：似六朝體，不當入律詩。

紀昀：山色「色」字、「即」字再考，第五句無着。○結是刻意作和平語，未免反着迹相。

奉酬侍中夏中雨遊城南莊見示八韻

白樂天

島樹間林巒，雲收雨氣殘。四山嵐色重，五月水聲寒。老鶴兩三隻，新篁千萬竿。化成天竺寺，移得子陵灘。心覺閒彌貴，身緣健更歡。帝將風后待，人作謝公看。甪里年雖老，高陽興未闌。佳辰不見召，爭免趁盃盤。

方回：此乃〔八〕和裴晉公詩，甚工。

紀昀：起四句好。五句以下則全是香山本色，未免失之率易。

仲夏齋居偶題八詠寄微之及崔湖州

腥血與葷蔬，停來一月餘。肌膚雖瘦損，方寸任清虛。體適通宵坐，頭慵隔日梳。眼前無俗物，身外即僧居。水榭風來遠，松廊雨過初。褰簾放巢燕，投食施池魚。久別閒游伴，頻勞問疾書。不知胡與越，吏隱興何如？

方回：有閒散之味。

紀昀：閒散當在神思間，使蕭然自遠之意，於字句之外得之，非多填恬適話頭即爲閒散也。此如有富貴者不在用金玉錦繡字，有神味者不在用菩提般若等字，有仙意者不在用金丹瑤草等字。此詩尚是字句工夫，不得謂之有閒散之味。

查慎行：「眼前無俗物」，少陵成句。

紀昀：白公習調。

苦熱

頭痛汗盈巾，連宵復達晨。不堪逢苦熱，猶賴是閒人。朝客應煩倦，農夫更苦辛。始慚當此日，得作自由身。

查慎行：此一首着眼在「閒」字。

紀昀：起句鄙甚。五、六太切，便俚。

何以消煩暑？端居一院中。眼前無長物，牕下有清風。熱散由心静，涼生爲室空。此時身自得，難更與人同。

方回：閒可減暑，静足支暑。兩詩能道此意，可喜。

查慎行：此一首着眼在「静」字。

紀昀：五、六語真而格卑。

夏夜

賈浪仙

原寺偏憐近〔九〕，開門景物澄。磬通多葉罅，月離片雲稜。寄宿山中鳥，相尋海畔僧。唯愁秋色至，乍可在炎蒸。

方回：此詩前二韻特用生字，而奇澁工緻。五、六亦故爲此等句法，末句亦好奇之所爲也。

紀昀：末二句亦刻意造作，而轉得淺近。虛谷以爲好奇之過，良是。

查慎行：有意求新，一變唐賢風格。

紀昀：三句苦思得之，而極不佳。

閒居晚夏

姚合

閒居無事擾，舊病亦多痊。選字詩中老，看山屋外眠。片雲侵落日，繁葉咽鳴蟬。對此心還樂，誰知乏酒錢？

方回：姚合學賈島爲詩。雖賈之終窮，不及姚之終達，然姚之詩小巧而近乎弱，不能如賈之瘦勁高古也。當以此二公之詩細味觀之，又於其集中深考，斯可矣。三、四疑頗偏枯。「選字」者，殆於揀擇詩眼耳。下句未稱。

紀昀：此評確。

馮班：後四句直下，妙。

紀昀：三句小樣，不及對句。虚谷謂對句未稱，非是。五、六稍有致，七、八淺率。

夏日即事

陳後山

花絮隨風盡，歡娱過眼空。窮多詩有債，愁極酒無功。家在斜陽下，人歸滿月中。肝腸渾欲破，魂夢更無窮。

方回：以「花絮」對「歡娱」，此等句法本老杜，而簡齋尤深得之。三、四絶唱。

馮舒：句中自對，此亦常事。詩不在此。

紀昀：到地宋格，未見其爲絶唱也，況亦常有之意。

查慎行：第四句，「亂來唯覺酒無功」，唐人已先有之。

次韻夏日江村

漏屋簷生菌，臨江樹作門。卷簾通燕子，織竹護雞孫。向夕微涼進，相逢故意存。何當加我歲，從子問乾坤。

方回：三、四句中有眼。姜特立有云：「掃梁迎燕子，插竹護龍孫。」「四靈」有云：「開門迎燕子，汲水得魚兒。」皆落此後。

馮班：「得魚」句佳，「掃梁」句不及。

紀昀：三聯工拙亦各相等，不必軒輊。

馮舒：只聞雞婆，不聞「雞孫」是何物。「乾坤」替不得易字。

紀昀：後半縮和意古法。

許印芳：後山語未襲前人，姜詩乃偷後山，「四靈」又偷老杜。曉嵐視爲同等，豈公論哉？

○「子」字複。

和應之盛夏

張宛丘

驅馬畏炎暑，杜門常鮮歡。吴綃朝扇薄，越布夜衾單。飲沼山禽渴，沾泥雨果殘。二年薇與蕨，實厭野人飡。

馮舒：此詩及下一首似較平淡，然必勝陳。

紀昀：五、六小樣，「武功派」也。

夏日

細徑依原僻，茅簷四五家。山田來雉兔，溪雨熟桑麻。竹籠晨收果，茅菴夜守瓜。頗知農事樂，從子問生涯。

方回：兩詩中四句皆景，而不覺其冗。
紀昀：雖四句皆景，而兩句寫物，兩句寫人，故不複冗。

紀昀：桑麻如何云熟？

夏日

蚓壤排晴圃，蝸涎印雨堦。花鬚嬌帶粉，樹角老封苔。問字病多忘，過隣慵却回。晚涼還盥櫛，對竹引清杯。

方回：前四句皆景，後乃言情。唐人多此體。
馮舒：「排」字怕人，第二聯亦寬。
紀昀：竟不裝頭，直排四景句，格亦老辣。
無名氏（甲）：「堦」字出韻。

許印芳：「堦」押通韻。

北齋書志示兒輩

陸放翁

初夏佳風日，頹然坐北齋。百年從落魄，萬事忌安排。鄉俗能尊老，君恩許賜骸。饑寒雖未免，何足繫吾懷！

方回：律熟。安排事〔一〇〕好。徐仲車聞安定先生莫安排之教，所以學益進。

紀昀：此種議論，無與於詩。

紀昀：四句俗，五、六稍深厚，結又率易。

五月初作

隣舍春新麥，家人拾晚蠶。推移逢夏五，賦與歎朝三。遣日須棋局，忘饑賴酒甔。幽居有高致，多取未爲貪。

方回：三、四好。

馮舒：次聯貪對偶。「賦與」句無謂。

查慎行：以「夏五」對「朝三」，刻意求工，落小家數。

紀昀：三、四小巧，馮以爲貪對偶，是也。

五月十日

韓仲止

片月生林白，沿流澗亦明。幽人方獨夜，山寺有微行。野處偏宜夏，貧家不厭晴。薰風吹老鬢，腐草見飛螢。

方回：五、六新美，然三、四亦幽淡。

馮舒：「貧家」句湊。

查慎行：三、四流麗自然。

紀昀：風格遒上，意境不凡。結有人不能化之感，寓意亦深。惟第六句細思不甚可解，故馮氏譏其湊。虛谷以爲新美，非是。

許印芳：韓淲，字仲止，號澗泉。〇五、六須合看，又須從對面推勘。凡夏晴必熱，城市無林泉避暑，其不宜夏可知。富人多肥膩柔脆，最畏煩暑外蒸，其厭晴可知。野處貧家則反是。此等事理，淺近真實，有何難解？曉嵐呆講本句，故覺其湊而不可解耳。〇尾句借韻。

郊原避暑

葛無懷

有暑猶當避，無憂可得忘。竹疎身共瘦，湖近意先涼。静勝寧須弈，幽期不待觴。還同殘夢樂，炙背負朝陽。

方回：僧義銛，字朴翁，以事還俗。葛其姓，無懷號也。詩可及「四靈」。恐尾句以負暄如避暑耳。

紀昀：意是如此，然不成語。

馮班：尾句欠亮。

陸貽典：落句晦。

查慎行：理足而辭不費。

夏日

曉荷承墜露，晚岫障斜陽。樹下地常蔭，水邊風最涼。蟬移驚鵲近，鷺起得魚忙。獨坐觀羣動，閒消夏日長。

方回：三、四自然。

查慎行：三、四無意致，亦不見佳。

紀昀：恨太質，近俚。

馮舒：第七句總上六句。

紀昀：中四句全似武功，落句力盡。

夏日〔二〕懷友　徐致中

流水階除静，孤眠得自由。月生林欲曉，雨過夜如秋。遠憶荷花浦，誰憐杜若洲？良宵恐無夢，有夢即俱游。

方回：第四句好，蓋是夏夜詩。細味之十字皆好。

馮舒：落句應「孤眠」。

紀昀：「欲」字作「似」字解。

許印芳：徐璣，字文淵，一字致中，號靈淵。

夏夜同靈暉有作奉寄翁趙二丈

齋居惟少睡，露坐得論文。涼夜如清水，明河似白雲。宿禽翻樹覺，幽磬渡溪聞。欲識他鄉思，斯時共憶君。

方回：五、六工。

紀昀：中唐風格。○「如清水」、「似白雲」，未免太質，改爲「清如」、「白似」則稍可。

初夏游謝公巖

又取紗衣換，天時起細風。清陰花落後，長日鳥啼中。水國乘舟樂，巖扉有路通。州民多到此，猶自憶髯公。

方回：徐靈淵〔二〕名璣，字致中。予許其詩在四靈中當居丁位，學者細考之，則信予言。

紀昀：起二句作意而不佳，三、四自佳。末以謝客爲「髯公」，未免杜撰。謝固美髯，然無此稱。

夏日湖上訪隱士

煩暑何能避？孤舟訪隱人。水鄉菱藕熟，晴野稻苗新。爲學師前輩，談空悞宿身〔三〕。鏡湖三百頃，不似此湖濱。

方回：第三句新。

紀昀：三、四差近自然，以爲「新」，則不確。

又 寄

庭深自無暑，苔徑復縈紆。賓客不長到，兒童自可娛。荷花晴帶粉，蒲葉晚凝珠。與爾城闉隔，茲歡想不殊。

方回：第六句稍生。

紀昀：言露珠也，稍纖，非生。

紀昀：複一「自」字。

七言 二十首

多病執熱懷李尚書之芳　杜工部

衰年正苦病侵淩，首夏何須氣鬱蒸。大水淼茫炎海接，奇峯硉兀火雲升。思霑道暍黄梅雨，敢望宫恩玉井冰。不是尚書期不顧，山陰野雪興難乘。

方回：末句即今人所謂打諢也。夏日詩最難得好句，若老杜「長夏江村事事幽」，已選入「郊野類」，惟此一首云。

紀昀：必求備類，是此書一病。吴氏之論當矣。

紀昀：詞意淺率。此杜公頹唐之尤者，以爲老境，則失之。

途中盛夏〔一四〕

丁　謂晉公

山木無陰驛路長，海風吹熱透蕉裳。渴思西漢金莖露，困憶南朝石步廊。江上綸竿輪散誕，林間冠褐負清涼。下程欲選披襟處，滿眼䞓桐與佛桑。

方回：此福建道中事。「崑體」，三、四工。

紀昀：後四句疎散，尚不全是「崑體」。五、六合掌。○此係晉公南遷時所作，故有深思退閒之語。

李光垣：於例應作「丁晉公」，而下注「謂」，乃爲畫一。

苦　熱

錢文僖

赫日烘霞鬭曉光，雙紋枕簟碧牙床。頻傾蜜勺寧蠲渴？久捧冰壺未覺涼。雪嶺却思隨博望，風牕猶欲傲羲皇。更憐乳燕翻飛處，深入盧家白玉堂。

方回：亦「崑體」。惟演公有擁旄等諸集。

馮班：錢思公擁旄集。

李光垣：此批屢見。

馮舒：結疏慢。

紀昀：語意凡近。

夏日即事　林和靖

石枕涼生菌閣虚，已應梅潤入圖書。不辭齒髪多衰疾，所喜林泉有隱居。粉竹亞梢垂宿露，翠荷差影聚游魚。北牕人在羲皇上，時爲淵明一起予。

方回：隱君子之詩，其味自然不同。五、六下兩隻詩眼太工。〔按：方回在「粉竹亞梢垂宿露，翠荷差影聚遊魚」二句之「亞」「垂」「差」「聚」四字旁皆加圈。〕

馮舒：以一字爲詩眼，亦宋人盲説耳。

紀昀：此自虚谷看出，其實和靖詩不講琢字。

馮班：結未妥。

紀昀：此種已純是放翁意思，再下，即後人滑調矣。

苦熱　王平甫

出門無路避飛沙，長夏那堪旱氣加？永晝火雲空爍石，華堂冰水未沉瓜。月明葱嶺千秋雪，風静天河八月槎。終借羽翰乘興往，煩寃誰此戀生涯。

方回：「乞爲寒水玉，願作冷秋菰」，即此五、六句也。似有厭棄世緣之態。

馮舒：「風静」句不着拍。○次聯亦不好。

紀昀：「未沉瓜」三字欠渾老，亦欠醒豁。○後四句一氣，五、六句只抵「寒水玉」「冷秋菰」六字，七、八句乃是「乞爲」、「願作」四字，截斷説則失詩意。

中夏

朝晡廣廈坐欹斜，稍覺炎天氣象加。紫玉簫攢湘竹笋，赤霜袍爛海一作「石」。榴花。悠悠物外身無事，擾擾人間智有涯。五鼎一瓢何必問，且凴詩句度年華。

方回：三、四乃倒裝句法。夏詩之富艷者。

馮舒：高不在此。

紀昀：是俗非艷。

馮舒：後四句百撒。

馮班：後四句何見是中夏？

紀昀：馮云：「後四句何見是中夏？」其實此四句自不佳。不切「中夏」，則非其病，詩無句句抱定之理。

次韻夏日

陳後山

江上雙峯一草堂，門閒心静自清涼。詩書發冢功名舊，麋鹿同羣歲月長。句裏江山隨指顧，舌端幽眇致張皇。莫欺九尺鬚眉白，解醉佳人錦瑟傍。

方回：看格律又與宛丘同。

馮舒：百撒。

馮班：第三句野。○不見「夏日」。宋人用事只是不相干處着力，所以不妥。

紀昀：一片宋調，故馮氏以爲「野」。通首惟次句切夏，馮氏謂「不見夏日」，亦中其病。

夏日雜興

張宛丘

牆下溪流清且長，夾流喬木兩蒼蒼。晨風翠果擎枝重，照水圓荷舞葉涼。蝸角已枯黏粉壁，燕泥時落污書床。南山野客閒相過，贈我能攜藥滿筐。

馮舒：此較貼。

馮班：五、六好。「角」字、「舞」字未妥。

紀昀：寫景點綴，是雜興體。

夏日三首

長夏村墟風日清，簷牙燕雀已生成。蝶衣晒粉花枝午，蛛網添絲屋角晴。落落疎簾邀月影，嘈嘈虚枕納溪聲。久判兩鬢如霜雪，直欲樵漁過此生。

馮舒：第六句好。後二句亦撒。

馮班：結寬。

查慎行：三、四對句更勝。

紀昀：三、四自是好句，然細味之，乃春暖詩，不見夏景。○通首皆晝景，「月」字無着。

許印芳：三、四語夏日亦有此景，但宜作初夏耳。原詩首句作「長夏」，愚爲易作「初夏」。全詩皆屋舍中事。「吾廬」原本作「郊墟」，與後文相隔太遠，亦爲易之。中二聯前言晝景，後言夜景。曉嵐謂「月」字無着，謬矣。結句寫懷，是全詩歸宿處。馮氏嫌寬，意謂不切夏日，豈知古人作詩重在寫意，於天時地理皆無處處黏滯之死法也。○「生」字複。

黄簾緑幕斷飛蠅，午影當軒睡未興。枕穩海魚鐫紫石，扇涼山雪畫青繒。廊陰日轉雕欄樹，坐冷風生玉盌冰。滿案詩書塵蠹甚，故應疎嬾過炎蒸。

馮舒：第四句轉折多，却達。

查慎行：三、四筆有餘清。

紀昀：三、四碎而湊，最爲小樣。

棗徑瓜畦過雨香，白衫烏帽野人裝。幽花避日房房斂，翠樹含風葉葉涼。養拙久判藏姓字，致身安事巧文章。漢庭卿相皆豪傑，不遇何妨白髮郎。

馮舒：後四句亦撒。

紀昀：此首却流利可誦。

和晁應之大暑書事

蓬門久閉謝來車，畏暑尤便小閣虛。青引嫩苔留鳥篆，緑垂殘葉帶蟲書。寒泉出井功何有，白羽邀涼計已疎。忍待西風一蕭颯，碧鱸青鱠〔一五〕意何如。

方回：文潛此五首中三首入東萊文鑑。每詩三、四絶佳，能言長夏景致精美。

紀昀：亦不盡佳。

紀昀：三、四小樣，五句笨甚。

夏日雜興

蔬圃茅齋三畝餘，溪光山影動浮虛。病妻老去惟尋藥，稚子年來解愛書。中散無堪心放蕩，馮唐已老興蕭疎。全真養素安吾分，敢謂軒裳不我如。

方回：亦自然有味。

馮舒：却不見夏日！

紀昀：雅人深致，和平之音。○馮云「不見夏日」，非是，此是雜興耳。

許印芳：「老」字複，結句「吾」「我」意複。

幽居初夏雨霽

陸放翁

楸花楝花〔一六〕照眼明，幽人浴罷葛衣輕。燕低去地不盈尺，鵲喜傍簷時數聲。對弈軒牕消永晝，晒絲院落喜新晴。忽驚重五無多日，綵縷纏筒弔屈平。

方回：熟之又熟。

紀昀：熟是佳處，然熟正是放翁病處。

紀昀：第八句只就重五敷衍押韻，殊散漫，無意致。

初夏幽居

虛堂一幅接䍠巾，竹樹森疎夏令新。鉼竭重招麯道士，床空新聘竹夫人。寒龜不食猶能壽，弊帚何施亦自珍。枕簟北窗寧有厭，小山終日尚嶙峋。

方回：中四句游戲三昧。　紀昀：五、六非遊戲語。

馮舒：頷聯宋甚。

馮班：氣味不好。放翁學黄、陳，故有此等詩。

紀昀：三、四太纖。

麥熟市米價減隣里病者亦皆愈欣然有賦

凶年已度麥方秋，學道從來幸寡求。荷鍤自隨身若寄，漉籬可賣飯何憂。隣翁瀕死復相見，村市小涼時獨游。不怕歸時又侵夜，新添略彴跨清溝。

方回：三、四善用事，五有感，六自然。

查慎行：五、六瘦勁，非老境不能到。

紀昀：次句不貫下文。

幽居初夏

藤冠草履病支離，門外紛紛百不知。解籜有聲驚倦枕，飛花無力點清池。閒思舊事唯求醉，老感流年只自悲。緑樹陰中紅練起，一團零亂濕臙脂。

方回：第四句絶妙。

紀昀：五、六太滑，結無味。

五月初夏病體輕偶書

世事紛紛了不知，又逢燕乳麥秋時。經年謝客常因醉，三日無詩自怪衰。乘雨細移西崦藥，留燈重覆北窗棋。但將生死俱拈起，造物從來是小兒。

方回：第四句可見此翁無日無詩，所以熟，所以進，所以不可及。

紀昀：手滑調複，亦正坐無日無詩。詩以言志，無所爲而作不已，不得不流連光景矣。此劍南之詩，所以諧於俗，而終不逮古也。

查慎行：第四句崛强。

紀昀：又見四十四卷「疾病類」，評語不同。○結入惡趣。

夏日二首

吴中五月暑猶微，竟日南堂坐掩扉。緑樹露香鶯獨語，畫廊風惡〔一七〕燕雙歸。三千界内人人錯，七十年來念念非。投老萬緣俱掃盡，從今僧亦不須依。

紀昀：五、六劣調。

梅雨初收景氣新，太平阡陌樂閒身。陂塘漫漫行秧馬，門巷陰陰掛艾人。白葛烏紗稱時節，黄雞緑酒聚比隣。掀髯一笑吾真足，不爲無錐更歎貧。

方回：真詩人難得如此格律，信手圓成，不喫一絲毫力也。

馮舒：兩首不甚拈夏日，却不撒。

馮班：有白傅意。

陸貽典：二詩酷似樂天。

紀昀：此較圓浄，然亦太熟。○此卷殊少佳作，蓋夏日詩本難著語。

校勘記

〔一〕唐文宗　馮舒、查慎行、李光垣、陸貽典：「文」原訛作「太」。〔二〕幔卷　馮班：「卷」一作「宛」。何義門：「宛」字與「卷」字有生死之别。〔三〕彈箏用　紀昀：「用」當作「卸」。〔四〕總云　李光垣：「忽」訛「總」。〔五〕過舊竹　馮班：「過」一作「通」。〔六〕趁所宜　馮班：「趁」一作「稱」。〔七〕荷珠　李光垣：「荷」原作「河」。〔八〕此乃　按：原訛作「乃此」，據康熙五十二年本、紀昀刊誤本校改。〔九〕憐近　按：元至元本「憐」作「鄰」。〔一〇〕安排事　按：康熙五十二年本、紀昀刊誤本「事」作「字」。〔一一〕夏日　許印芳：「日」當作「夜」。〔一二〕徐靈淵　康熙五十二年本、紀昀刊誤本於「淵」下有「一作中」三字。〔一三〕悞宿身　李光垣：「悟」訛「悞」。〔一四〕盛夏　紀昀：「夏」一作「暑」。〔一五〕碧鱸青鱠　紀昀：「鱸」「鱠」二字再校。〔一六〕楝花　查慎行：「楝」原訛作「練」。〔一七〕風惡　馮班：「惡」一作「急」。

瀛奎律髓彙評卷之十二　秋日類

「悲哉秋之爲氣」，宋玉之辭極矣。後之作者，悲秋爲多。中秋、九日詩不盡入「節序」，及泛述秋興、秋懷，精於言秋者屬此。

五言 六十首

秋日二首

唐太宗

爽氣澄蘭沼，秋風動桂林。露凝千片玉，菊散一叢金。日岫高低影，雲空點綴陰。蓬瀛不可望，泉石且娛心。

紀昀：二首尚純是初體。此詩三、四又初體中之俗格也。

菊散金風起，荷疎玉露圓。將秋數行雁，離夏幾林蟬。雲凝愁半嶺，霞碎纈高天。還似成都望，直見峨眉前。

方回：唐太宗既得天下，盡修諸史，晉書、南、北史及八代史是也。盡注諸書〔一〕，今注疏是也。其有功於後世者甚大，不止一時混合軌、文而已。作小小八句詩，壓倒一時，文人、書生、瀛洲十八學士，及天下能言之人，焉不心服。詩體源流〔二〕，陳、隋多是前六句述景，末句乃以情終之。後篇「將秋」之聯係響字。「霞碎纈高天」，「纈」字甚妙。山谷「秋入園林花老眼」，乃是如此下字；李賀「龜甲屏風生眼纈」，亦出此。

馮舒：方君論詩必分情景，又必以一字爲詩眼，此殊不然。無首無尾，無起無止，而自聯貫，自渾成者，沈、宋以前之詩也。不必如此起而首妙，不必如此止而結妙，景龍至李、杜之詩也。如此起、如此結，錢、郎以後之詩也。總之，言景必兼情，言情必兼景，或專情、或專景，而虚字、新字自具其中，此作詩之法也。必做空硬腔，巧入新字爲詩眼，去詩道遠矣，去説詩亦千里矣。○「花老眼」，成何語？○詩不以一字爲工拙。○此詩前一段不分景與情，「纈」字六朝人常用，方君於古人詩全未經目。

紀昀：諸史不盡修於太宗時，諸經之注亦不盡在太宗時。

紀昀：三、四自好。

秋日翠微宫

秋光凝翠嶺，涼吹肅離宫。荷疎一蓋缺，樹冷半帷空。側陣移鴻影，圓花釘菊叢。攄懷俗塵外，高眺白雲中。

方回：「側陣移鴻影」一聯自是佳句。「釘」字似險，細味之，乃以菊花之圓如釘裝然，亦奇也。又遼東山夜臨秋詩亦佳，一聯云：「烟生遥岸隱，月落半崖陰。」

馮舒：古人之詩，豈如後人專擅字眼者？

馮班：方君云「釘字似險」，不必。不若前「缬」字好。

紀昀：「釘」字殊不雅馴，非險、非奇。

馮舒：後人不能如此結。

紀昀：三、四乃初體中之笨句。

秋清

杜工部

高秋蘇肺氣，白髮自能梳。藥餌憎加減，門庭悶掃除。杖藜還客拜，愛竹遣兒書。十月江平穩，輕舟進所如〔三〕。

方回：此老杜詩之似晚唐者。
紀昀：固然。然晚唐那得此渾成？
馮班：文氣平遠，晚唐不及也。
無名氏（乙）：「憎」字、「悶」字盡久痾性情。五、六高興忽來，不復知病矣。工妙。

悲　秋

涼風動萬里，羣盜尚縱横。家遠傳書日，秋來爲客情。愁窺高鳥過，老逐衆人行。始欲投三峽，何由見兩京？

方回：此詩不勝悲歎，五、六尤哀壯激烈。
馮舒：如此結，何必悲秋？何必不悲秋？
錢湘靈：高鳥之飛輕健飄疾，老人之行依附迂迴，故五、六自傷也。
查慎行：五、六感慨含蓄。
何義門：涵蓋無限。○此篇妙在淡。
紀昀：「愁窺」五字以對照見意。○五、六兩句合看，方見其妙。

秋野

秋野日疏蕪，寒江動碧虚。繫舟蠻井絡，卜宅楚村墟。棗熟從人打，葵荒欲自鋤。盤飧老夫食，分減及溪魚。

易識浮生理，難教一物違。水深魚極樂，林茂鳥知歸。吾老甘貧病，榮華有是非。秋風吹几杖，不厭北山薇。

紀昀：後四句亦近淺直，起二句却似宋人。
無名氏（乙）：見道之言。

禮樂攻吾短，山林引興長。掉頭紗帽側，曝背竹書光。風落收松子，天寒割蜜房。稀疏小紅翠，駐屐近微香。

查慎行：第三句用莊子，第四句用陶，辭極脱化。
何義門：一「風」字貫穿中間四句。
紀昀：三、四未佳。

遠岸秋沙白，連山晚照紅。潛鱗輸駭浪，歸翼會高風。砧響家家發，樵聲箇箇同。飛霜任青女，賜被隔南宮。

查慎行：「輸」字、「會」字他人百煉不到，此爲詩眼亦可，其實句中無一字不着力也。

何義門：三、四傑句。○留滯寫得如此清麗！

紀昀：此種皆杜之率筆。

無名氏（甲）：落句言漢郎官賜青綾被，而今遠隔，不得與也。

身許麒麟畫，年衰鷗鷺〔四〕羣。大江秋易盛，空峽夜多聞。逕隱千重石，帆留一片雲。兒童解蠻語，不必作參軍。

方回：讀老杜此五詩，不見所謂景聯，亦不見所謂頷聯，何處是四虛？何處是四實？虛中有實，實中有虛，景可爲頷，頷可爲景，大手筆混混乎無窮也，却有一絶不可及處。五首詩五箇結句，無不喫緊着力，未嘗有輕易放過也。然則真積力久，亦在乎熟之而已。或問「吾老」係單字，「榮華」是雙字，亦可對否？曰：在老杜則可，若我輩且當作「衰老甘貧病」，然不如「吾老」之語健意足也。

馮舒：此評大是。

馮班：「吾」字實是不妥，或當時偶失檢點，或後世傳寫之誤，何必以其出自老杜，即以爲妙而曲爲之諱哉？

紀昀：可則可，不可則不可，安在老杜獨可？此種純是英雄欺人。○末數語却是。

查慎行：三、四即從「鵁鶄」帶來，氣概横絶。

無名氏（乙）：五首自道平素有安分息機意，氣清詞厚，又是公一格。

秋日過徐氏園林

包佶

回塘分越水，古樹積吴煙。掃竹催鋪席，垂蘿待繫船。鳥窺新罅栗，龜上半欹蓮。屢入忘歸地，長嗟俗事牽。

方回：五、六工甚。

查慎行：五、六殊拙。

紀昀：四句亦工，然工處正是纖小處。

紀昀：佶盛唐人，而詩已逗漏晚體。風會漸移，機必先兆。

秋日送客至潛水驛

劉夢得

候吏立沙際，田家連竹溪。楓林社日鼓，茅屋午時雞。雀噪晚禾地，蝶飛秋草畦。驛樓宫樹近，疲馬再三嘶。

方回：三、四天下誦之。

紀昀：「草」似不得云「畦」。或曰：「畦留夷與揭車。」雖皆草類，然詩不得如此牽引。

秋日暑退贈白樂天

暑服宜秋着，清琴入夜彈。人情皆向菊，風意欲摧蘭。歲稔貧心泰，天涼病體安。相逢取次第，却甚少年歡。

方回：三、四已佳，五、六十分佳絶。

紀昀：究是三、四比興深微，五、六直宋人習語耳，虚谷譽所可及也。

馮舒：即如此四句，尚不分景與情也。

查慎行：三、四新穎可喜。

早　秋

杜牧之

疎雨洗空曠，秋標驚意新。大暑去酷吏，清風來故人。樽酒酌未酌，晚花嚬不嚬。銖秤與縷雪，誰覺老陳陳？

方回：大暑如酷吏之去，清風如故人之來。倒裝一字，便極高妙。晚唐無此句也。牧之才高，意欲異衆，心鄙元、白，良有以哉。尾句怪。

紀昀：亦未見爲高妙。

馮舒：「銖秤」未解。

查慎行：三、四句，自牧之以前，不曾有此句法。

紀昀：次句生硬，「清風」句自好，「大暑」句終不雅，五、六調劣，結亦不佳。

秋思

熱去解鉗鐵〔五〕，飄蕭秋半時。微雨池塘見，好風襟袖知。髮短梳未足，枕涼閑且欹。平生分過此，何事不參差？

方回：首句即去酷吏之意。三、四眼前事，道着即好。

何義門：蕭散無俗。

紀昀：首句殊不成語。

池上

白樂天

嫋嫋涼風動，淒淒寒露零。蘭衰花始白，荷破葉猶青。獨立棲沙鶴，雙飛照水螢。若爲寥落境，仍值酒初醒。

方回：第四句最新。

紀昀：雖無深味，頗不傷雅。

和左司郎中秋居五首

張司業

閑堂新灑掃，稱是早秋天。書客多呈帖，琴僧與合絃。莎臺乘晚上，竹院就涼眠。終日無忙事，還應似得仙。

馮舒：少監之武功縣、司馬之原上新居，詩體大率如此圓脱。

紀昀：五首純是「武功體」，而更參以率易之句，不爲佳作。

自知清淨好〔六〕，不要問時豪。就石安琴枕，穿松壓酒槽。山情因月甚，詩語入秋高。身外無餘事，唯應筆硯勞。

紀昀：五、六獷甚，已逗漏宋派矣。

醉倚斑藤杖，閑眠瘦木床。案頭行氣訣，爐裏降真香。尚儉經營少，居閒意思長。秋茶莫夜飲，新月〔七〕作松漿。

紀昀：結二句刻意求新，亦未自然。

菊地纔通履〔八〕，茶房不壘階。憑醫看蜀藥，寄信覓吴鞋。盡得仙家法，多隨道客齋。本無榮辱意，不是覺安排〔九〕。

紀昀：次句俚而無意義，但趁韻耳。

無名氏（甲）：律詩亦不可純恃性靈。似此古色斑斕，正得少陵遺意。但天分人工，終有高卑大小，此不可强也。

閑來松菊地，未省有埃塵。直去多將藥〔一〇〕，朝回不訪人。見僧收酒器，迎客換紗巾。更恐登清要，難成自在身。

紀昀：三、四太率易。五、六言惟見僧乃收酒器，迎客乃換紗巾，以見無時不科頭痛飲之意，亦殊小様。

李光垣：五首中「無忙事」「無餘事」「居閒」「秋茶」「茶房」「蜀藥」「將藥」等句，似複。

和劉補闕秋園五首　朱慶餘

閑園清氣滿，新興日堪追。隔水蟬鳴後，當簷雁過時。雨餘槐穟重，霜近藥苗衰。不似朝簪貴，多將野客期。

紀昀：三、四「隔水」「當簷」，未免增出湊句。五、六較可。

逍遥人事外，杖履入杉蘿。草色寒猶在，蟲聲晚漸多。静逢山鳥下，幽稱野僧過。幾許開新菊，開從〔一〕落葉柯。

紀昀：三、四有格。

深齋常獨處，詎肯厭秋聲？翠篠寒逾静，孤花晚更明。每因逢石坐，多見抱書行。入夜聽疎杵，遥知耿此情。

紀昀：三、四亦佳，但「寒」「晚」字太複第二首。〇「此」字無着。

門巷唯苔蘚，誰言不稱貧。臺閑人下晚，果熟鳥來頻。石脈潛通井，松枝静離塵。殘蔬得雨後，又見一番新。

竹逕通隣圃，清深稱獨游。蟲絲交影細，藤子墜聲幽。積潤苔紋厚，迎寒薺葉稠。閑來尋古畫，未廢執茶甌。

方回：朱慶餘詩，荆公少選。然如此五詩，多工語。

紀昀：三、四細緻，結偏僻。

和劉補闕秋園行〔三〕寓興六首

雍陶

水木夕陰冷，池塘秋意多。庭風吹故葉，階露浄寒莎。愁燕窺燈語，情人見月過。砧聲聽已别，蟲響復相和。

何義門：風致絶似姚合。

紀昀：「庭風」二字生。〇燕不夜語。

李光垣：題有訛脱。

閉門無事後，此地即山中。但覺鳥聲異，不知人境同。晚花開爲雨，殘果落因風。獨坐還吟〔三〕酌，詩成酒已空。

方回：「花開爲雨」、「果落因風」，自是佳句。然詩家亦或忌此，「因」即是「爲」，「爲」即是「因」，二字相犯也。昌黎詩：「風能折芡嘴，露亦染梨腮。」山谷謂「能」當作「稜」，「亦」當作「液」。詩中不可無虛字，然用虛字而不切，則泛也。「因」對「爲」，「鳥」對「人」，「知」對「覺」，凡三者所當省也。

馮舒：「稜」、「液」真不通。山谷不通如此！

馮班：古人偶句，但欲音詞整飭，不忌相犯。詩人云：「遘閔既多，受侮不少。」「不少」，即是多也。宋人拘忌既甚，取對太巧，文章無正遠之氣，此大病也。大略傾仄儇俏，有傷文格。巧對尤害，以其傷筋骨也。宋人忌相犯，盛唐大家、高手殊不然。○「鳥」對「人」有何不可？

查慎行：依評語則改「爲」作「細」，改「因」作「高」，似佳，然亦不必如此講。

紀昀：此評好。○「鳥」對「人」尚不礙，「因」對「爲」、「知」對「覺」，則誠如所譏。

自得家林趣，常時在外稀。對僧餐野食，迎客着山衣。雀鬬翻簷散，蟬驚出樹飛。功成他日後，何必五湖歸。

紀昀：五、六寫閒静之意，非言雀、蟬也。

秋色庭蕪上，清朝見露華。疎篁抽晚笋，幽藥吐寒芽。引水新渠浄，登臺小徑斜。人來多愛此，蕭爽似仙家。

紀昀：此亦雅飭，惟結句太熟滑。

禁掖朝迴後，林園勝賞時。野人來辨藥〔一四〕，庭鶴往看〔一五〕棊。晚日明丹棗，朝霜潤紫梨。還因重風景，猶自有秋詩。

何義門：此首第六，必應如此次序，從集不從荆公選也。

紀昀：二首平平。○鶴看棋，僻而無理。不得以詩有别趣，曲爲之詞。

聖代少封事，閑居方屏喧。漏寒雲外闕，木落月中園。山鳥宿簷樹，水螢流洞門。無人見清景，林下自開樽。

方回：六詩皆工而可觀，荆公所取者。劉補闕爲諫官，而家園有山水之樂，唐人之仕於東、西都者皆然。

何義門：此首第五。

紀昀：清出補闕亦細。○五、六太平易。○「無人」句礙一首「情人」句。三首「對僧」二句、四首「人來」二句、五首「野人」句、一「林下」句，複「獨坐」句。此疎於律處。

郊居秋日酬奚贊府見寄

楊巨源

繁菊照深居，芳香春不如。聞尋周處士，知伴庾尚書。日晚汀洲曠，天晴草木疎。閑言揮麈柄，清步掩蝸廬。野老能親牧，高人念遠漁。幽叢臨古岸，輕葉度寒渠。暮色無狂蝶，秋華有嫩蔬。若爲酬郢曲，從此愧璠璵。

方回：起句十字最佳，而「照」字尤妙。後所點兩聯，一開闊，一細潤。此本合入「郊野類」，以其言秋日者多，故附之「秋」。

紀昀：按本集中四十九卷，並無「郊野」一類。○不見佳處，起二句亦未自然，「繁」字、「照」字皆不得菊之神理。

無名氏（甲）：凡長篇須有峯巒起伏之勢，若一直平坦則不佳。此詩篇法甚好。

長安秋夜

章孝標

田家無五行，水旱卜蛙聲。牛犢乘春放，兒孫候暖耕。池塘煙未起，桑柘雨初晴。歲晚香醪熟，村村自送迎。

方回：章孝標詩集一卷，荆公選僅取五首。題云長安秋夜而前六句自言春意，止末後兩句係秋意。今不敢輕改古題，附「秋」詩中。亦只起句十字新異。

紀昀：此猶見古人矜慎之風。明人刊古書，雖經史不難竄改矣。

馮舒：不似説秋。○第五句春景。「歲晚」亦非秋。

馮班：題應作「田家」。

紀昀：自是春詩，「歲晚」字或訛耳。○馮氏不言題誤而抹詩，非也。○「歲晚」二句作預擬之詞，亦可通。

立秋日

司空曙

律變新秋至，蕭條自此初。花酣蓮報謝，葉在柳呈疎。淡日非雲映，清風似雨餘。卷簾涼暗度，迎扇暑先除。草静多翻燕，波澄乍露魚。今朝散騎省，作賦興何如？

紀昀：只「清風」句頗可，而出句太拙。餘皆平平。○三、四「報」、「呈」二字俗甚，虚谷圈之，非是。〔按：方回在「花酣蓮報謝，葉在柳呈疎」二句「酣」、「報」、「在」、「呈」字旁皆加圈。〕

秋寄賈島〔一六〕

僧無可

暗蟲分〔一七〕暮色，默坐思〔一八〕西林。聽雨寒更盡，開門落葉深。昔因京邑病，併起洞庭心。亦是吾兄事，遲迴直至今。

方回：聽雨徹夜，既而開門，乃是落葉如雨，此體極少而絕佳。「微陽下喬木，遠燒入秋山」，亦然。陳後山「輝輝垂重露，點點綴流螢」，謂柏枝垂露若綴螢。然一句指事，一句設譬，詩中之奇變者也。

何義門：冷齋夜話亦如此解上、下、虛、實。借對固自有意，然即二句皆實，亦悲秋真景也。

紀昀：此說自通，然作雨後葉落，亦未嘗不佳。

紀昀：格韻頗高。

許印芳：僧無可，賈島從弟。

秋寄李頻使君

僧貫休

務簡趣誰陪？清吟共緑苔。葉和秋蟻落，僧帶野風來。留客朝嘗酒，憂民夜畫灰。終期冒風雪，江上見宗雷。

方回：李頻，睦州人，終於建州刺史。貫休，婺州蘭溪人，死於蜀。爲詩有極奇處，亦有太粗處。「盡日覓不得，有時還自來」。爲人嘲作失猫詩，此類是也。然道價甚高，年壽亦高。蚤與李頻交，而老依錢鏐，不肯改「一劍霜寒十四州」，遂入蜀。此詩第四、第六句好。

紀昀：確論。

查慎行：第四句惡道。

紀昀：三、四乃想像之詞，不應作目擊之景。未免疎於律法。「誰陪」、「終期」，一氣呼應。

新秋雨後

僧齊己

夜雨洗河漢，詩懷覺有靈。籬聲新蟋蟀，草影老蜻蜓。静引閑機發，涼吹遠思醒。逍遥向誰説？時泥漆園經。

方回：齊己，潭州人，與貫休並有聲，同師石霜。二僧詩，唐之尤晚者。己詩如「夜過秋竹寺，醉打老僧門」，最佳。此詩起句自然，第六句尤好。

紀昀：此粗語，何以爲佳？

紀昀：唐詩僧以齊己爲第一，杼山實不及，閲全集自見。○三、四新脆，「覺有靈」三字不佳。

許印芳：此詩次句即老杜「詩成覺有神」意，語雖不佳，卻無疵纇。三、四佳在「新」字、「老」字，若用「聞」、「見」等字，便是小兒語。五、六亦頗細緻，六句暗藏「風」字，措語亦較五句有味，故虛谷以爲尤好。尾聯原本云：「逍遥向誰説，時泥漆園經。」上句太空，下句太滯，故爲易之：「逍遥吾自得，不假漆園經。」按：晝公乃盛唐人，嘗著杼山詩式，鑒裁頗精，所作詩格高氣清。然高而近空滑，清而多薄弱，非王、孟精深華妙之比。齊己雖唐末人，其詩頗有盛唐人氣骨。如秋夜聽業上人彈琴云：「萬物都寂寂，堪聞彈正聲。人心盡如此，天下自和平。湘水瀉寒碧，古風吹太清。往年廬嶽奏，今夕更分明。」沈歸愚謂三、四語寫出太和元氣，從來詠琴者俱未寫到。且謂其詩淵灝之氣在李頎、常建之間。非過許也。然亦有豪而近粗者，如劍客詩云：「拔劍繞殘樽，歌終便出門。西風滿天雪，何處報人恩。勇死尋常事，輕仇不足論。翻嫌易水上，細碎動離魂。」三、四及結句極佳，起句及五、六則粗矣。二詩皆以氣勝，不甚拘對偶，而有情思貫注其間，非若晝公徒標高格，全無意味也。曉嵐謂齊己第一，真篤論哉！

秋　徑

僧保暹九僧之一

杉竹清陰合，閑行意有憑。涼生初過雨，静極忽歸僧。蟲迹穿幽穴，苔痕接斷稜。翻思深隱處，峯頂下層層。

方回：此賦秋徑云「杉竹清陰合」，即其中乃徑也。第二句「閑行」字，雨之所過，僧之所歸，皆徑也。五、六尤見徑中秋事，尾句仍不走作。
馮舒：如此講「九僧」，得之矣。
紀昀：此評細。○「雨過」不必是徑。
查慎行：第四不成句。
紀昀：「意有憑」不妥，四句亦不佳。○此種其細已甚，然小題只合如此。

原上秋草

僧懷古〔一九〕

秋來深徑裏，老病眼慵開。户外行人絶，林間朔吹回。亂蛩鳴古塹，殘日照荒臺。唯有他山約，相親入望來。

方回：第六句深得秋意。
紀昀：五、六好。○題目「草」字有誤，疑是「原上早秋」。
許印芳：詩非詠秋草，亦不切早秋，當作「秋望」。
許印芳：「來」字複。

山中

僧秘演

結茅臨水石，淡寂益閑吟。久雨寒蟬少，空山落葉深。危樓乘月上，遠寺聽鐘尋。昨得江山〔三〇〕信，期來此息心。

方回：此石曼卿至交山東演也，歐陽公爲其詩集序。中四句鍛而成，却足前後起末句。「九僧」亦多如此。

馮舒：未見得是秋，不宜入此。

紀昀：馮云：「未見得是秋，不宜入此。」然「寒蟬」、「落葉」，非秋而何？此無關於論詩，特以門户，故其偏僻更甚於虚谷！

查慎行：有詩如此，宜爲石學士所賞。○「九僧」不如多矣。詩僧宋代首推參寥。如「九僧」，不堪咀味。

落葉

潘逍遥

片片落復落，園林漸向空。幾番經夜雨，一半是秋風。静擁莎堦下，閑堆蘚徑中。巖松與巖檜，寧共此時同？

方回：潘閬出處，予著名僧詩話已詳見。落葉合入「着題」詩，今附「秋日類」中。三、四有議論，五、六只是體貼，尾句却有出脱。不如此，非活法也。

紀昀：入「着題」爲是。

馮舒：五、六頗傷板。

紀昀：五、六稍率。

秋日題瑯琊山寺

巖下多幽景，且無塵事喧。鐘聲晴徹郭，山色曉當門。深洞藏泉脈，懸崖露樹根。更期來此宿，絶頂聽寒猿。

方回：此爲滁州參軍時所作。有賈島餘韻，五、六尾句尤高。

渭上秋夕閑望

秋夕〔一〕滿秦川，登臨渭水邊。殘陽初過雨，何樹不鳴蟬。極浦涵秋月，孤帆没遠煙。漁人空老盡，誰似太公賢？

方回：五、六清淡。尾句必合如此，乃有轉换。

馮舒：落句急出題，非轉换也。

查慎行：三、四絶勝五、六。〇五、六正寫閑望，評以清淡，失之矣。

馮舒：結句呆。

馮班：次聯妙，尾句極不佳。
陸貽典：次聯能寫真境。
紀昀：二詩俱有唐意，風格自高。
許印芳：「秋」字複。○結句但不出色耳，馮氏斥爲呆鈍，未免太刻。

暮秋閑望　　魏仲先

水閣閑登望，郊原欲刈禾。壞簷巢燕少，積雨病蟬多。砧隔寒溪搗，鐘隨曉吹過。扁舟何日去？江上負煙簑。

方回：中四句皆工，第四句尤好。
馮舒：工緻，無宋氣。
查慎行：有意裝景，殊不自然。
紀昀：結句竟似仕宦人語，未喻其意。

秋　風　　王半山

揫斂一何饕，天機亦自勞。牆隈小翻動，屋角盛呼號。漠漠驚沙密，紛紛斷柳高。江湖豈在眼，昨夜夢波濤。

方回：八句無一字不工，第一句下「饕」字，二句下「天機」字，尤於「秋風」爲切也。

馮舒：何謂？

紀昀：「饕」字、「天機」字，何以切「秋風」？

馮舒：此乃入魔。

陸貽典：前四句傷於太刻，後四句佳。

查慎行：結句有餘力，有轉换。

秋露

日月跳何急？荒庭露送秋。初疑宿雨泫，稍怪曉霜稠。曠野將馳獵，華堂已御裘。空令半夜鶴，抱此一端愁。

方回：周處風土記曰：「白鶴性警，至八月繁露降，流草葉上，滴滴有聲，即鳴也。」春秋繁露：「白鶴知夜半。」此詩三、四已切于秋露，五、六似若言秋，而未及露，却着結句引「半夜鶴」以終之，亦妙。

紀昀：五、六以得意之境，逼出警露作對照。如以爲言秋而未及露，則畫斷讀之，似轉以末二句救上二句之廓落，失作者之旨矣。

紀昀：「跳」字從「日月如跳丸」句生出，然有「丸」字，「跳」字乃有意；去「丸」字而用「跳」字，便不雅馴。

秋懷

歐陽永叔

節物豈不好？秋懷何黯然。西風酒旗市，細雨菊花天。感事悲雙鬢，包羞食萬錢。鹿車終自駕，歸去潁東田。

方回：歐陽公於自然之中或壯健，或流麗，或全雅淡。有德者之言自不同也。三、四全不喫力，俗間有云：「香橙螃蟹月，新酒菊花天。」本此。

紀昀：六句意是而格未渾雅。

秋日家居

梅聖俞

移榻愛晴暉，翛然世慮微。懸蟲低復上，鬭雀墮還飛。相趁入寒竹，自收當晚闈。無人知靜景，苔色照人衣。

方回：「相趁入寒竹」，以應「鬭雀墮還飛」。「自收當晚闈」，以應「懸蟲低復上」。又是一體。

首尾翛然出塵，可謂「着題」詩也。

紀昀：得此解，此二句乃明，然「自收」句終欠自然。

馮舒：三、四細，五、六一聯意亦不可解，注恐非。

紀昀：此似冬盡春初之語。

秋懷示黄預

陳後山

窗鳴風歷耳，道壞草侵衣。月到千家静，林昏一鳥歸。冥冥塵外趣，稍稍眼中稀。送老須公等，秋棋未解圍。

方回：三、四絶妙，五、六非老筆不能。

馮舒：百撒。〇三、四斷。

紀昀：老潔。〇「眼中稀」即是「塵外趣」，然驟看殊不醒豁，馮氏抹之是也。

許印芳：「稍稍」與「稀」字意複，不但晦塞而已。

秋懷

稍稍昏烟集，蓼蓼一再更。短檠看細字，高枕忘平生。來鶴妨身健，新陽唤眼明。已須甘酒力，不用占時名。

方回：詩中四句皆有眼，只「已須」〔三〕「不用」閑字，却是緊要處。〔按：方回在「來鶴妨身健，新陽喚眼明。已須甘酒力，不用占時名」四句「妨」「喚」「已須」「不用」字旁皆加圈。〕

馮舒：撤。○首句何見是秋？第五不可解。第六，已「昏」矣，「一再更」矣，何以云「陽」？

紀昀：五句費解。

雜詩

唐子西

兀兀且如此，出門安所之？手香柑熟後，髮脫草枯時。精力看書覺，情懷舉盞知。炎州無過雁，二子在天涯。

馮班：第三句用韓偓。

陸貽典：次聯從韓致堯「手香江橘嫩」變出，却無味。

紀昀：二首造意造語，皆鑱刻而不纖巧。五、六語淡而味深，詞質而韻雅。

水過漁村濕，沙寬牧地平。片雲明外〔三〕暗，斜日雨邊晴。山轉秋光曲，川長暝色橫。瘴鄉人自樂，耕釣各浮生。

方回：子西惠州雜詩凡二十首，佳句甚多。此二詩尤切於秋，而「山轉秋光曲」一聯尤古今絶唱。他如「身謀嗟翠羽，人事歎榕根」、「茶隨東客到，藥附廣船歸」、「翻泥逢暗笋，汲井得飛梅」、「湖盡船頭轉，山窮屐齒迴」、「濯足樓船岸，高歌抱朴村」、「雪曾前歲有，地過此邦無」、「笋蕨春生箸，魚蝦海入盤」、「草平連別峒，雨轉入他山」、「人情雙鬢雪，天色屢頭風」、「國計中宵切，家書隔歲通」，皆雋永有味。

馮舒：「漁」「牧」「耕釣」犯，「光」「色」二字犯，次聯「明」「暗」「暝色」又犯。

紀昀：馮氏曰：「漁」「牧」「耕釣」犯，「光」「色」又犯，「明」「暗」「暝色」又犯。不知「漁村」「牧地」指其地，「耕釣」則指其人，語本相應，不得謂之犯。「雲」「日」在天，「山」「川」在地，各自爲對，亦不得謂之犯。律髓可議之詩甚多，此種尚不必吹索。

無名氏（甲）：樓船將軍，漢楊僕。抱朴子，晉葛洪。

梅市道中

陸放翁

雨暗山陂路，人喧北渡頭。廟垣新畫馬，村笛遠呼牛。買飯諳争席，迎潮〔二四〕競解舟。平生苦吟處，又送一年秋。

查慎行：前四句浙東真景。

紀昀：三句不雅。○笛非呼牛之物。

秋夜紀懷

北斗垂蒼莽〔二五〕，明河浮太清。風林一葉下，露草百蟲鳴。病入新涼減，詩從半睡〔二六〕成。還思散關路，炬火驛前迎。

方回：中四句皆工。

紀昀：淡雅。有中唐氣韻。

秋晚

滕元秀

槭槭霜風勁，鬅鬅物象彫。屢遷憐蟋蟀，一敗笑芭蕉。林葉疎逾響，山雲薄易消。雖無遠行役，對此亦何聊。

方回：元秀秋晚十首，今選其一。他如「苔痕遺鳥爪，菊本寄蛩音」、「客櫓行何晚？隣機織未休」、「老屋險不仆，寒袍半欲紕」，亦佳句。此「屢遷」、「一敗」之句，爲絶妙「江西體」也。

馮舒：「紕」字如何押？

紀昀：此不純是「江西體」。

馮舒：字字工貼，無「江西」搓不成團之憾。

查慎行：三、四新而警，轉俗爲雅，只是筆妙。

紀昀：三、四託意，語甚警拔。〇「蟋蟀」自喻，「芭蕉」殆有所刺。

許印芳：滕岑，字元秀。

七月四首

韓仲止

水石雲山裏，歸來已九秋。隔城如淺近，隣寺始深幽。慧遠逢修静，文淵説少游。徑荒殊不掃，風葉上牽牛。

紀昀：三句拙滯。

地僻稀人迹，重林日自虚。鳥飛晨氣外，蟬噪晚涼初。餘潤從侵屨，浮埃倦整書。樵漁時上下，閉户又何居？

紀昀：「日自虚」三字未渾老。〇「麥天晨氣潤」。則佳；「鳥飛晨氣外」，則不佳。此故可思。

木末芙蓉起，亭亭緑且青。牆猶承片瓦，窗不礙疏櫺。次第花擎蓋，縱横葉展屏。石丁誰主者，仙豈待沉冥？

擁砌叢生菊，何關老意多。澆花驚易燥，耘草喜成科。枕腊尤宜睡，餐香豈待哦？淵明藏不盡，滿把尚婆娑。

方回：此嘉定十三年庚辰詩，所謂「歸來已九秋」，則出處亦可考也。第一首五、六用人名而不覺其冗，尾句幽雅。第二首中四句俱工。第三首只言木芙蓉。第四首言菊，而「枕腊」、「餐香」四字絶佳。老筆勁健，非「江湖」近人鬬飣可及。

馮舒：「江西」惡派。〇「腊」字，「江西」惡字。「豈待哦」，「江西」惡語。結又入「江西」惡語。

馮班：結句不可通。

查慎行：山海經郭璞注：「腊爲梅。」實此詩借用。然菊花無實。「餐香」用楚辭「餐秋菊之落英」，似不如「餐英」更老。

紀昀：「驚、易、燥」三字未雅，草不須耘，如曰耘而去之，又與「喜成科」不貫。〇五、六尤不成語，七句亦淺拙。

七言 三十首

秋盡

杜工部

秋盡東行且未回，茅齋寄在少城隈。籬邊老却陶潛菊，江上徒逢袁紹盃。雪嶺獨看西日落，劍門猶阻北人來。不辭萬里長爲客，懷抱何時得好開。

方回：讀老杜詩開口便覺不同。「獨看西日落，猶阻北人來」一聯，不勝悲壯，結句更有氣力。

何義門：後半意味已包藴於「且未回」三字中，真有淚竭眼穿之痛也。○懷抱之惡，豈獨爲一身遠客？公詩發源所以深遠。

紀昀：前四句語殊平平，後四句自極沉鬱頓挫之致。○「袁紹盃」不切「秋盡」。

無名氏（甲）：袁紹在河朔有避暑飲。今已秋盡，故云「徒逢」。

許印芳：前半平正，方襯得出後半之沈鬱頓挫，此正章法之妙。詩作於秋盡時，即以首句「秋盡」二字爲題，豈有句句要切「秋盡」之理？一聯之中，上下皆要切題，此是咏物、咏古死法。此詩非咏物、非咏古，何得以死法相繩？曉嵐此評苛且謬矣。

秋夜

露下天高秋氣清〔二七〕，空山獨夜旅魂驚。疎燈自照孤帆宿，新月猶懸雙杵鳴。南菊再逢人卧病，北書不至雁無情。步蟾〔二八〕倚杖看牛斗，銀漢遥應接鳳城。

方回：此詩中四句自是一家句法。「千巖無人萬壑静，三步迴頭五步空」〔二九〕，是也。「耕田欲雨刈欲晴，去得順風來者怨」，亦是也。山谷得之，則古詩用爲「滄江鷗鷺野心性，陰壑虎豹雄牙須」，亦是也。蓋上四字、下三字，本是兩句。今以合爲一句，而中不相黏，實則不可拆離也。試先讀上四字絶句，然後讀下三字，則句法截然可見矣。

紀昀：此論句法却是。

馮舒：老杜之高不在此。「雄牙須」成何語？

韓弼元：三字出韓詩，馮君未見耶？

馮班：「雄牙須」好對「雌脚爪」。

查慎行：起、結扣定題面。中間兩句説夜，兩句説秋。切題極矣，却極開宕。

紀昀：筆筆清拔，而意境又極闊遠。

黄草

黄草峽西船不歸，赤甲山下行人稀。秦中驛使無消息，蜀道兵戈有是非。萬里秋風吹錦水，誰家别淚濕羅衣？莫愁劍閣終堪據，聞道松州已被一作「破」，一作「解」。圍。

方回：「兵戈有是非」，則兆端在乎上之人。劍閣恐終不可據，則叛於蜀者亦終於滅亡而已。此等詩豈徒言秋日光景者哉？

紀昀：此似是而非。指擾攘稱兵諸人，不指朝廷之召亂。

何義門：此詩牧翁决擇黄鶴注，最當。

紀昀：五、六生動開拓，妙於流走，而不單弱。

許印芳：首句拗調，次句古調，盛唐律詩每有此格，老杜尤多。○「道」字犯複，惟義不同耳。○亦八句對。

吹笛

吹笛秋山風月清，誰家巧作斷腸聲？風飄律吕相和切，月傍關山幾處明。胡騎中宵堪北走，武陵一曲想南征。故鄉楊柳今搖落，何得愁中却盡生。

方回：慷慨悲怨，自是一種風味。李太白謂「江城五月落梅花」，此亦以指楊柳，蓋笛中有此二曲也。吹笛本是「着題」，今以附之「秋類」。

紀昀：入「秋類」無理。

查慎行：五、六虛處傳神。

紀昀：「風」、「月」分承，法本雲卿龍池篇。○五、六妙切時事，不比「崑體」之排比故實。○純是以風調勝，在杜集又是一格，故前人疑非杜公作。

許印芳：「風」、「月」分承，不爲複。「山」字、「中」字俱犯複。

七月一日題終明府水樓

高棟層軒已自涼，秋風此日灑衣裳。翛然欲下陰山雪，不去非無漢署香。絶壁過雲開錦繡，疎松隔水〔三〇〕奏笙簧。看君宜着王喬履，真賜還應出尚方。

馮舒：「已自」等字，落筆自然有之。高不在此。○何須苦求起結？大曆以後，便自絶響。

紀昀：此首殊無佳處。虛谷以爲人所不及，未免壓於盛名。

宓子彈琴宰邑日，終軍棄繻英妙時。承家節操尚不泯，爲政風流今在兹。可憐賓客盡傾蓋，何處老翁來賦詩？楚江巫峽半雲雨，清簟疏簾看弈棋。

方回：前詩人所不及，後詩謂之吴體，惟山谷能學而肖之，餘人似難及也。老杜别有秋興七言律八首，在夔州懷長安而作，不專言秋，以多，不能備取。

查慎行：姚武功縣署詩選至十餘首，而老杜秋興獨以多見遺，去取殊不愜人意。

紀昀：此種純是門户語。○以此不取秋興，所見甚陋。

紀昀：五、六筆意亦嵚崎，結句自是絶唱。

宿府幕

清秋幕府井梧寒，獨宿江城蠟炬殘。永夜角聲悲自語，中天月色好誰看。風塵荏苒音書絶，關塞蕭條行路難。已忍伶俜十年事，强移棲息一枝安。

方回：此嚴武幕府秋夜直宿時也。三、四與「五更鼓角聲悲壯，三峽星河影動摇」同一聲調，詩之樣式極矣。

馮舒：三、四之高妙亦不在於聲調。

紀昀：一悲壯，一凄婉，聲調不同。

馮舒：第四説宿幕府，意致情事，無窮之極。
紀昀：八句終有拙意。
許印芳：八句對。○八句收到「宿府」，回應首句，法律細密。曉嵐以詞語之工拙苛求古人，吾所不取。

長安晚秋〔三一〕　趙　嘏

雲物凄涼〔三二〕拂曙流，漢家宫闕動高秋。殘星幾點雁横塞，長笛一聲人倚樓。紫艷半開籬菊浄，紅衣落盡渚蓮愁。鱸魚正美不歸去，空戴南冠學楚囚。

方回：以三、四佳呼趙倚樓。
馮班：第二句點長安。以長安結。
紀昀：三、四佳，餘亦平平。
許印芳：此亦苛論。
許印芳：趙嘏，字承祐，山陽人，官渭南尉。

始聞秋風〔三三〕〔三四〕

昔看黄菊與君别，今聽玄蟬我獨迴〔三五〕。五夜颼飀枕前覺，一年顔狀鏡中來。馬思邊草拳毛動，鵰眄青雲睡眼〔三六〕開。天地肅清堪四望，爲君扶病上高臺。

方回：痛快。

馮舒：「君」字何屬？第二句不緊拍。

馮班：腹聯痛快。二「君」字相唤甚明，何以不屬？

何義門：後四句衰氣一振，「扶病」二字又照應不漏。

紀昀：題下有脱字，當云「始聞秋風寄某人」。此劉夢得詩，見劉中山集，趙之魄力尚不能及此，以詩格考之，歸劉爲是。後半顧盼非常，極爲雄闊。

許印芳：「君」字複。

江亭晚望〔三七〕〔三八〕

碧江涼冷雁來疎〔三九〕，閒望江雲思有餘。秋館池亭荷葉歇，野人籬落豆花初〔四〇〕。無愁自得仙翁術，多病能忘太史書。聞説故園香稻熟，片帆歸去就鱸魚。

方回：三、四明秀。

何義門：第六言庶幾以文章自通於後，一洗自緣多病，都忘周南留滯也。

紀昀：風韻特佳。〇已開劍南一派。

秋日小園

錢文僖

碧簟涼生白袷衣，庾園秋晚得幽期。千房嫩菊金螢亂，百本衰荷鈿扇欹。日薄蘚花沿素壁，雨淫蛙鼓占清池。翛然自合蒙莊趣，誰識無心似標枝？

方回：「崑體」。三、四怪麗。

紀昀：三、四「崑體」之俗惡者。

秋日湖西晚歸舟中書事

林和靖

水痕秋落蟹螯肥，閒過黃公酒舍歸。魚覺船行沉草岸，犬聞人語出柴扉。蒼山半帶寒雲重，丹葉疎分夕照微。却憶青溪謝太傅，當時未解惜蓑衣。

方回：句句有滋味。

馮舒：工緻。

紀昀：三句「湖西舟中」，四句「歸」字醒，五句「晚」字、「秋」字俱到。

秋霽草堂閒望

魏仲先

草堂高迥勝危樓，時節殘陽向晚秋。野色青黄禾半熟，雲容黑白雨初收。依依永巷[四二]聞村笛，隱隱長河認客舟。正是詩家好風景，懶隨前輩却悲愁。

方回：三、四極工而不覺，五、六無痕迹。

紀昀：自是真景，然不見其佳。以爲「極工」，則太過。

紀昀：五句「永巷」二字誤用。

秋日登樓客次懷張覃進士

聞説飄零亦異鄉，登樓吟望益悲涼。當時欲别言難盡，他日相逢語更長。蟬噪水村千萬樹，雁過雲岫兩三行。明朝策蹇還無定，空凭危闌到夕陽。

方回：三、四能言人情。

查慎行：三、四似從「香奩」脱胎。

紀昀：平調，近人皆能之。○「語」對「言」，正似少陵「冠」對「帽」，究嫌其犯。

秋日閒居

楊契玄

忽聞高柳噪新蟬，厭暑情懷頓豁然。庭檻夜涼風撼竹，池塘香散水摇蓮。鱸魚鱠憶奔江浦，焦尾琴思换蜀絃。莫遣金樽空對月，滿斟高唱混流年。

方回：德人之言，字字出於天真，故取之。「莫」字當作「戲」，今且從刊本。

馮舒：「滿斟高唱」正是「莫遣」，若改「戲」字，成何言語？

馮班：改「戲」字不通。

紀昀：欲佐以「高唱」，故曰「莫遣空對」。改「戲」字則欠通，虚谷未審詩意耳。

紀昀：五句「奔」字不雅。○末句「混」字太鄙。

乙巳重九

韓魏公

苦厭繁機少適懷，欣逢重九啓賓罍。招賢敢並翹材館，樂事難追戲馬臺。蘚布亂錢乘雨出，雁排新陣拂雲來。何時得遇樽前菊？此日花隨月令開。

方回：英宗治平二年乙巳忠獻公在相位，飲客，蘇老泉所和「壯心還傍醉中來」，已見「節序類」中。此亦當入「節序」，而選詩已定，故附此。公前後入相出藩。元夕、上巳、寒食、中秋、九日，爲詩至多，言言有味。菊花不應月令，開於九日。爲宰相而有此詩，亦自謙之辭也。五、六響亮，三、四亦典正。

紀昀：憚於改編，即爲因陋就簡；書多疵累，亦此之由。

紀昀：首句不洒脱。

許印芳：韓琦字稚圭，封魏國公，謚忠獻。

九日水閣

池館摧隳古榭荒，比延〔四二〕嘉客會重陽。雖慚老圃〔四三〕秋容淡，且看黄花〔四四〕晚節香。酒味已醇新過熟，蟹黄先實不須霜。年來飲興衰難强，謾有〔四五〕高吟力尚狂。

方回：此神宗熙寧二年己酉公判相州時九日詩也。「黄花晚節」句與「老枝擎重雪」詩，並見强至所撰遺事，書於續鑑，實爲天下名言。至熙寧四年辛亥相州九日詩，凡四首，有句云：「坐上半非前歲客，杯中無改舊花香。」「銅鉢一聲詩已就，金鈴千朶菊争開。」凡三判相州，九日詩亦不止此。

馮舒：不妨自作賢宰相聲口，詩實宋氣。

馮舒：重。

查慎行：此首已見「宴集類」，重出。

許印芳：「黄」字複。

秋日與諸公馬頭山登高

歐陽永叔

晴原霜後石榴紅，佳節登臨興未窮。日汎花光揺露際，酒浮山色入樽中。金壺恣灑毫端墨，玉麈交揮席上風。惟有淵明偏好飲，籃輿落落一衰翁。

方回：第一句詩家所未有，歐陽公詩大率自然如此。

馮舒：方云「第一句詩家所未有」，亦未然。

紀昀：詩不必定作人未有語，此種議論總在字句上著意，故所見皆隔數層。

紀昀：「際」字未妥。

中秋口號

秦少游

雲山簷楯接低空，公宴初開氣鬱葱。照海旌幢秋色裏，激天鼓吹月明中。香槽旋滴珠千顆，歌扇驚圍玉一叢。二十四橋人望處，台星正在廣寒宫。

方回：生日詩、致語詩，皆不可易爲，以其徇情應俗而多諛也，所以予於生日詩皆不選。少游作此詩，是夜無月，遂改尾句云：「自是我翁多盛德，却迴秋色作春陰。」或嘲謂晴雨翻覆手，姑存此以備話柄。三、四亦響亮。

馮舒：生日詩之極則也。

紀昀：此隨俗應酬之詩，不宜入選。○結鄙甚，然此種詩體裁如是。

九月八日夜大風雨寄王定國

長年身外事都捐，節序驚心一慨然。正是山川秋入夢，可堪風雨夜連天。桐梢摵摵增凄斷，燈燼飛飛落小圓。湔洗此情須痛飲，明朝試訪酒中仙。

方回：少游詩文自謂秤停輕重，銖兩不差。故其古詩多學三謝，而流麗之中有澹泊。律詩亦敲點匀净，無偏枯突兀生澁之態。然以其善作詞也，多有句近乎詞。此詩下「凄斷」、「小圓」字，亦三謝餘味。別有秋日絶句三首，尾句云：「菰蒲深處疑無地，忽有人家笑語聲。」「風定小軒無落葉，青蟲相對吐秋絲。」「安得萬粧相向舞？酒酣聊把作纏頭。」此謂虹霓，皆極怪麗。

紀昀：亦是詞家字，非三謝也。

馮舒：結句宋。

紀昀：六句用字太纖，然通體却一氣鼓盪。

秋日客思

陳簡齋

南北東西俱我鄉，聊從地主借繩床。諸公共得何侯力，遠客新抄陸氏方。老去事多藜杖在，夜來秋到葉聲長。蓬萊可託無因至，試覓人間千仞岡。

方回：「共得何侯力」，以指新進。「新抄陸氏方」，以憐遷客。漢何武、唐陸贄傳可攷。此詩家用事之妙。五、六尤佳。

紀昀：此簡齋南渡時避亂襄、漢時所作，借用陸氏集方以形容多病耳，虚谷坐實遷客，上下文遂不相接，宜爲馮氏之所譏。

無名氏（甲）：陸贄貶忠州，集古醫方爲書，以避讒謗。

馮舒：第二聯上下不著。

紀昀：五、六深微。

許印芳：第六句「來」與「到」意複，「來」可易作「深」。

次韻周教授秋懷

一官不辦作生涯，幾見秋風捲岸沙。宋玉有文悲落木，陶潛無酒對黄花。天機衮衮山新瘦，人世悠悠日自斜。誤矣載書三十乘，東門何地不宜瓜？

方回：格高。

紀昀：惟「天機衮衮」四字惡，餘誠如虛谷之評。

陸貽典：「天機」句不成語。

許印芳：「不」字複。

次韻家叔

衮衮諸公車馬塵，先生孤唱發陽春。黄花不負秋風意，白髮空隨世事新。閉戶讀書真得計，載肴從學豈無人。只應又被支郎笑，從者依然困在陳。

方回：自是一種高格英風。

紀昀：馮氏抹「支郎」二字，可謂千慮一失矣。此非僻事也。〔按：馮班在「只應又被支郎笑」句「支郎」二字旁加抹。〕

無名氏（甲）：以「肴」代「酒」，但求叶聲，未妥。

秋雨初晴有感

陸放翁

炎曦赫赫尚餘威，冷雨蕭蕭故解圍。號野百蟲如自訴，辭柯萬葉竟安歸？芼羹菰菜珍無價，上釣魴魚健欲飛。散吏何功霑一飽，高眠仍聽搗秋衣。

方回：三、四哀感，五、六響。

馮舒：只是圓熟。

紀昀：「餘威」、「解圍」，皆宋人字法。不必效之。

無名氏（甲）：老熟而薦之也。

村居秋日

桔槔引水繞荒畦，病卧蝸廬不厭低。小聚數家秋靄裏，平坡千頃夕陽西。亭皐草木猶葱蒨，天上風雲已慘悽。逋負如山炊米盡，終年枉是把鋤犂。

方回：三、四自然。

紀昀：前四句好，五、六稚，七、八俚甚。

秋晚書懷

頽然兀兀復騰騰，萬事惟除死未曾。無奈喜歡閑弄水，不勝頑健遠尋僧。喚船野岸横斜渡，問路雲山曲折登。却笑吾兒多事在，夜分未滅讀書燈。

方回：三、四新詭。

紀昀：太野。○首句不成句法，三、四不成文。

舍北行飯書觸目

落雁昏鴉集遠洲，青林紅樹擁平疇。意行舍北三叉路，閒看橋西一片秋。少婦破烟撑去艇，丫童横笛唤歸牛。形容野景無餘思，自怪癡頑不解愁。

方回：如畫。放翁萬詩，秋日詩僅得此四首。

查慎行：香山詩：「丫頭誰家童？」

紀昀：格意未高，而詞調清圓可誦。○三、四自然脱洒。

許印芳：「叉」，音槎，從又加點。「丫」，音鴉，從丷從丨，象人頭上兩髻形。

九日破曉攜兒姪上前山竚立佳甚

韓仲止

懷玉鏡臺開遠晴，靈溪葛水去無聲。園荒不礙憑高立，徑側何須委曲行？露氣已濃清可掬，日華初出畫難成。閒居九日依辰至，舉俗胡爲亦愛名？

方回：五、六極佳，非閒中知味者不能道。「節序詩」編次已定，故附此「秋日類」中。

紀昀：屢屢如斯！自古著書，無此體例。

查慎行：結用陶詩。

紀昀：首句有誤字。○五、六自好，餘未稱。○結用陶公「舉俗愛其名」句，殊欠渾老。

風雨中誦潘邠老詩

滿城風雨近重陽，獨上吳山看大江。老眼昏花忘遠近，壯心軒豁任行藏。從來野色供吟興，是處秋光合斷腸。今古騷人乃如許，暮潮聲捲入蒼茫。

方回：此詩悲壯激烈。第一句用潘邠老句，若第二句押不倒則餒矣。此第二句雖是借韻，軒豁痛快，不可言喻。三、四非後生晚進胸次，至第六句則入神矣，至第八句則感極而無遺矣。世稱韓澗泉名下無虛士。乃慶元戊午詩也。

馮舒：「江」字走韻，何也？○不著題。○第七句接不上。

馮班：第二亦未佳。

查慎行：「江」字出韻。「從來」、「是處」四字懸空，與「吟興」、「斷腸」無關，覺少意味。

紀昀：次句借韻，究不是。

許印芳：江、陽通韻。律詩借押通韻，唐人已有此例，未可斥爲不是。但不得藉口古人，動輒借用耳。

許印芳：次句雄闊，足與首句相稱，恰似天生此語配合潘詩者。能續潘詩，全在此句接得好。虚谷謂若押不倒則餒，可謂切中肯綮。中四句只從空虚寫意，蓋實景已包入起二句中。此處若再實寫，必至叠床架屋。而且挂一漏萬，故换筆寫意，只用「野色」、「秋光」映帶實景，便與前後消息相通。七句束住中四句，八句回應起二句，將全詩收入景中，有宕往不盡之致。得此一結，中四句虚處皆實，枯處皆潤。且措詞壯浪，仍與起句相稱，故佳。

毅齋即事

徐崇父

自吾齋外付諸兒，除却詩書總不知。苔色上侵閒坐處，鳥聲來和獨吟時。十分秋色重陽近，一味新涼老者宜。調得身心能自慊，止吾所止復何疑。

方回：毅齋徐公，諱僑，字崇父，婺女人〔四六〕，朱文公門人也，端平侍從，近世君子之無瑕者。此詩中四句絶妙，味其學力，非小小詩家可及，有德者必有言也。

紀昀：此亦依傍門户之言，名儒不必定能詩也。

馮舒：起句便不好。
馮班：次句即上句。
紀昀：單弱。結太腐。

校勘記

〔一〕諸書　李光垣：「書」應作「經」。〔二〕源流　按：「源」原作「混」，據康熙五十二年本、紀昀刊誤本校改。〔三〕進所如　李光垣：「進」當作「信」。〔四〕鷗鷺　查慎行：「鷗」一作「鵁」。〔五〕解鉗鐵　馮班：「鐵」當作「鈦」，「鈦」音「第」，又音「大」。〔六〕清淨　馮班：「淨」一作「静」。〔七〕新月　馮班：「月」一作「自」。〔八〕通履　馮班：「履」一作「屐」。〔九〕覺安排　馮班：「覺」一作「學」。〔一〇〕將藥　馮班：「藥」一作「藁」。〔一一〕開從　紀昀：「開」字必訛，再校。按：全唐詩卷五百十四「開」作「間」。〔一二〕秋園行　馮班：「行」字當删。〔一三〕還吟　馮班、李光垣：「吟還」訛「還吟」。〔一四〕辨藥　按：「辨」原訛作「辯」，據康熙五十二年本、紀昀刊誤本校改。〔一五〕往看　馮班：「往」一作「住」。何義門：「住」字好。〔一六〕秋寄賈島　馮班：一作「晚秋寄從兄賈島」。一本「秋」字下有「夜宿西林」四字。〔一七〕蟲分　馮班：「分」一作「喧」。〔一八〕坐思　馮班：一作「思坐」。〔一九〕僧懷古　原訛作「僧古懷」。〔二〇〕江山　李光垣：「僧」訛「山」。〔二一〕秋夕　許印芳：

「夕」當作「意」。〔二二〕只已須　紀昀：「只」字衍。〔二三〕明外　許印芳：「外」一作「處」。〔二四〕迎潮　按：「潮」原訛作「湖」，據康熙五十二年本、紀昀刊誤本校改。〔二五〕蒼莽　按：原訛作「莽蒼」，據康熙五十二年本、紀昀刊誤本校改。〔二六〕半睡　馮班，「睡」一作「醒」。〔二七〕秋氣清　許印芳：「氣」一作「水」。〔二八〕步蟾　馮班、李光垣：「蟾」當作「檐」。〔二九〕步空　李光垣：「生」訛「空」。〔三〇〕松隔水　馮班：「隔」一作「夾」。〔三一〕長安晚秋　馮班：當作「長安秋望」。紀昀：才調集作「長安秋望」，爲是。〔三三〕淒涼　馮班：「涼」一作「清」。〔三二〕紀昀：題下有脱字，當云「始聞秋風寄某人」。〔三四〕馮班：此詩作者係劉夢得。〔三五〕獨迴　許印芳：「獨」一作「却」。〔三六〕睡眼　李光垣：「倦」訛「睡」。〔三七〕江亭晚望　馮班：「晚望」當作「秋晚」。〔三八〕馮班：此詩作者係李郢。〔三九〕來疎　馮班：「疎」當作「初」。〔四〇〕花初　馮班：「初」當作「疏」。〔四一〕永巷　馮班：「永」一作「末」。〔四二〕比延　許印芳：「比」一作「仍」。〔四三〕雖慙老圃　許印芳：「雖慙」一作「莫嫌」。〔四四〕且看黃花　許印芳：「且看」一作「猶有」。〔四五〕謾有　李光垣：「漫」訛「謾」。〔四六〕婺女　按：元至元本「女」作「源」。

瀛奎律髓彙評卷之十三　冬日類

虛谷曰：日南至爲一陽之復，以之首節序之選。冬難賦，莫難於雪，已特爲之類矣。寒跧沍役，興雜感殊，著於此。

李光垣：此序忽標名，例不畫一。

五言　三十四首

初冬

杜工部

垂老戎衣窄，歸休寒色深。漁舟上急水，獵火着高林。日有習池醉，愁來梁父吟。干戈未偃息，出處遂何心。

方回：此工部爲參謀成都時作。「垂老戎衣窄」，所以自痛也。「習池醉」，「梁父吟」，山簡非得已而醉，諸葛又何爲而吟？皆所以痛時世也。

何義門：老居戎幕，欲與故人共獎王室，若忽忽入冬，僅陪軍宴。如山簡之日醉習池，不顧洛陽傾覆，負我從來出處之心矣，故曰「愁來梁甫吟」。

紀昀：杜詩中之不出色者。

無名氏（甲）：此等本非少陵極至之筆。然被宋人熏腐可厭，忽然對此，不覺神觀開明耳。

孟冬

殊俗還多事，方冬變所爲。破柑霜落爪，嘗稻雪翻匙。巫峽寒都薄，烏蠻瘴遠隨〔一〕。終然減灘瀨，暫喜息蛟螭。

方回：此夔州詩。三、四兒童亦能誦也。

馮班：今則詩集充棟者亦不能誦之矣。

紀昀：三、四却不見佳處，不識何以云然？

紀昀：次句究不佳。〇結有寓意。

刈稻了詠懷

稻穫空雲水，川平對石門。寒風疎草木〔二〕，旭日散雞豚。野哭初聞戰，樵歌稍出村。無家問消息，作客信乾坤。

方回：三、四乃詩家句法，必合如此下字則健峭。後四句亦惟老杜能道之也。

馮舒：老杜豈以一字爲高？

何義門：前半「刈稻了」，後半「詠懷」。〇第五句起第七，第六句顧第三。

紀昀：悲壯沉着。

過劉員外別墅

皇甫曾

謝客開山後，郊扉去水通。江湖千里別，衰老一樽同。返照寒川滿，平田暮雪空。滄洲自有趣，不復哭途窮。

方回：本屬「郊野」。以其所賦皆冬景也，附諸此。詩律平穩。

紀昀：分題已破碎可厭，復牽於詩之字句，而移彼易此，益糾紛而無定軌矣。此書所以猥雜也。

紀昀：此首又見「寄贈類」。〇無警策處，而氣韻恬雅。

無名氏（甲）：謝靈運小字客兒。〇此下諸公，才力雖去少陵遠甚，然總不失爲正聲。非如宋人偭規改錯，貽誤後生也。

許印芳：皇甫曾，字孝常。冉之弟。官陽翟令。

碧澗別墅喜皇甫侍郎相訪

劉長卿

荒村帶返照，落葉亂紛紛。古路無行客，寒山〔三〕獨見君。野橋經雨斷，澗水向田分。不爲憐同病，何人到白雲。

方回：劉隨州號「五言長城」。答皇甫詩如此句句明潤，有韋蘇州之風。他詩爲嘗貶謫，多淒怨語。

何義門：重。

紀昀：此首亦見「寄贈類」。○起四句有灝氣。五、六言路之難行，以起末二句，非寫意也。

冬日〔四〕後作

裴　說

寂寞掩荆扉，昏昏坐欲癡。事無前定處，愁有併來時。日影纔添線，鬢根已半絲。明庭公正道，應許苦心知〔五〕。

紀昀：次句鄙。三、四亦凡近。六句失調。

冬日

糲食擁敗絮，苦吟吟過冬。稍寒人却健，太飽事多慵。樹老生煙薄，牆陰貯雪重。安排只如此，公道會相容。

方回：兩詩皆冬至詩。前詩三、四佳，後詩三、四尤佳，乃應破首句所謂「糲食」、「敗絮」，有針線不苟作也。第五句「樹」字疑作「廚」，則與下句尤稱。

查慎行：遠樹生烟，見謝朓詩，若改「樹」爲「廚」，則「老」字不通矣。

紀昀：樹密則烟重，樹老則疎，疎則烟薄，此亦易解。改爲「廚老」，非是。

無名氏（甲）：若作「廚」，便與「太飽」字重。

紀昀：尾句太激。

初冬早起寄夢得

白樂天

起戴烏紗帽，行披白布裘。爐温先暖酒，手冷未梳頭。早景烟霜白，初寒鳥雀愁。詩成遣誰和，還是寄蘇州。

方回：白詩由衷，故勝微之。

紀昀：好在由衷，病亦在是。

紀昀：終是率易。

無名氏（甲）：妙在末句，足振通篇。

冬夕寄清龍寺源公

僧無可

斂屨入寒竹，安禪過漏聲。高杉殘子〔六〕落，深井凍痕生。罷磬風枝動，懸燈雪屋明。何當招我宿，乘月上方行。

方回：三、四極天下之清苦。荊公選誤作郎士元，非也。

查慎行：「深井凍痕」，恐未必然。

紀昀：三、四警拔，通體亦圓足。

雪晴晚望

賈浪仙

倚杖望松雪，溪雲幾萬重。樵人歸白屋，寒日下危峯。野火燒岡草，斷烟生石松。却回山寺路，聞打暮天鐘。

一作「古」。

方回：晚唐詩多先鍛景聯、頷聯，乃成首尾以足之。此作似乎一句唱起，直説至底者。「燒」字讀作去聲，乃與下句叶。

紀昀：此言變拗法也。不知此乃單拗，以「生」字救「斷」字耳。

馮班：「松」字重。

紀昀：起四句有氣力，後半稍弱。五句亦未雅。

冬日書事

魏仲先

十月天不暖，前村到豈能。閒聞啄木鳥，疑是打門僧。壞砌平山雪，空堂照瀑冰。晚來因出户，方始暫攜藤。

方回：四句奇絶。

紀昀：三、四刻意求新，然無格也。

山村冬暮

林和靖

衡茅林麓下，春氣已微茫。雪竹低寒翠，風梅落晚香。樵期多獨往，茶事不全忙。雙鷺有時起，横飛過野塘。

方回：第六句尤佳。

紀昀：惟此句野氣太重。

歲晚

王半山

月映林塘澹，風含笑語涼。俯窺憐緑浄，小立竚幽香。攜幼尋新菂，扶衰上一作「坐」。野航。延緣久未已，歲晚惜流光。

方回：漫叟詩話謂荆公定林後詩律精深華妙。此作自以比靈運，予以爲一唱三歎之音也。

馮班：極思盡力，正未及唐人之下者。自比謝客，可謂刻畫無鹽，唐突西子也。

查慎行：「笑語」與「含」字欠融。○「菂」，蓮子。「歲晚」安得有新？第二句亦非「歲晚」景。

紀昀：此「歲晚」是秋非冬，昌黎雨中詩用「歲晚」字可證。○前六句實皆秋景。

無名氏（甲）：二句「笑」字有悮。

次韻朱昌叔歲暮

城雲漏日晚，樹凍裹春深。槮密魚難暖，巢危鶴更陰。横風高彍弩，殘溜細鳴琴。歲换兒童喜，還傷老大心。

方回：「漏」字、「裏」字，詩眼，突如其光也。「深」字尤好。積柴水中取魚曰槮，所感切。

馮舒：「裏」字不好。

馮班：不妙正在二眼，太用力而晦澀。

紀昀：故作奇語，然不傷雅。○刻意求新，愈於滑調。

許印芳：曉嵐此評乃至當不易之論，學者皆宜書紳。大凡搦管爲文，須舉頭天外，掃除一切，然後下筆。最忌因循苟且，襲用古人滑調。蓋滑調在古人初創時，本是新調，後人襲之，則爲舊調矣。久而襲者益衆，舊調且成滑調。如優孟衣冠，全是假像；如塗羹塵飯，全無滋味。欲除此病，舍「求新」二字，更無良方。求新則有真面目，出語有味，耐人咀嚼，豈復有滑調之病？且求新非但除滑調病也，古人云：「文章須自出機杼，成一家風骨。」又云：「若無新變，不能代雄。」又云：「文章如日月，終古常見而光景常新。」既能新矣，始能變而成家，與古今作者争雄競爽，歷千萬年終不泯滅，所謂「李杜文章在，光燄萬丈長」也。故文章不望傳則已，望傳則求新爲第一義諦。初年用工甚艱苦，未免有着迹吃力處。精進不已，自有渾化之日，不可半塗而廢。而求新有求新之病，亦不可不知。或病纖巧，或病棘澀，或病隱僻，或病荒誕，諸病不除，則求新反墮魔道中，又不如襲用滑調者之人云亦云，足以欺世而盜名也。噫嘻！慎之。

歲暮書事

張宛丘

風捲塵沙白，雲垂雪意凝。夜山時叫虎，晚市早收燈。園栗炮還美，村醪醉不能。三年官況味，真是冷於冰。

方回：三、四壯而哀。

紀昀：「叫」，作「嘯」較雅。○有杜意。

許印芳：「嘯」字原本作「叫」。曉嵐批云：「作嘯較雅。」今從之。

寒意

鄭亨仲

嶺南霜不結，風勁是霜時。日落晚花瘦，山空流水悲。棲鴉尋樹早，凍蟻下窗遲。季子家何在？衣單知不知？

方回：北山鄭剛中字亨仲，婺女人。南渡前探花，後至四川宣撫，有方略，秦檜忌之〔七〕，謫殁封州。冬日詩起句最佳，「風勁」即知其爲「霜時」，而實不結霜。予生於是邦。先君以廣西經幹被誣劾，卒於是邦，亦有詩而泯於火，家集不傳。今選鄭公之詩於斯，所以寄予懷而紓無窮之悲也。北山集佳句甚多，予已别爲之跋。陳簡齋嘗同廳云。

紀昀：通篇皆不草草，無宋人粗獷之習。○起句未佳，三、四幽淡有味。

許印芳：「不」字複。

舍北摇落景物殊佳偶作五首

陸放翁

今年冬候晚，仲月始微霜。野日明楓葉，江風斷雁行。窮途多籍躪，老景易悲傷。自笑詩情懶，蕭然舊錦囊。

查慎行：五、六深透世情之言。

路擁新霜葉，溪餘舊漲沙。棲烏初滿樹，歸鴨各知家。世事元堪笑，吾生固有涯。南村聞酒熟，試遣小童賒。

小聚鷗沙北，横林蟹舍東。船頭眠醉叟，牛背立村童。日落雲全碧，霜餘葉半紅。窮鱗與倦翼，終勝在池籠。

屋角成金字，溪流作縠紋。斜通小橋路，半掩夕陽門。孤艇銜煙過，疎鐘隔塢聞。杜門非獨病，實自厭紛紛。

草徑人稀到，柴扉手自開。林疎鴉小泊，溪淺鷺頻來。簷角除瓜蔓，牆隅斸芋魁。東隣膰肉至，一笑舉新醅。

方回：放翁所謂筆端有口。新冬野景，搜抉無遺。「屋角成金字」，本出北史斛律金傳，以對「溪流作縠紋」，亦奇。

馮舒：直說「屋角」耳，不用斛律事也。然亦是用字一法。

馮班：亦是用字一法。

查慎行：北史：「斛律金不識文字。本名敦，苦其難署。改名爲金，從其便易，猶以爲難。司馬子如教爲『金』字，作屋況之，其字乃就。」

紀昀：此句究不甚妥。

紀昀：五首俱佳，綽有杜意。

無名氏（甲）：放翁體格完渾，無他人破散支離之病，故稱大家。但此集所選，多非其至者，此在品評家識見之淺深也。

殘臘

殘臘無多日，吾生又一年。林塘明夕照，墟落淡春烟。山色危欄角，梅花緑酒邊。歲時元自好，老病獨凄然。

方回：五、六壯麗。

紀昀：三、四有唐人意，五句勝於六句。

冬日感興十韻 戊午

雨露〔八〕天昏曀，陂湖地阻深。蔽空鴉作陣，暗路棘成林。有客風埃裏，頻年老病侵。夢魂來二豎，相法欠三壬。舊憤開孤劍，新愁感斷砧。唐衢惟痛哭，莊舄正悲吟。瘦跨秋門馬，寒生夜店衾。但思全舊璧，敢冀訪遺簪。樓上蒼茫眼，燈前破碎心。長謡傾濁酒，慷慨厭層陰。

方回：「三壬」、「二豎」、「秋門」、「夜店」、「舊璧」、「遺簪」，皆工之又工。

紀昀：此詩佳在沉鬱悲壯。徒以字句之工求之，失之千里矣。

馮舒：妥貼。

陸貽典：「秋門」未知何出，俟查。

查慎行：「三壬」出三國志管輅傳：「背無三甲，腹無三壬，皆不壽之驗。」劉賓客詩：「鑒容稱四皓，捫腹有三壬。」已先用之矣。

紀昀：起四句比也。五、六此種入法，非老筆不能。○結亦比也。○收得滿足之至。

許印芳：結亦比，謂第八聯。

初寒獨居戲作

開殼得紫栗，帶葉摘黄柑。獨卧維摩室，誰同彌勒龕。宗文杜子美之子。樹雞柵，靈照龐居士之女。挈蔬籃。一段無生話，燈籠自可談。

方回：稍涉變體。新異。

紀昀：放翁詩難於能變。

無名氏（甲）：此詩甚高，何以謂之「變體」？

湖堤晚步

葛無懷

照影憐寒水，關情奈夕陽。雪慳天欠冷，年近日添長。好句誰相寄？浮生各自忙。有心聊頓放，無事可思量。

紀昀：起二句好，三句未雅，後半油滑。

和翁靈舒冬日書事三首

徐道暉

石縫敲冰水，凌寒自煮茶。梅遲思閏月，楓遠誤春花。貧喜苗新長，吟憐鬢已華。城中尋小屋，歲晚欲移家。

方回：「思」字、「誤」字，當是推敲不一乃得之。

馮舒：「思」字不用推敲。

紀昀：故爲寒瘦之語，然有别味。

許印芳：徐照，字道暉，號靈暉，同時有徐靈淵、翁靈舒、趙靈秀，皆宋末人，以「靈」爲號，所謂「四靈」也。

秀句出寒餓，從人笑我清。步溪波逐影，吟竹鳥應聲。酒裹安天運，春邊見物情。耕桑猶罄橐〔九〕，何事可營生？

十日南山雪，今朝又北風。燒衝巖石斷，梅映野堂空。難語傷時事，無成愧老翁。一生吟思味，獨喜與君同。

紀昀：結句和意完密。此古人法則，後來不講矣。

冬日登富覽亭　翁續古

未委海潮水，往來何不閒。輕煙分近郭，積雪蓋遥山。漁艇汀鴻外，僧廊島樹間。晚寒難獨立，吟竟小詩還。

方回：翁靈舒學晚唐。中四句工，但俱詠景物而已。尾句亦只説寒難獨立，吟詩而還。無遠味也。

紀昀：此評確。

紀昀：前四句不相貫。

一室　宋謙父

一室冷如冰，梅花相對清。殘年日易晚，夾雪雨難晴。身計繭千緒，世紛棋一枰。麯生差解事，談笑破愁城。

方回：壺山宋自遜，字謙父，本婺女人。父子兄弟皆能詩，而謙父名頗著。賈似道賄以二十萬楮，結屋南昌。詩篇篇一體，無變態。此詩三、四好，五、六涉爛套也。他如「酒熟渾家醉，詩成逐字評」，亦佳，但近俗耳。

陸貽典：此猶是盛世之風。若後來權貴，即少陵復生，欲求其一錢，不可得矣。

馮班：止次聯可耳。

紀昀：起四句殊有格力。

歲暮呈真翰林

戴式之

歲事朝朝迫，家書字字愁。頻沽村巷酒，獨倚異鄉樓。詩骨梅花瘦，歸心江水流。狂謀渺無際，忍看大刀頭。

方回：石屏此詩，前六句儘佳。尾句不稱，乃止於訴窮乞憐而已。求尺書，干錢物，謁客聲氣。「江湖」間人，皆學此等衰意思，所以令人厭之。

紀昀：詩但論詩，不必旁涉。古來工部、昌黎，亦不免干乞不止。石屏能一一廢其詩乎？

馮舒：匀貼。第五句宋氣。

紀昀：三、四自然。○「狂謀」二字費解，似是妄想之意。「渺無際」者，未遂也。

夜訪侃直翁

劉養原

踈瓴亂見星，危坐冷無燈。索句髭先白，飱蔬貌欲青〔一〕。棲禽翻麓雪，墮栗破溪冰。昨夜中峯頂，全看海日升。

方回：江村劉瀾，字養原，天台人。嘗爲道士，還俗。學唐詩，亦有所悟。然干謁無成，丙子年卒。予熟識之。此詩合屬「夜類」，以「冰」、「雪」一聯乃冬也，附諸此。

馮舒：結無謂。

紀昀：四句言菜色也。固是真境，然不雅。五、六有晚唐意。結似懷人，不似訪人。

次韻方萬里雨夜雪意

趙賓暘

芋火房陰處，翛然類嬾殘。雨欺梅影瘦，風助竹聲寒。擁袂衣全薄，哦詩字欲安。兒童疑有雪，頻起穴牕看。

方回：予丁丑之冬，在桐江賦雨夜雪意詩云：「洶湧風如戰，蕭騷雨欲殘。遥峯應有雪，半夜不勝寒。吾道孤燈在，人寰幾枕安。何當眩銀海，清曉倚樓看。」魯齋趙君與東，字賓暘，和予此詩。「哦詩字欲安」，佳句也。尾句亦活動，勝予所倡。賓暘嘉定十五年壬午生，今年六十有二，宗學上舍改官。

馮舒：丁丑爲端宗景炎二年。

紀昀：虚谷此詩亦不惡。

紀昀：氣韻殊佳，雖寒瘦而無蔬筍氣。○「四靈」一派。

許印芳：趙與東，字賓暘，號魯齋。

次韻方萬里寒甚送酒

連日寒殊甚，衰年無一能。硯呵磨墨凍，瓶晒插花冰。浮世無根絮，餘生有髮僧。蘇門如可即，端合事孫登。

方回：戊寅十一月十九日寒，予賦詩送賓暘酒，併懷南山僧川老。此和篇。三、四亦工。

馮舒：戊寅爲帝昺祥興元年，己卯而宋亡矣。

紀昀：三、四常語，且「冰凍」字複，不得云工。

七言 二十首

十二月一日三首　杜工部

今朝臘月春意動，雲安縣前江可憐。一聲何處送書雁，百丈誰家上瀨船。未將梅蕊驚愁眼，更取椒花媚遠天。明光起草人所羡，肺病幾時朝日邊？

許印芳：通首不黏。

寒輕市上山烟碧，日滿樓前江霧黄。負鹽出井此溪女，打鼓發船何郡郎？新亭舉目風景切，茂陵著書消渴長。春花不愁不爛熳，楚客唯聽棹相將。

許印芳：此亦通首不黏。

即看燕子入山扉，豈有黄鸝歷翠微。短短桃花臨水岸，輕輕柳絮點人衣。春來準擬開懷久，老去親知見面稀。他日一盃難强進，重嗟筋力故山違。

方回：此三詩，張文潛集中多有似之者。氣象大，語句熟，雖或拗字近「吴體」，然他人拘平仄者，反不如也。末篇見得峽中春攙臘而至，不特閩、廣間。

何義門：此首發端反對「親知見面」。

紀昀：此種偶一爲之自好，然要非杜公至處。宋人以其宜於潦倒而效之，數見不鮮，轉成窠臼。

無名氏（甲）：此等詩氣，猶西漢文章，書家張、素，自然入妙，非潘、陸、歐、虞輩有意求工者可及也。山谷刻意學之而不能至，其餘無論矣。

野望

金華山北涪水西，仲冬風日始凄凄。山連越巂郡名，悉委切。蟠三蜀，水散巴渝下五溪。獨鶴不知何事舞，饑烏似欲向人啼。射洪縣名。春酒寒仍緑，目極傷神誰爲攜？

許印芳：三、四山水分承，與吹笛詩同調。首聯上下句同一調法，下句用平調，而上句五、六字平仄互換，是拗調。有此變化，不嫌句調之複。兩句雖皆律體，合之則爲古體，唐人律詩起句有此格也。前詩亦用古調，與此微有不同，須分別觀之。〇三、四渾融壯麗，五、六義兼比興，七句應「仲冬」，八句點「野望」。此等詩格高法老，最爲可學。曉嵐止每句着圈，亦無批語，豈猶不滿其意耶？今從諸家批本，中四句並加圈點而詳批之，以示初學。

西山白雪三城戍，南浦清江萬里橋。海内風塵諸弟隔，天涯涕淚一身遥。惟將遲暮供多病，未有涓埃答聖朝。跨馬出郊時極目，不堪人事日蕭條。

方回：兩野望詩，地不同而同是冬日，故選入。此格律高聳，意氣悲壯，唐人無能及之者。

紀昀：忽以題字分類，忽以詩語分類，遂自亂其例，不自知其猥雜也。

紀昀：此首沉鬱。

許印芳：起句排對，杜律多此。

戊申歲暮詠懷三首

白樂天

窮冬月末兩三日，半百年過六七時。龍尾趁朝無氣力，牛頭參道有心期。榮華外物終須悟，老病傍人豈得知。猶被妻兒教漸退，莫求致仕且分司。

唯生一女纔十二，祇欠三年未六旬。婚嫁累輕何怕老，饑寒身慣不憂貧。紫泥丹筆皆經手，赤紱金章盡到身。更擬踟躕覓何事，不歸嵩洛作閒人。

方回：言言能道心事。予年五十七歲選此詩，深愧之。是歲太和二年。
查慎行：第一首第六句語淺情真。
紀昀：自是圓熟之境，效之則易滑而俗。
無名氏（甲）：牛頭山在白下，清融禪師講道處。

繚垣

王平甫

繚垣烏鵲近人飛，簾外曈曈日上遲。檜作寒聲風過夜，梅含春意雪殘〔一〕時。古今無物爲真樂，出處何心更詭隨。寄語年華聊一笑，未應長負醉鄉期。

方回：三、四景，五、六情。規格整齊，議論慷慨爽快。

許印芳：此評是。

次韻樂文卿故園

陳簡齋

故園歸計墮虛空，啼鳥驚心處處同。四壁一身長客夢，百憂雙鬢更春風。梅花不是人間白，日色爭如酒面紅。且復高吟置餘事，此生能費幾詩筒。

方回：此詩似新春冬末之作。

紀昀：純是新春之作，不宜入之「冬日」。

馮班：宋氣。

紀昀：絶有筆力。○三、四「江西」調，然新而不野。

許印芳：三、四每句三層，用意在「長」字「更」字。虚谷詩眼之説施之此詩却當，而又不講，何也？

十月

十月天公作許悲，負霜鴻雁不停飛。莽連萬里雲山去〔二〕，紅盡千林秋徑歸。病夫搜句了節序，小齋焚香無是非。睡過三冬莫開户，北風不貸芰荷衣。

方回：簡齋詩獨是格高，可及子美。

馮舒：只將幾個字拗了平仄，便道可及子美，寃哉！

馮班：子美高處豈在此。

紀昀：簡齋風骨高出宋人之上，此評是。

紀昀：五、六便嫌習氣太重。

許印芳：「不」字複。首句借韻。○全詩蒼老，真似少陵。五、六雖是習氣，然尚不惡。末句淡語而意極沈着，故曉嵐密圈之。前半平調，上下相黏。五、六變爲「吴體」。七、八平調作收，與五、六相黏，却與前半不黏，在律體中另是一格。○「許」，如許也。「徑」，直也，遂也。

和李上舍冬日書事

韓子蒼

北風吹日晝多陰，日暮擁階黄葉深。倦鵲繞枝翻凍影，飛鴻摩月墮孤音。推愁不去如相覓，與老無期稍見侵。顧藉微官少年事，病來那復一分心。

方回：三、四極工。五、六前輩有此語，但鍛得又佳耳。

紀昀：風格亦遒。

許印芳：「藉」音借，從艸。○此詩字字錘鍊，可藥油滑率易之病。虚谷評亦允當。

十月一日

曾茶山

屋角羲娥轉兩輪，今朝水帝又司辰。山家嘗稻知良月，野徑尋梅見小春。一歲坐看除得盡，百年正與死爲隣。誰能思許無窮事，閉閤開爐但飲醇。

方回：三、四切題，是十月一日詩，不可改用。且詩〔一三〕看他第七句如何下。

紀昀：第七句亦殊平平，何驚異乃爾？

紀昀：起二句太堆垛，五、六尤獷。

海雲回接騎城北時吐蕃出没大渡河水上

范石湖

古渡風沙卷夕霏，小江煙浪皺春漪。天於麥隴猶慳雪，人向梅梢大欠詩。頓轡青驪飛脱兔，離弦白羽笑寒鴟。牙門列校俱慓鋭，檄與河邊秃髮知。

方回：淳熙四年丁酉致能帥蜀，十一月十日海雲賞山茶，回作此詩。「人向梅梢大欠詩」，佳句也。予選詩不甚喜富貴功名人詩，亦不甚喜詩之富艷華腴者。其人富貴，而其詩高古雅淡，如選此篇，以有此聯佳句耳。

馮班：貧寒耳，非高古也。〇前四句與後四句如兩截。〇不稱正爲次聯寒儉也。

紀昀：此種皆是僻見。人之賢否，詩之工拙，豈以此定？

馮舒：大宋氣，極不佳。

紀昀：第四句宋人鄙語，不足爲佳。

用韻詠雪簡湘中諸友

陳止齋

夾湘而往一塵無，不在瑶池在石渠。氣蓋松篁誰與競，令行螟螣自相屠。山光際水天無間，夜色通朝月不如。中有一翁鬚皓白，蕭然野鶴亦乘車。

方回：陳止齋傅良，字君舉。漕湖南時作詠雪詩，今選二首，入「冬日」，亦足以見乾、淳以來一時文獻之盛。止齋雖專以文名，而詩亦健浪如此。

陸貽典：粗句。

紀昀：四句粗惡。

再用喜雪韻

瘴雨蠻煙此後稀，童山亦與借餘輝。争看狂稚相呼喚，下啄饑烏自匹妃。苦乏貂裘堪夜永，喜無蟓子着冬饑。興來那向一作「况」。山陰客，爲我扁舟倚石磯。

馮班：雖不成詩，壓韻而已。

紀昀：四句生而無義，六句欠明爽。

冬晴日得閒游偶作

陸放翁

不用清歌素與蠻，閒愁已自解連環。閏年春近梅差早，澤國風和雪尚慳。詩思長橋蹇驢上，棋聲流水古松間。戕天有事君知否？止乞柴荊到死閒。

方回：五、六天成。

紀昀：此亦太現成，遂開習調。

無名氏（甲）：放翁詩稍近雄深者爲妙。此三首亦淺狹，非其善者。

冬晴閒步東郵由故塘還舍

紅藤拄杖獨相羊，路繞東村小嶺傍。水落枯萍黏蟹椵，鄉人植竹以取蟹，謂之「蟹椵」。雲開寒日上魚梁。洛陽二頃言良是，光範三書計本狂。歷盡危機識天道，要令閒健返耕桑。

方回：五、六善用事，「蟹椵」一句新。

紀昀：清圓可誦。○「椵」字據太平廣記應作「簖」。

十二月八日步至西村

臘月風和意已春，時因散策過吾隣。草煙漠漠柴門裏，牛跡重重野水濱。多病所須惟藥物，差科未動是閒人。今朝佛粥更相餽，更覺江村節物新。

方回：三、四古淡，五、六集句體，亦天成也。

馮班：五、六直用兩句，亦妙。

查慎行：第五句老杜成語。

紀昀：五杜工部句，六韓吏部句。

十一月五日晨起書呈葉德璋司法

趙昌父

卧聞落葉疑飄雨，起對空庭蓋卷風。政自摧頽同病鶴，況堪吟諷類寒蟲。忽思有客渾如我，却念題詩不似公。已分虀鹽終白首，可因霜雪媿青銅。

方回：讀此詩句句是骨，非晚唐裝貼纖巧之比。上四和末云：「既欲紛紛視兒子，何須袞袞羡諸公？」尤高亢下視一世也。

馮舒：如此骨，白骨耶？

紀昀：二句純是牢騷叫囂，非和平之旨。

紀昀：「蓋」字入詩，古人未見。好以文句爲詩，勢必至此。○意求古健，而筆力不足以振之。惟以數虚字轉换，反成軟調。

次韻葉德璋見示

窮冬未省見梅班，故里何由投竹〔四〕安。歸意寧須卜以決，衰顔不待鏡頻看。交情謝子來今雨，節物娱予後苦寒。獨苦更憐終漫興，不如骪骳得天歡。

方回：「卜以決」、「鏡頻看」，此聯已奇。「來今雨」、「後苦寒」，此聯又奇。詩骨聳東野，此之謂歟？

馮舒：東野氣煞。

馮舒：「江西」惡派。

查慎行：「卜以決」，用成語之半，亦佳，但調少諧暢。

紀昀：真力不足，而欲出奇以求新，勢必至此。

校勘記

〔一〕遠隨　馮班：王抄本「隨」一作「垂」。　〔二〕草木　何義門：「草」一作「落」。　許印芳：俗本誤作「落」字。　〔三〕寒山　許印芳：「寒」一作「空」。　〔四〕冬日　何義門：「日」字疑「至」字。　〔五〕苦心知　按：康熙五十二年本、紀昀刊誤本於「知」字有注云：「一作詩」。　〔六〕殘子　馮班：「子」一作「葉」。　〔七〕有方略秦檜忌之　按：原作

「遥得執政忤秦檜」，據康熙五十二年本、紀昀刊誤本校改。〔八〕雨露　李光垣：「霧」訛「露」。〔九〕罄橐　按：「橐」原訛作「樂」，據康熙五十二年本、紀昀刊誤本校改。〔一〇〕欲青　馮班：「青」一作「清」。　淇：「青」與「清」皆走韻。〔一一〕雪殘　許印芳：「殘」一作「晴」。〔一二〕雲山去　按：「山」字原作木釘，據康熙五十二年本、紀昀刊誤本校補。　紀昀：「山」字必誤，再校。　許印芳：别本作「争」。〔一三〕且詩　馮班：「詩」一作「試」。〔一四〕投竹　李光垣：「報」訛「投」。

瀛奎律髓彙評卷之十四　晨朝類

聞雞而起，戴星而行，以勤學，以綜務，有不同。惟閒者乃云高卧晚起，亦各有其志也。

紀昀：序語蹇澀，此爲僞古。意注閒適，亦是習氣。詩不必定以山林爲高。學者溯風騷之本原，則知所見之偏小矣。

五言　三十二首

早渡蒲關

唐明皇

鐘鼓嚴更曙，山河野望通。鳴鑾下蒲坂，飛蓋〔一〕入秦中。地險關逾壯，天平鎮尚雄。春來津樹合，月落戍樓空。馬色分朝景，雞聲逐曉風。所希常道泰，非復候繻〔一〕同。

方回：半山唐選此第一首。玄宗大有好詩，而半山不及取，殆是未見其集。然則開元、天寶盛時，當陳、宋、杜、沈律詩，王、楊、盧、駱諸文人之後，有王摩詰、孟浩然、李太白、杜子美及岑參、高適之徒，並鳴於時。韋應物、劉長卿、嚴維、秦系亦並世，而不見與李、杜相倡和。詩人至此，可謂盛矣。爲之君如明皇者，高才能詩，亦不下其臣，豈非盛之又盛哉！

馮舒：自足壓倒一代。

紀昀：字句猶帶初體，氣格已純是盛唐，此風氣初成之體也。

曉　望

杜工部

白帝更聲盡，陽臺曉色分。高峯寒上日，叠嶺宿霾雲。地坼江帆隱，天清木葉聞。荆扉對麋鹿，應共爾爲羣。

方回：五、六以「坼」字、「隱」字、「清」字、「聞」字爲眼，此詩之最緊處。

馮舒：小乘語。

馮班：尋常覓佳句，五字中自然有一字用力處。虚谷每言詩眼，殊聵聵。假如「池塘生春草」一句，眼在何字耶？更自神妙也。

查慎行：中間兩聯二十字無一字放鬆，又多是寫景。杜律中變體。

李天生：嘗早行東望，始悟此詩之工。「天清木葉聞」，更爲微妙。

將曉二首

石城除擊柝，鐵鎖欲開關。鼓角悲〔三〕荒塞，星河落曉山〔四〕。巴人常小梗，蜀使動無還。垂老孤帆色，飄飄犯百蠻。

紀昀：一首説時事，一首説身事，乃章法也。首篇之末，即帶起次篇，章法尤密。

軍吏回官燭，舟人自楚歌。寒沙蒙薄霧，落月去清波。壯惜身名晚，衰慚應接多。歸朝日簪笏，筋力定如何。

方回：前一詩中四句，兩言曉景，兩言時事。後一詩中四句，兩言曉景，兩言身事。拘者欲句句言曉，即不通矣。

紀昀：此評最的。古人題目多在即離之間，無句句刻畫之法。

馮舒：何必句句説將曉？只是此等詩不用照應，自成起結。他人學此，非寬即撒矣。

何義門：「去」字百煉。曉色既起，波中月影甚微。若作「失」字，便味短。〇第七句以早朝暗收曉字。

紀昀：結言無論不見用，即見用，亦不堪用矣。語意委婉而沉鬱。

客亭

秋窗猶曙色，木落〔五〕更天風。日出寒山外，江流宿霧中。聖朝無棄物，老病已成翁。多少殘生事，飄零任轉蓬。

方回：王右丞詩云：「江流天地外，山色有無中。」此詩三、四以寫秋曉，亦足以敵右丞之壯。然其佳處，乃在五、六有感慨。兩句言景，兩句言情。詩必如此，則凈潔而頓挫也。

馮舒：看杜詩何拘情景？

紀昀：「必」字有病。此亦非説定之法，細觀古人所作，有多少變化不測處？

馮舒：八句如天生成，無復人力雕鐫。

何義門：第一句「亭」字起。

紀昀：渾厚之至，是爲詩人之筆。○感慨不難，難於渾厚不激耳。入他人手，有多少憤憤不平語？

許印芳：起是對偶。

早起

春來常早起，幽事頗相關。帖石防頹岸，開林出遠山。一丘藏曲折，緩步有躋攀。僮僕來城市，瓶中得酒還。

方回：此乃老杜集之晚唐詩也。起句平，入晚唐也。三、四着上「帖」、「防」、「開」、「出」字爲眼，則不特晚也。五、六意足，不必拘對而有味，則不止晚唐矣。尾句別用一意，亦晚唐所必然也。

馮舒：以一字爲眼，宋人詩法，唐人不拘定如此，非詩人妙處。〇晚唐多緊結破題。

紀昀：平入不必晚唐。〇「帖」、「防」、「開」、「出」四字，却開晚唐法門。

紀昀：杜詩之最平易者。〇一結少力、少意。

趨府堂候曉呈兩縣僚友

韋蘇州

趨府不遑安，中宵出户看。滿天星尚在，近壁燭仍一作「猶」。殘。立馬頻驚曙，垂簾却避寒。可憐同宦者，應悟下流難。

方回：仕宦而居下流，所以趨府候曉，不得已之役。「應」當作「始」。

馮舒：文理不通。

紀昀：「應」字自妥，「始」字反不順適。

紀昀：語意頗淺，結亦太盡。

旦攜謝山人至愚池

柳子厚

新沐換輕幘，曉池風露清。自諧塵外意，況與幽人行。霞散衆山迥，天高數雁鳴。機心付當路，聊適羲皇情。

方回：詩不純於律，然起句與五、六，乃律詩也。幽而光，不見其工而不能忘其味，與韋應物同調。韋達，故淡而無味。

馮舒：律與不律，不在平仄，方君一生不解也。

陸貽典：所謂律詩者初不在平仄，何云「不純於律」？

紀昀：韋豈可云無味？以爲宦達故無味，更爲僻謬。

紀昀：七句太激，便少蘊藉。

商山早行

温飛卿庭筠

晨起動征鐸，客行悲故鄉。雞聲茅店月，人迹板橋霜。槲葉落山路，枳花明驛墻。因思杜陵夢，鳧雁滿迴塘。

方回：温善賦，號爲八叉手而八韻成，以此知名於世。三、四極佳。

馮班：頷聯真名句。

查慎行：頷聯出句勝對句。

何義門：中四句從「行」字，次第生動。○次聯東坡亦嘆爲絶唱。

紀昀：歸愚譏五、六卑弱，良是。七、八複，衍第二句，皆是微瑕，分别觀之。

無名氏（乙）：中、晚律詩，每於頸聯振不起，往往索然興盡。

曉寢

白樂天

轉枕重安寢，迴頭一欠伸。紙窗明覺曉，布被暖知春。莫强疎慵性，須安老大身。雞鳴一覺睡，不博早朝人。

方回：三、四好快活自在人，尾句尤爽。

馮班：何等閑適！結句緊。

紀昀：淺而俚，尾句尤直而少味。

途中早發

劉賓客

中途望啓明，促促事晨征。寒樹鳥初動，霜橋人未行。水流白煙起，日上彩霞生。隱士應高枕，無人問姓名。

方回：劉賓客詩中精也。自頷聯以下，無一句不佳。且是尾句不放過。

紀昀：五句拙，六句俗，結入習逕滑調，殊非佳作。虛谷好矯語高尚，故曲取尾句耳。

馮班：「高樹鳥已去，古原人尚耕」，不知其出於此。唐山人又云：「沙上鳥猶睡，渡頭人未行。」

查慎行：較「人跡板橋霜」，覺此首第四句勝。學者於此理會，思過半矣。

何義門：結亦變。

晨起

曉色教不睡，卷簾清氣中。林殘數枝月，髮冷一梳風。並鳥含鐘語，欹河隔霧空。莫疑營白日，道路本無窮。

方回：三、四世所稱名句。

紀昀：前四句一氣湧出，意境甚高。得力全在起二句，不止三、四之工。虛谷惟知選句，於此等處多不解。五、六太造作，七句尤生拗。

馮舒：起二句好。

查慎行：起句輕率無味，試思老杜「客睡何曾着，秋天不肯明」，是何等手法？

何義門：此首似非中山詩。

曉　發

唐　求

旅館候天曙，整車趨遠程。幾處曉鐘斷，半橋殘月明。沙上鳥猶睡〔六〕，渡頭人未行。去去古時道，馬嘶三兩聲。

方回：此所謂詩瓢唐山人者。四聯皆側入，自是一體。詩亦清潤。

陸貽典：五、六又從崔塗「高樹鳥已息，古原人尚耕」脱出。

何義門：次聯與飛卿早行詩，各自擅絶。

紀昀：一結少力。

早　行

郭　良

早行星尚在，數里未天明。不辨雲林色，空聞風水聲。月從山上落，河入斗間橫。漸至重門外，依稀見洛城。

方回：第六句新。

馮舒：郭良名氏新，正不知何人。

紀昀：敷衍曉景，毫無意味。此種詩可以不作。

早春〔七〕寄朱放〔八〕

山曉旅人去，天高秋氣悲。明河川上没，芳草露中衰。此别又千里，少年能幾時？心知剡溪路，聊且寄前期。

何義門：落句以不得往訪，暗暗收足「行」字，兩面俱到。

紀昀：一氣渾成，此爲高格。此種詩何字是眼？○末二句一作「青冥剡溪路，心與謝公期」，較更渾成。

曉發鄞江北渡寄崔韓二先輩　　許渾

南北信多岐〔九〕，生涯半别離。地窮山盡處，江泛水寒〔一〇〕時。露曉〔一一〕蒹葭重，霜晴橋柚垂。無勞促回檝，千里有心期。

方回：許用晦丁卯集者，京口之南可十里，有丁卯橋，乃其故居，以名集也。其詩出於元、白之後，體格太卑，對偶太切。陳後山次韻東坡有云：「後世無高學，舉俗愛許渾。」以此之故，予心甚不喜丁卯詩。然初年誦半山唐選，亦愛其懷古數篇。今老而精選，罕當予意。早行晨起，難得佳者，獨丁卯爲多。五言如：「素壁寒燈暗，紅爐夜火深。廚開山鼠散，鐘盡野猿吟。」「露重螢依草，風高蝶委蘭。」「晨雞鳴遠戍，宿雁起寒塘。雲捲四山雪，風凝千樹霜。」皆近乎屬對求工，而所對之句意苦牽强。又如：「簷楹御落月，幃幌耿殘燈。」上四字全不佳。又如：「水蟲鳴曲檻，山鳥下空階。」十字全然無味。七言如：「一聲山鳥曙雲外，萬點水螢秋草中。」「星河半落巖前寺，雲霧初開嶺上村。」殆不成詩。而近世晚進，争由此入，所以卑之又卑也。短中求長，唯七言懷古詩、五言峽山寺詩、早梅詩爲優，自見别評。

馮舒：若在黄、陳，則「御」、「耿」二字又是詩眼矣。此中諸詩，何句是黄、陳能道者？乃敢妄論如此。〇用晦詩精密清新，工夫極矣，但於格力詞句，無古人來歷，根柢太淺，未免卑弱耳。然較之疏硬粗野自謂杜詩者，何啻天壤。山谷不喜鄧州，自是一家之見。若字字句句求其短處，則「江西」可議，而用晦少疵累也。〇評中所摘諸句，皆清新可誦。〇許詩工細，自是一種好詩，與黄、陳正相反，方君持論欠平。又云「用晦骨氣自弱」，然清新相接，娓娓可誦，亦難到也。萬里曲意排擊，讀其言，令人不平。

馮班：許詩氣味清，黄、陳氣味惡。○方君云「意若牽强」，然並不牽强。方君云「上四字全不佳」，然「燈」「月」二字佳在何處？「水蟲鳴曲檻，山鳥下空階」，不用詩眼所以妙，萬里不解也。方君云「十字全然無味」，然如何無味？

紀昀：「體格太卑，對偶太切」，八字評用晦切當。「以此之故」四字，純是依門傍户之醜態，千古自有定論。寸心亦具是非，豈因人一語遂以爲不喜之根？諸聯亦不盡牽强。用晦之病在格意凡近，不盡在句法也。○懷古詩如馬首之絡，至爲不佳。

紀昀：用晦五律勝七律，然終是意境淺狹。如老於世故人，言動衣冠，毫無圭角，而有一種説不出可厭處。

早發洛中

許　棠

半夜發清洛，不知過石橋。雲增中嶽大，樹隱上陽遥。蹔黑初沉月，河明〔三〕欲認潮。孤村人尚夢，無處暫停橈。

方回：此一早發詩，「不知」二字便佳，蓋曙中船過橋下也。中嶽、上陽，以「雲增」而「大」，以「樹隱」而「遥」，極有味。第六句亦佳。末句則予嘗夜航浙河，熟諳此況也。與許渾全不同。

馮班：未見勝許。

馮班：較之大曆以前，家數便小。
查慎行：第三，第六俱拙。
紀昀：第三句意工而語拙，「大」字尤拙。

曉發

姚鵠

旅行宜早發，况復是南歸。月影〔一三〕緣山盡，鐘聲隔浦微。殘星螢共失，落葉鳥和飛。去去渡南浦〔一四〕，村中〔一五〕人出稀。

方回：第四句可取，第五句妙，餘未稱也。
紀昀：四句亦常語，未見可取之處。
查慎行：尾句生，近俚。
紀昀：五句極用意而不自然。○結句弩末。

晨起

韓致堯〔一六〕

曉景山河爽，閒居巷陌清。已能消滯念，兼得散餘酲。汲水人初起，迴燈燕暫驚。放懷殊不足〔一七〕，圓隙已塵生。

方回：「清」「爽」一聯好，亦多能述晨興之味。
紀昀：六句不甚了了。結有寓意。

曉發山居　僧宇昭

蓐食小人家，寒燈碎落花。雞鳴窗半曉，路暗月西斜。世故欺懷抱，風霜近歲華〔一八〕。劇憐詩思苦，悽惻向長沙。

方回：三、四平平。以早行詩少，收之。
紀昀：不收此，亦不見少。選詩分類，弊必至此。
馮舒：僅免俗。

早行　晁君成

馬上雞初唱，天涯星未稀。驚風時墜笠，零露暗沾衣。山下疎鐘發，林梢獨鳥飛。遠峯煙靄淡，迤邐見朝暉。

方回：此無咎之父。旨味平雅，有唐風。
馮舒：亦是前僧一例耳。

紀昀：此無好無惡之詩，不作可也。

曉

梅聖俞

烏蟾不出海，天地無明時。萬國睡未覺，一聲雞已知。樹頭星漸没，枝上露應垂。人世紛紛事，勞勞只自爲。

方回：聖俞詩淡而有味。此亦信手拈來，自然圓熟。起句似孟郊。

馮舒：東野豈僅以「烏蟾」替日月者？

紀昀：起句雖似東野，然作古詩則可，作律詩則獷。

紀昀：起四句晚唐劣派，五、六太率易，七、八「紛紛」「勞勞」亦太複。

夢後寄歐陽永叔

不趁常參久，安眠向〔一九〕舊溪。五更千里夢，殘月一城雞。適往言猶是，浮生理可齊。山王今已貴，肯聽竹禽啼。

方回：此乃曉寐方覺之詩。三、四佳。末句言永叔已貴，無高眠之適矣。

馮舒：以竹林俗物比永叔，是否？

紀昀：三、四嫌太現成。右丞「五湖三畝宅，萬里一歸人」，顧非熊「一家千里外，殘月五更頭」，皆非高境也。

和外舅夙興 寓大雲寺作　黄山谷

瓜蔓已除壟，苔痕獨上墻。蓬蒿含雨露，松竹見冰霜。卷幔天垂斗，披衣日在房。無詩〔二〇〕歎不遇，千古一潛郎。

馮舒：五、六二句文理不通。

紀昀：三、四有寓意。然前半篇「夙興」意太脱，五、六未免突出，七、八又不貫五、六，律法殊疎。

風烈僧魚響，霜嚴郡角悲。短童疲灑掃，落葉故紛披。水凍食鮭少，甕寒浮蟻遲。朝陽烏鳥樂，安穩託禪枝。

方回：見山谷外集。如蓬蒿之人含雨露，不如松竹之足以見冰霜也。意當如此，兩句元只一意。如「短童疲灑掃，落葉故紛披」，亦可見詩格無窮。先言「掃」，次言「葉」，十字一句法。如「披衣日在房」，當是指「氐房」之「房」，則奇。外舅者，謝師厚。

馮班：「『披衣日在房』指『氐房』之『房』」，不通。以上句是「垂斗」，故以「在房」之「房」爲「房星」，虛谷之論何其迂也。

紀昀：與「斗」爲對，自指「氐房」。

紀昀：此首較可。○「僧魚」二字生。

晨起

張宛丘

曉色淡朦朧，園林白露濃。寒蕺蛩響畔，秋屋葉聲中。更老心猶在，雖貧樽不空。浮生仗天理，不擬哭途窮。

方回：第五句最古淡。

紀昀：亦常語。

查慎行：第四句奇拔。

紀昀：三、四故倒轉説，有意求新。○七句腐甚。

快哉亭朝寓目

賀方回

風起喜舒曠，徑趨城上樓。初暘動禾黍，積雨失汀洲。水牯負鴝鵒，山樞懸栝蔓。坐慚真隱子，物我兩悠悠。

方回：快哉亭有三處：曰彭城，曰黄岡，曰東武。彭城、黄岡皆東坡命名，而東武者乃東坡自造〔二〕。此事見子由詩中。賀公今詩乃彭城快哉亭也。「水牯負鴝鵒」，即蘇邁詩中「牛載寒鴉過別村」也；「山樞懸栝蔓」，即昌黎詩「黄團繫門衡」也，但變化不一耳。

紀昀：變得不好。

蒙城早行

王之道

殘月千家閉，荒城萬木號。舉頭華蓋近，回睇啓明高。野迥霜迎面，風清冷透袍。十年河上路，從此步金鰲。

方回：相山居士王之道，字彦猷，無爲軍人，宣和六年進士。建炎中〔三〕保山寨，攝鄉郡，尋以議和忤檜。晚起漕湖南。子蕭藺。此詩三、四新異。早行詩難得佳者。蒙城在應天府，乃汴河西上入京路也。

紀昀：後六句不佳，結尤□□。

早行

僧惠洪

失枕驚先起，人家半夢中。聞雞憑早晏，占斗辨西東。轡濕知行露，衣單怯曉風。秋陽弄光影，忽吐半林紅。

方回：歐公詩有「夜江看斗辨西東」，此句似落第二。然五言簡，亦勝七言。山谷集有此詩，甘露滅集亦有之。谷集爲覺，恐非。

查慎行：歐句有韻。

紀昀：「谷集」句，不成語。意以山谷集中詩爲覺範之作，恐非是耳。

紀昀：無大意味。

晨起

陸放翁

晨起梳頭懶，披衣立草堂。霧昏全隱樹，氣暖不成霜。灘急回魚隊，天低襯雁行。新春猶一月，已覺日微長。

方回：五、六下二字眼工。

馮舒：晨暫起，如何覺日長？

紀昀：平正。

曉起甘蔗洲

鞏仲至

曉起東風惡，晴嵐忽變昏。船隨山共走，霧與水相吞。鉦鼓遥知寨，桑麻略辨村。雨來無準則，容易濕蓬門。

方回：鞏栗齋仲至，其先東平府人，南渡寓居婺州。父嶸大，監廣帥。淳熙甲辰，上舍甲科。東平集四十卷。其詩甚新，嘗學於東萊之門。

馮班：結不好。

查慎行：第三句俗韻。

紀昀：三句景真而句俚。

早　行

劉後村

店媪明燈送，前村認未真。山頭雲似雪，陌上樹如人。漸覺高星少，纔分遠燒新。何煩看堠子，來往暗知津。

方回：南嶽一藁第七詩。三、四可觀，蓋少作也。

紀昀：後村老境頽唐，此語有意。

馮班：中二聯似唐。

紀昀：四句真景，勝出句。七、八二句言疲於道路已久。

許印芳：劉克莊，字潛夫，號後村。○「燒」，去聲。

七言 十三首

曉上天津橋閒望偶逢盧郎中張員外攜酒同傾 白樂天

上陽宫裏曉鐘後，天津橋頭殘月前。空闊境疑非下界，飄遥身似在寒天。星河隱約初生日，樓閣葱蘢半出煙。此處相逢傾一盞，始知地上有神仙。

方回：詩律不必高，但亦自然。

馮班：方君爲黄、陳之學者也，不解看唐詩。其論杜詩亦只是黄、陳之杜詩耳，未窺老杜藩籬也。

紀昀：自然者，天機所到，非信手趁韻之謂。如以淺易爲自然，失之遠矣。

查慎行：「寒天」，蓋廣寒天也，亦只可香山如此用。

早　發　　羅　鄴

一點燈殘魯酒醒，已攜孤劍事離程。愁看飛雪聞雞唱，獨向長空背雁行。白草近關微有露〔二三〕，濁河連底凍無聲。此中來往本迢遞，況是驅羸〔二四〕客塞城。

方回：第六句好。第五句「露」字疑當作「路」，先已言雪故也。

查慎行：第三聯，晚唐之壯浪者。

紀昀：五、六雄闊，五代所難。

許印芳：此題宜標出地名，「發」字方有着落。○羅鄴，字未詳，羅隱宗人。

早發天台中巖寺度關嶺次天姥岑　　許　渾

來往天台天姥間，欲求真訣駐衰顏。星河半落巖前寺，雲霧初開嶺上關。丹壑樹高〔二五〕風浩浩，碧溪苔淺水潺潺。可知劉阮逢人處，行盡深山又是山。

方回：愛而知其惡，憎而知其善。君子於待人宜然，予之評詩亦皆然也。予遍讀唐人詩，早行、晨起之作絶少，如早朝、夜直已入「朝省類」矣，於此外求平淡蕭閒之趣咸無焉。此詩三、四於早行自工，但苦對偶太甚。所謂才得一句，便𠞊捉一句爲聯，而無自然真味。又且涉乎淺近，則老筆恥之。五、六尤爲平平，惟尾句却佳。「可知」者，不可知也。甚處可覓劉、阮？行盡山，又是山也。

馮舒：似與用晦有私憾者。

馮班：此論却好。然丁卯集詩句句清新，方君抑之太甚，豈曰「憎而知其善」乎！

紀昀：前以「星河」二句爲不成詩，未免已甚，此論平允。○「可知」是故作問詞，此解誤。

何義門：中間都帶「早」字。○首句總破，第三句發寺，第四句「度關」，第五句反呼「逢人」。

早發藍關

韓偓

閉門愁立待雞鳴，搜景馳魂入杳冥。雲外日隨千里雁，山根霜共一潭星。路盤偶見〔二六〕樵人火，棧轉時聞驛使鈴。自問辛勤緣底事？半生驅馬望長亭〔二七〕。

紀昀：三句費解。

早起

魏仲先

夜長久待得晨興，耽睡童猶喚不應。燒葉爐中無宿火，讀書窗下有殘燈。臨堦短髮梳和月，傍岸衰容洗帶冰。應被巢禽相怪訝，尋常日午起慵能。

方回：「燒葉」一作「燒藥」。今從詩話。以「葉」字爲定，尤有味。

馮舒：「葉」好。

查慎行：第六句無韻致。

紀昀：六句掬冰洗面，似非情事。末句「能」字作虛字用，乃方言也，入詩不雅。

朝

梅聖俞

木鐸初開水上城，竹籬深閉日光生。青苔井畔雀兒鬭，烏臼樹頭雅舅鳴。世事但知開口笑，俗情休要着心行。是非不道任挑撻，唯憶當時阮步兵。

方回：中四句好。

馮班：易「烏臼」字方好。

馮舒：後四句撤。

紀昀：三句欠雅，四句亦常語，五、六尤腐。

新城道中

蘇東坡

東風知我欲山行，吹斷簷間積雨聲。嶺上晴雲披絮帽，樹頭初日掛銅鉦。野桃含笑竹籬短，溪柳自摇沙水清。西崦人家應最樂，煮芹燒笋餉春耕。

方回：東坡爲杭倅時詩，熙寧六年癸丑二月，循行屬縣，由富陽至新城有此作。三、四乃是早行詩也。起句十四字妙，五、六亦佳，但三、四頗拙耳。所謂武庫森然，不無利鈍，學者當自細參而默會。雖山谷少年詩，亦有不甚佳者，不可爲前輩隱諱也。坡是年三十八歲。晁無咎之父端友令新城，故和篇有云：「小雨足時茶户喜，亂山深處長官清。」此乃佳句。

馮舒：山谷晚年詩愈不佳，方君既知三、四之拙，則何苦强詉山谷？

馮班：三、四非拙也，方君不解此等筆法。

查慎行：世俗刻本皆以後一首混入蘇集，據此可證其非。

紀昀：此乃平心之論，無依附門墻之俗態。

何義門：起二句新。

紀昀：「絮帽」「銅鉦」究非雅字。

許印芳：東坡全集曉嵐外有批本，與律髓所批互有異同。今附各詩之後，以備參閲。本集批此詩云：「起有神致，三、四自惡，不必曲爲之諱。」〇蘇軾，字子瞻，一字仲和，號東坡，謚文忠。

早起

陳後山

隣雞接響作三鳴，殘點連聲殺五更。寒氣挾霜侵敗絮，賓鴻將子度微明。有家無食違高枕〔二八〕，百巧千窮只短檠。翰墨日疎身日遠，世間安得尚虛名？

方回：「有家無食」「百巧千窮」，各自爲對，乃變格。要見字字鍛鍊，不遺餘力。

查慎行：第二句老氣。

紀昀：通體老健。○又見二十六卷「變體類」，評語不同。

許印芳：三、四句虛實互换，固是變體。五、六句各自爲對，即就句對，一名當句對，此詩家常格，非變體也。○殺，音晒。

西歸舟中懷通泰諸君　　呂居仁

一雙一隻路傍堠，乍有乍無天際星。亂葉入船侵破衲，疾風吹水擁枯萍。山林何謝難方駕，詩語曹劉可乞靈。酒盌茶甌俱不厭，爲公醉倒爲公醒。

方回：起句十四字乃早行詩，次一聯言景物而工，又一聯言情況而不勝其高矣。詩格峥嶸，非晚學所可及也。

紀昀：殊不見高。

馮舒：何、謝何以加「山林」字。

查慎行：「路旁堠，一雙復一隻。」乃白香山古詩。

許印芳：「路旁堠」，乃昌黎古詩，非香山也。
紀昀：似老而粗，「江西派」之不佳者。○後聯突接，究少頭緒。

東流道中

王景文

山高樹多日出遲，食時霧露且雰霏。馬蹄已踏兩郵舍，人家漸開雙竹扉。冬青匝地野蜂亂，蕎麥滿園山雀飛。明朝大江載吾去，萬里天風吹客衣。

方回：雪山王質字景文，東魯人。過江寓居興國，紹興庚辰進士。此詩乃「吴體」而遒美。
許印芳：「山」字複。○首句借韻。○王質，字景文，號雪山。

六月歸途

徐致中

星明殘點數峯晴，夜静微聞水有聲。六月行人須早起，一天涼露濕衣輕。宦情每向途中薄，詩句多於馬上成。故里諸公應念我，稻花香裏計歸程。

方回：第四句良是，第六句亦佳。
紀昀：調自清圓，五句善寫人情。
許印芳：律詩對偶太拘同，非。太不相稱，亦非。此詩四句下三字，與出句大不相稱。此等不可爲訓。

夜雨曉起方覺

輩仲至

夜雨鳴簷送五更，不驚高卧最多情。窗間細視花無一作「無花」。影，墻外隨聽屐有一作「有屐」。聲。數把柔絲堤柳嫩，一奩方鏡閘波清。出門眼界殊明潔，但覺春寒處處生。

方回：此詩夜雨細而不知，曉起方覺。以附之「曉詩類」。

紀昀：究是雨詩，入曉詩未合。

紀昀：「鳴簷」二字碍下「不驚」句。○意境不深，而筆頗圓熟。○「無花」「有屐」是底語？不待問而知其謬，改。

晨征

静觀羣動亦勞哉，豈獨吾爲旅食催。雞唱未圓天已曉，蛙鳴方聚雨還來。清和入序殊無暑，小滿先時政有雷。酒賤茶饒新麵熟，不妨乘興且徘徊。

方回：第六句最新。

紀昀：起句粗野。○第三句「圓」字何説？五句「殊無暑」三字拙笨，七句亦俚。

校勘記

〔一〕飛蓋　許印芳：「蓋」一作「旆」。　〔二〕候繻　許印芳：「候」一作「棄」。　〔三〕鼓角悲　許印芳：「悲」一作「愁」。　〔四〕曉山　馮班、許印芳：「曉」一作「曙」。　〔五〕木落　許印芳：當作「落木」。　〔六〕猶睡　馮班：「睡」一作「在」。　何義門：「在」字勝。

〔七〕早春　馮班：「春」一作「行」。　何義門：「行」字如何可誤？書不讐校，未可漫讀也。　許印芳：「春」當作「秋」。　〔八〕何義門：此詩作者係戴叔能。　許印芳：他本作戴叔能詩。

〔九〕多岐　馮班：「岐」當作「歧」。　〔一〇〕水寒　馮班：「水」一作「月」。　〔一一〕露曉　馮班：「露」一作「霧」。　〔一二〕河明　馮班：「明」一作「鳴」。　〔一三〕月影　按：「月」原作「日」。　馮舒：「日」字未妥。　馮班：「日」或是「月」。　今據康熙五十二年本、紀昀刊誤本校改。　〔一四〕南浦　馮班：「浦」一作「渚」。　〔一五〕村中　馮班：「中」一作「深」。

〔一六〕韓致堯　紀昀：「堯」原訛作「光」。　〔一七〕不足　馮班：「不」一作「未」。　〔一八〕近歲華　紀昀：「近」字疑是「逝」字之訛。　〔一九〕安眠向舊溪　按：原作「向安眠舊溪」，據紀昀刊誤本校改。　〔二〇〕無詩　馮班：「無」一作「吟」。　〔二一〕東武者乃東坡自造按：原缺「東武者乃」四字，據康熙五十二年本、紀昀刊誤本校補。〔二二〕建炎中　按：「中」字原缺，據康熙五十二年本、紀昀刊誤本校補。〔二三〕有露　馮班：作「路」亦可，然可不必。何義門：集本作「路」。紀昀：作「路」乃佳，不但犯「雪」字也。〔二四〕軀贏　李光垣：「贏軀」訛「軀贏」。〔二五〕樹高　馮班：「高」一作「多」。〔二六〕偶見　馮班：「偶」一作「暫」。〔二七〕望長亭　馮班：「望」一作「傍」。〔二八〕違高枕　李光垣：「惟」訛「違」。

瀛奎律髓彙評卷之十五　暮夜類

道途晚歸，齋閣夜坐，眺暝色，數長更，詩思之幽致，尤見於斯。

紀昀：此序得解。

五言 五十首

晚次樂鄉縣

陳子昂

故鄉杳無際，日暮且孤征。川原迷舊國，道路入邊城。野戍荒烟斷，深山古木平。如何此時恨，噭噭夜猿鳴。

方回：盛唐律，詩體渾大，格高語壯。晚唐下細工夫，作小結裹，所以異也。學者詳之。

紀昀：此評極有見解，何以他處乃惟講句眼？

馮舒：黄、陳夢不到此。

查慎行：「故鄉」、「舊國」犯重。唐初律詩不甚檢點，以後講究漸精細，乃免此病。

紀昀：此種詩當於神骨氣脈之間，得其雄厚之味。若逐句拆看，即不得其佳處。如但摹其聲調，亦落空腔。○「野戍」句同峴山懷古詩，惟第四字少異，亦未免自套。○又見二十九卷「旅況類」，評語不同。

許印芳：論詩工拙，能見其大，足破流俗猥瑣之談。右詩虚谷選入「暮夜類」，又入「旅況類」。詩重出而評語不同，「暮夜類」評是合看法。至逐句拆看，起聯點題，峭拔而有神。三承首句，「迷」字應「杳」字。四承次句，「入」字應「征」字。五、六承「邊城」説，「深山」句景真語新，「平」字妙在渾老。七、八回應起聯，結歸旅況，用「如何」字，便不平直。如此拆開細講，方見句法、字法，以及起伏照應諸法。而章法之妙，因此可見。氣體神骨，亦不落空矣。凡古人好文字，大者含元氣，小者入無間，合看大處見好，拆看細處又見好，方是真正妙手。若不耐入細，便是粗材，本領必多欠缺處。推之爲人行事，無不皆然。後人學詩，果能如古人細針密縷，絲絲入扣，必有自出精神，逼肖古人處，斷不至徒摹聲調，墮落空腔。凡學盛唐而落空腔者，由於自矜，眼大如箕，而不能心細如髮也。兹特於紀批外更進一解，以示後學。又按虚谷分類選詩，每類有序，語多淺陋，曉嵐惟取「懷古」、「着題」、「論詩」諸序，「懷古」序尤佳。○此詩前兩聯不相黏，今不可學。

向夕

杜工部

畎畝孤城外，江村亂水中。深山催短景，喬木易高風。鶴下雲汀近，雞棲草屋同。琴書散明燭，長夜始堪終。

查慎行：三、四「催」字意想所及，「易」字匪夷所思。

何義門：第三句寫「向」字妙。

紀昀：山深則障日，樹高則招風。眼前景寫來精切，惜後半稍弱。○二「同」字連人嵌入，末二句始不突然。

日暮

牛羊下來夕，各已閉柴門。風月自清夜，江山非故園。石泉流暗壁，草露滴一作「滿」。秋根〔一〕。頭白燈明裏，何須花燼繁。

紀昀：寂寥之景，都從次句生出。六句「滴」字有神，「滿」字笨而少味。

晚行口號

三川不可到，歸路晚山稠。落雁浮寒水，飢烏集戍樓。市朝今日異，喪亂幾時休。遠媿梁江總，還家尚黑頭。

何義門：三、四興起喪亂失所，市朝遭變之意，其言則直書即目也。

紀昀：此非杜之高作。

客夜

客睡何曾着？秋天不肯明。入簾〔三〕殘月影，高枕遠江聲。計拙無衣食，途窮仗友生。老妻書數紙，應悉未歸情。

查慎行：一起樸老，三、四渾雄。

何義門：一「客」字貫注後四句。

紀昀：三、四乃寫不寐，非寫「月影」、「江聲」。五、六質而不俚，直是神骨不同。

倦夜

竹涼侵卧内，野月滿庭隅。重露成涓滴，稀星乍有無。暗飛螢自照，水宿鳥相呼。萬事干戈裏，空悲清夜徂。

查慎行：前六語俱寫景，極其細潤。結處無限感慨。

何義門：前三句上半夜，後三句下半夜，以「徂」字結裏，見徹夜不寐，悲而且倦也。

紀昀：體物入神，而不失大方。視姚合、賈島之體物。有仙凡之别。○五、六寓飄零之感。

李天生：寫倦俱在景上説，不用羈孤疲困之意，所以爲高。

中夜

中夜江山静，危樓望北辰。長爲萬里客，有媿百年身。故國風雲氣，高堂戰伐塵。胡雛負恩澤，嗟爾太平人。

紀昀：一氣寫出，不琱不琢，而自然老辣。

村夜

蕭蕭風色〔三〕暮，江頭人不行。村舂雨外急，隣火夜深明。胡羯何多難？漁樵寄此生。中原有兄弟，萬里正含情。

紀昀：三句非寫舂聲，乃寫人静。四句有情、有景。

旅夜書懷

細草微風岸，危檣獨夜舟。星垂平野闊，月湧大江流。名豈文章著，官應老病休。飄飄何所似，天地一沙鷗。

方回：老杜夕、暝、晚、夜五言律近二十首。選此八首潔浄精緻者，多是中兩句言景物，兩句言情。若四句皆言景物，則必有情思貫其間。痛憤哀怨之意多，舒徐和易之調少。以老杜之爲人，純乎忠襟義氣，而所遇之時，喪亂不已，宜其然也。

紀昀：此評的。

查慎行：此舟中作。

紀昀：通首神完氣足，氣象萬千，可當雄渾之品。

出郭

霜露晚凄凄，高天逐望低。遠煙鹽井上，斜景雪峯西。故國猶兵馬，他鄉亦鼓鼙。江城今夜客，還與舊烏啼。

何義門：第三無人烟也，第四無村落也。○言舊則夜啼，非自今始。

紀昀：三、四承「望」字。後四句純以虛字着力，而不覺其滑弱，由筆力不同。

野望

清秋望不極，迢遞起層陰。遠水兼天净，孤城隱霧深。葉稀風更落，山迥日初沉。獨鶴歸何晚，昏鴉已滿林。

方回：此亦老杜暮夜詩，而題中惟指郊野，各極遒健悲慘，不可不選。前詩分明道亂離；後詩結末四句，有歎時感事、勗賢惡不肖之意焉。

紀昀：述喪亂則明言，刺宵小則託喻。詩人立言之法。

查慎行：中二聯用力多在虛字，結意尤深。

晚泊牛渚

劉賓客

蘆葦晚風起，秋江鱗甲生。殘霞忽改色，遠雁有餘聲。戍鼓音響絶，漁家燈火明。無人能詠史，獨自月中行。

方回：意盡晚景，尾句用袁宏詠史事，尤切於牛渚也。按楊誠齋晚景一聯亦曰：「暮天無定色，過雁有歸聲。」

何義門：落句正自嘆所處不如謝尚耳，又恰收足「晚」字。

紀昀：三、四寫晚景有神。○結處同一用事，而不及太白「余亦能高詠，斯人不可聞」句之玲瓏生動矣。

夕次洛陽道中

崔　塗

秋風吹故城，城下獨吟行。高樹鳥已息，古原人尚耕。流年川暗度，往事月空明。不復歎岐路，馬頭塵夜生。

方回：陳簡齋「高原人獨耕」，似勝「古原人尚耕」，爲第四句下「古」字。第一句却只作「秋風吹故城」，「故」字不甚好。若曰「秋風吹古城」，此一句既妙，第四句却作「故原人尚耕」，亦可也。

馮舒：接上「已息」，自然應下「尚」字。「古」與「故」相去幾何？此等評俱同夢魘。
馮班：「原」如何説「故」？
查慎行：崔詩氣力自弱，不如陳詩。若只換字，抑末矣。
紀昀：「故城」字水經注多用之，何以謂之不好。

酬夢得窮秋夜坐即事見寄　白樂天

焰細燈將盡，聲遥漏正長。老人秋向火，小女夜縫裳。菊悴籬經雨，萍銷水得霜。今冬暖寒酒，已擬共君嘗。

馮舒：前四句名句。
紀昀：前四句有氣格，後四句不佳。
方回：三、四有情味。
查慎行：五、六有作意。
紀昀：却雅健。

齊雲樓晚望偶題十韻兼呈馮侍御田殷二協律　樓在蘇州

潦到〔四〕宦情盡，蕭條芳歲闌。欲辭南國去，重上北城看。複嶺江山壯，平鋪井邑寛。人稠過楊府，坊鬧半長安。插霧峯頭没，穿霞日脚殘。水光紅漾漾，樹色緑漫漫。約略留遺愛，殷勤念舊歡。病抛官職易，老别友朋難。九月全無熱，西風亦未寒。齊雲樓北面，半日凭欄干。

方回：前一聯見蘇州之盛，後一聯真情可掬。

馮舒：「病抛」一聯是片言居要處，評語漫。

紀昀：大段情整。惟「人稠」二句，仍是頽唐潦倒之習。○「平鋪」不對「複嶺」，「嶺」字又複「山」字，必有誤。再校本集。○「病抛」二句，淺語而有深味。○「九月」句淺率。

彭蠡湖晚歸

彭蠡湖天晚，桃花水氣春。鳥飛千白點，日没半紅輪。何必爲遷客，無勞是病身。但來臨此望，少有不愁人。

方回：自是一家。尾句凄然如此，遷謫中常態也。

紀昀：「千白點」三字太俗。結即「不是愁人亦斷腸」之意衍作二十字，便索然。大抵白詩有四病：曰滑，曰俗，曰衍，曰盡。其無此四者，未嘗不佳。

山中寒夜呈許棠

曹松

山寒草堂暖，寂夜有良朋。讀易分高燭，煎茶取折冰〔五〕。庭垂河半角，窗露月微稜。俱入詩心〔六〕地，争無俗者情〔七〕。

方回：第四句奇，此等語惟唐人能之。

紀昀：四語頗小巧，以爲非唐人不能道，太淺視唐人矣。

何義門：發端佳。

紀昀：一結獷甚。

南塘暝興

水色昏猶白，霞光暗漸無。風荷摇破扇，波月動連珠。蟋蟀啼相應，鴛鴦宿不孤。小僮頻報夜，歸步尚踟躕。

方回：中四句而三句新，只起句十字亦不苟。

紀昀：起二句、後四句俱好，三句鄙甚，四句尤俗。虚谷所評未是。

查慎行：此晚唐之漸。

與清江上人及諸公宿李八昆弟宅

耿湋

湯公多外友，洛社自相依。遠客還登會，秋懷欲忘歸。驚風林果少，驟雨砌蟲稀。更過三張價，東遊媿陸機。

方回：五、六工緻。

月夜登王屋仙臺

顧非熊

月臨峯頂壇，氣爽覺天寬。身去銀河近，衣沾玉露寒。雲中日已赤，山外夜初殘。即此是仙境，惟愁再上難。

方回：五、六勝於三、四。

紀昀：即「海日生殘夜」意，衍爲十字便少味。

許印芳：顧非熊，字未詳。況子。

同劉秀才宿見贈

僧無可

浮雲流水心，只是愛山林。共恨多年別，相逢一夜吟。既能持苦節，勿謂少知音。憶就西池宿，月圓松竹深。

方回：中四句苦淡，末句脱灑高妙。趙紫芝「雪晴江月圓」，全學此也。

紀昀：五、六句不貫七、八句。

寒夜過叡川師院

長生推獻壽，法坐四朝登。問難無强敵，聲名掩古僧。絶塵苔積地，棲竹鳥驚燈。語默俱忘寐，殘窗半月稜。

方回：五、六自是一樣句法，第七句尤佳。

紀昀：未見佳處。

紀昀：前四句鄙。

西陵夜居

吴融

寒潮落遠汀，暝色入柴扃。漏永沉沉静，燈孤的的青。林風移宿鳥，池雨定流螢。盡夕〔八〕成愁絶，啼蛩莫近庭。

方回：五、六絶妙，兩字眼用工。

何義門：紀昀：四句尤有神味。從初暝逐層細寫，六句奔注「盡夜」二字。○首句「西陵」起；二句見，三句聞；四句見，五句聞；六句見，八句聞。○五、六言不復成寐也；「定」字與「流」字反激，妙。

夕陽

僧宇昭

向夕江天迥，微微接水平。帶帆歸極浦，隨客上荒城。雲外僧看落，山西鳥過明。何人對幽怨？苒苒敗莎并。

方回：宇昭，九僧之一，江東人。夕陽，着題詩也。中四句皆工。

查慎行：中四句雖工，少遠神。若只如此説「夕陽」，何物不可？

馮班：次聯好。

紀昀：刻畫自工。

冬夜旅思

寇萊公

年少嗟羈旅，煙霄進未能。江樓千里月，雪屋一龕燈。遠信憑邊雁，孤吟寄嶽僧。爐灰愁擁坐，硯水半成冰。

方回：讀此詩與晚唐人何異，豈知其爲宰相器乎？三、四悲壯，五、六自唐人翻出，第二句見其進取之心焉。

查慎行：晚唐無此氣概。

紀昀：虛谷以進取譏寇萊公，可謂不見其睫。

暝

梅聖俞

杳杳鐘初發，昏昏户閉時。巢禽投樹盡，疲馬入城遲。醉唱眠茅屋，燒光透槿籬。荷鋤休帶月，亭長豎毛眉。

馮舒：「燒」字可平用否？

紀昀：一結粗鄙之極，不謂聖俞乃爾，論詩豈可壓於盛名？

夜

日從東溟轉，夜向西海沉。羣物各已息，衆星燦然森。蝦蟆將食月，魑魅争出陰。阮籍獨不寐，徘徊起彈琴。

方回：前一首曲盡山城暮景。後一首不專從律，而意謂日没星出，羣陰之類争逞，憂世之士，獨彈琴不寐。有深意也，豈但賦夜而已哉！

馮舒：此似古體。

馮班：自非小家。

紀昀：又自一格，殊有别味。屢誦熟甜之作，便令人有螺蛤之思。

許印芳：此詩惟五句是平調，二、三句，六、七句皆拗調，餘句則皆古調。平調、拗調、古調，三體兼用。唐人律詩原有此格。然古調只用作起句，此詩首句及四句、八句皆用古調。按之唐人聲律，實是古體，非律體也。虚谷選入律體中，曉嵐不以爲非。録之以備一格可也。

吴正仲見訪迴日暮必未晚膳因以解嘲

永日無車馬，閒坊有竹隣。雨中烏帽至，門外緑苔新。不殺雞爲黍，堪題鳳向人，山公識墨在，知我舊來貧。

方回：五、六用事妙，不覺其爲用事也。以題有「暮」、「晚」字，附諸此。

馮班：「傾崖護石髓」，始可云用事不覺，「題鳳」則顯然用事矣。

紀昀：用事之淺拙，至此極矣。乃曰「不覺」，何也？

紀昀：「門外綠苔」，非爲點景，正言人迹之少，以見相訪之可感耳。

秋夜集李式西齋

趙叔靈

澤國秋光澹，詩家夜會清。雨餘逢月色，風静得琴聲。小徑幽蟲絶，寒堦落葉并。嘗余不擬睡，自起繞池行。

方回：太宗朝詩人多學晚唐，此詩三、四係一句法，五、六是偶〔九〕。

紀昀：絶好中唐詩，虚谷以爲晚唐何也？

許印芳：趙湘，字叔靈。

江樓晴望

魯三江

江干一雨收，霽色染新愁。遠水碧千里，夕陽紅半樓。笛寒漁浦晚，山翠海門秋。更待牛津月，袁宏欲泛舟。

方回：三、四善言晚景。

紀昀：亦是習語。

臘後晚望

宋景文

寒日繫難定，嗚笳弄已休。凍崖初辨馬，昏谷自量牛。漢樹臨關密，胡泉入塞流。登高能賦未？風物古堯州。

方回：「崑體」，善於用事。兩崖不辨牛馬，與谷量牛馬，融化作臘後晚望詩，精密之至。五、六亦佳。真定府詩。

查慎行：莊子「不辨牛馬」，言秋水無際。此言「凍崖」。史記「谷量牛馬」，言塞外牲畜之多。此言「昏谷」。俱牽强，不合用事切合，何得云善？

馮舒：第四句牽强。

紀昀：用事甚拙。

許印芳：宋祁，字子京，謚景文。

城隅晚意

寥寥天意晚，稍覺井閭閒。水落呈全嶼，雲生失半山。牛羊樵路暗，燈火客舟還。暝思輸鳧鵠，歸飛沆漭間。

方回：三、四工巧。

紀昀：妙在自然，所以不纖。

紀昀：不失雅音。

許印芳：骨味格律，真近老杜，高於長安道中詩。

西樓夕望

炎氛隨日入，岑寂坐遥帷。倦鷲昏投浦，驚蟬夜去枝。桂花兼月破，槎影帶星移。珍重窗風好，羲人即此詩〔一〇〕。

方回：三、四工。皆成都詩，固是有羲皇上人，此曰「羲人」，則生。

馮舒：何不即作「羲皇」？

紀昀：五、六琱琢而無味。

晚遊九曲院

和章秀才　　陳後山

冷落叢祠晚，回斜峽路賒。平荷留夜雨，驚鳥過隣家。雲暗重重樹，風開旋旋花。病身無俗事，待得後歸鴉。

方回：此錢塘九曲院也。後山遊吴時在三十歲以前，元豐五年壬戌詩。

紀昀：圓煉。

許印芳：「旋」，去聲。

湖上晚歸寄詩友

功名違壯志〔一〕，戒律負前身。劉德長欺客，王融却笑人。殘年憎受歲，病眼怯逢春。杖屨知何向，知公未厭頻〔二〕。「受」一作「送」〔三〕。

方回：此錢塘西湖也，後山元豐中游吴。任淵注本不收此詩，三十歲所作，乃謝克家本添入者。「憎受歲」、「怯逢春」，亦老蒼矣，未可以少作視之。

查慎行：任淵注後山詩，竹垞家有之。余曾借閲一過，今此本不知誰屬矣。

紀昀：未必是三十歲作。

馮舒：如此自好，何必「江西」？

馮班：鄧禹笑人，如此用亦不好。

紀昀：語自老潔。○「受」字是。

後湖晚出

水浄偏明眼，城荒可當山。青林無盡意，白鳥有餘閒。身致江湖上，名成伯季間。目隨歸雁盡，坐待暮鴉還。

方回：「滄江萬古流不盡，白鳥雙飛意自閒。」東坡賞歐公詩，謂敵老杜。後山三、四一聯，尤簡而有味。不致身於廟堂，而致身於江湖之上。「名成伯季間」，謂在蘇門六君子中，亞於黄而高於晁、張也。

查慎行：「意自閒」從「雙飛」襯出。

馮舒：第六句費解，亦接不下。

紀昀：馮云：「第六句費解，亦接不下。」余謂費解有之，却無甚接不下。此詩頽然自放，傲然自負，覺眼前無可語者，惟看雁去鴉還耳。語不接而意接，不可以「崑體」細碎求之。

馮班：第二句妙。「青林無盡意」好對「紫竹觀世音」。

紀昀：高爽。

許印芳：「盡」字複。

晚泊

清切臨風笛，深明隔水燈。堆場穿鳥雀，暗溜入溝塍。年使扶行老，船催趁渡僧。茲游恐未已，着句續先曾。

方回：「使之年」，出左傳。謂問絳人年幾歲，使之自言也。

馮班：「年使」句晦。

查慎行：第五句滯句。

紀昀：此首語多生硬，不爲佳作。

晚坐

柳弱留春色，梅寒釀雪花。溪明數積石，月過戀平莎。病減還增藥，年侵却累家。後歸棲未定，不但只昏鴉。

方回：六句下六字爲眼，尾句尤高古。

馮舒：虚字俱在中間，然六句相同亦不好。

紀昀：雖非極筆，亦自清整。

寒夜

留滯常思動，艱虞却悔來。寒燈挑不焰，殘火撥成灰。凍水滴還歇，風簾捲復開。孰知文有忌，情至自生哀。

方回：此赴棣州教授詩。起句十字，士大夫之常態。

馮班：最後二句未似唐人。

紀昀：「孰知」即「熟知」，古字通用。杜公垂老别曰：「熟知是死别，且復哀其寒。」正用「熟」字。

宿濟河〔一四〕

燭暗人初寂，寒生夜向深。潛魚聚沙窟，墜鳥滑霜林。稍作他年計，初回萬里心。還家只有夢，更着曉寒侵。

方回：句句有眼，字字無瑕，尾句尤深幽。

紀昀：尾句沉着，用意頗近義山。

許印芳：「初」字、「寒」字俱複。

宿合清口

風葉初疑雨，晴窗誤作明。穿林出去鳥，舉棹有來聲。深渚魚猶得，寒沙雁自驚。卧家還就道，身計豈蒼生。

方回：此亦赴棣州教時作〔三五〕。所以去鳥穿林而出者，以舉棹者有來聲也，上問下答。起句十字，盡客夜之妙。末句歎喟出處無補蒼生，遠矣。

紀昀：五、六託意，非寫景。○後山詩多真語，如此尾句，虚憍者必不肯道。

許印芳：結意沉着，不但真摯。

和西齋　張宛丘

山色供開鏡，溪光照掩扉。暗蟲先夜響，萎葉近秋飛。灌壠晴蔬出，開籠暮鶴歸。鳴琴坐朗月，輕露點秋衣。

方回：三、四自然好，五、六工。

紀昀：三、四果好，五、六未見甚工。

許印芳：「開」字、「秋」字俱複。

冬　夜

歲晚轉無趣，席門誰駐車？澗泉分當井，山葉掃供廚。謀拙從人笑，身閒讀我書。幸知霜霰晚，時得灌園蔬。

方回：三、四亦自然。「從人笑」「讀我書」，各有出處，非杜撰。

查慎行：「且還讀我書」，陶句也。

紀昀：平妥。○「從」字究不對「讀」字。

許印芳：「廚」字借韻。「晚」字複。○律詩對偶，貴銖兩相稱。不稱而上輕下重，猶可；上重下輕則不可。此詩上句「從」字輕，下句「讀」字重，無大妨礙，不必苛責。

小舟過吉澤效王右丞

陸放翁

澤國霜露晚，孤村煙水微。本去官道遠，自然人跡稀。木落山盡出，鐘鳴僧獨歸。漁家閒似我，未夕閉柴扉。「村」一作「汀」。

方回：五、六可謂得句。

紀昀：三、四別有自然之味，勝於五、六。

馮班：新潤不如右丞。欲效其天然，更覺費力。
紀昀：前六句神貌俱似，末二句貌亦不似。「村」與「烟火」有關照。○「汀」字未是矣。
許印芳：次聯不黏。○陸游，字務觀，號放翁，封渭南伯。

五鼓不得眠起酌一杯復就枕

棲冷雞聲咽，窗深燭燄明。流年容易過，華髮等閒生。濁挹連醅酒，香搓帶葉橙。殘骸付螻蟻，汗簡更須名。
方回：第六句新。
查慎行：第六句本大蘇「手香新喜緑橙搓」來。
紀昀：六句細瑣之甚，雖新而無意味，虚谷此等議論最誤人。
馮班：題好，詩意未醒。

冷泉夜坐 趙師秀

衆境碧沉沉，前峯月正臨。樓鐘晴聽響，池水夜觀深。清浄非人世，虚空見佛心。却尋來處宿，風起古松林。

方回：三、四下一字是眼，中一字是眼之來脈。作詩當如此秤停。

紀昀：就彼法論之，實是如此。

許印芳：虛谷此説頗精，可備鍊字鍊句之一法。

馮班：「四靈」詩首尾多平，此篇最妙。

查慎行：三、四妙句，從静中得。

紀昀：自然清妥，「四靈」詩之意境寬闊者。○詩人玉屑謂「聽」字初作「更」字，「觀」字初作「如」字。後乃改定，便覺精神頓異。

許印芳：趙師秀，字紫芝，號靈秀。

訪端叔提幹

葛無懷

水趁〔一六〕潮頭上，山隨柁尾行。大江中夜滿，雙櫓半空鳴。雁冷來無幾，鷗清睡不成。平生師友地，此夕最關情。

方回：三、四有盛唐風味。

許印芳：評是。

查慎行：前半説盡乘潮放船之樂。

紀昀：前四句雄闊之至。五、六起末二句，有神無迹。
許印芳：葛天民，字無懷。

雪夜

冷蘂通幽信，孤山欠幾遭。盃因寒更滿，句到淡方高。雪滴晴簷雨，松翻夜壑濤。布衾雖似鐵，猶念早趨朝。
方回：五、六儘佳，三、四幽淡。
馮班：第五句好。
查慎行：五、六字字的當。
紀昀：次句不醒豁。四句理自不錯，而以之入句，則宋氣太重。五句纖小之甚，詩家最忌。

月夜書懷

陳止齋

送客門初掩，收書室更虚。新篁高過瓦，凉月下臨除。婦病纔扶杖，兒饞或餽魚。今朝吾已過，莫問夜何如。
方回：尾句高不可言。

馮班：亦好，恨未工。
紀昀：高老，可逼後山。
許印芳：「過」字複。○陳傅良，字君舉，號止齋。

暝色

劉後村

暝色千村静，遥峯帶淺霞。荷鋤歸別墅，乞火到隣家。疎鼓聞更遠，昏燈見字斜。小軒風露冷，自起灌蘭花。

馮班：首尾不貫。第六句撤。
查慎行：第六句欠確。
紀昀：雖乏深致，而不失雅音。異後村他作之粗野。

七言 十一首

閣夜

杜工部

歲暮陰陽催短景，天涯霜雪霽寒宵。五更鼓角聲悲壯，三峽星河影動摇。野哭千家聞戰伐，夷歌幾處起漁樵。卧龍躍馬終黄土，人事音書漫寂寥。

方回：三、四東坡所賞。世間此等詩，惟老杜集有之。

紀昀：總是主持太過。

馮班：重出。

查慎行：此詩已入「登覽類」。重出，當删。

紀昀：此首已見「登覽類」中，而圈點、評語俱不同。可見虚谷亦隨手成書，非有不移之定凖。

許印芳：結雖費解，却無不可解處，不能以小疵廢之。按沈歸愚引左太冲蜀都賦云：「公孫躍馬而稱帝。」謂公孫述也。此詩「躍馬」二字，蓋取諸此。詩言諸葛、公孫，因夔州祠廟而及之也。意謂賢愚同盡，則目前人事、遠地音書，亦付之寂寥而已。〇八句對。

暮　歸

霜黄碧梧白鶴棲，城上擊柝復烏啼。客子入門月皎皎，誰家擣練風凄凄。南渡桂水闕舟楫，北歸秦川多鼓鼙。年過半百不稱意，明日看雲還杖藜。

方回：自是一種骨格風調，又自是一種悲壯哀慘。

馮舒：此等真正惟老杜能之。

何義門：去住兩乖，經日彳亍，不知所出。從「暮」字直敍起，却用「明日」二字，顯出筆力奇變。○「暮」字反收，筆力與胸襟相副。

紀昀：三、四神來。

無名氏（乙）：起語生造出奇，三、四戍削高亮，結處淒緊，殊難再讀。此「吴體」中蒼鬱清急之音也。

返照

楚王宫北正黄昏，白帝城西過雨痕。返照入江翻石壁，歸雲擁樹失山村。衰年肺病惟高枕，絶塞愁時早閉門。不可久留豺虎亂，南方實有未招魂。

方回：想必先得三、四，故以「返照」命題。「翻」字、「失」字，詩眼也。

馮舒：杜詩不用如此看。

紀昀：眺望於返照之時，故以爲題，非詠返照也。虚谷以爲三、四足成之，是以「九僧」視工部矣。

何義門：用覆裝，更錯綜可喜。

紀昀：三句頂首句，四句頂次句。

無名氏(甲)：白帝城在夔州。

無名氏(乙)：全首沉着，「返照」一句點題，是寄意耳。

許印芳：起句對。

和周廉彦

張宛丘

天光不動晚雲垂，芳草初長襯馬蹄。新月已生飛鳥外，落霞更在夕陽西。花開有客時攜酒，門冷無車出畏泥。修禊洛濱期一醉，天津春浪緑浮堤。

方回：三、四不見着力，自然渾成。

紀昀：何等姿韻，何必定以語含酸餡爲高！

許印芳：首句借韻。「天」字複。

夜泊

遠雁初歸楓葉乾，孤舟晚繫岸邊灘。淮聲夜静淩風壯，月色秋深照客寒。疏拙功名甘闊略〔一七〕，飄零蹤跡但悲歎。不關酒薄難成醉，自是年來少所歡。

方回：律熟句妥。

紀昀：無深味，而句格爽朗。

夜泊寧陵

韓子蒼

汴水日馳三百里，扁舟東下更開帆。旦辭杞國風微北，夜泊寧陵月正南。老樹挾霜鳴窣窣，寒花垂露落毿毿。茫然不悟身何處，水色天光共蔚藍。

方回：「扁舟東下更開帆」，此是詩家合當下的句，只一句中有進步，猶云「同是行人更分首」也。五、六亦工。

紀昀：純以氣勝。

許印芳：此評確。東坡七律最長於此，子蒼此詩大似東坡。起法尤峭健，非斬盡枝葉者不能如此落筆。

無名氏（甲）：寧陵，在汴京。

許印芳：「帆」押通韻。

夜坐

呂居仁

所至留連不計程，兩年堅卧厭南征。荒城日短溪山静，野寺人稀鸛雀鳴。藥裹向人閒自好，文書到眼病猶明。較量定力差精進，夜夜蒲團坐五更。

紀昀：瘦硬而渾老，「江西」詩之最佳者。

許印芳：「向人」意不醒豁，「人」字又複上句，故易作「關心」。○「量」，平聲。「差」音疵。○呂本中，字居仁，號紫微。

夜雨　陸放翁

蕭蕭殘髮雪侵冠，冉冉清愁用底寬。把卷昏眸常欲閉，投床睡興却先闌。惟須酒沃相如渴，未分人哀范叔寒。雨霽定知梅已動，佩壺明日試尋看。

方回：五、六氣壯，以第六句喚醒第五句也。

查慎行：「佩壺」字本於牧之。

紀昀：清而太弱，剽而不留。○第七句「動」字不妥。

冬夜不寐　姜梅山

宵柝迢迢驚睡魔，静思甘分老林坡。忍飢只有嵇康嬾，扣角曾無甯戚歌。不起妄心思世事，只將閒意養天和。時人休説長生術，學着長生事轉多。

方回：五、六俱曠達。

紀昀：「睡魔」二字有出而不雅，「林坡」二字無出，後四句俱淺俗，結句尤劣。

秋夜偶書

趙師秀

此生謾與蠹魚同，白髮難收紙上功。輔嗣易行無漢學，玄暉詩變有唐風。夜長燈燼挑頻落，秋老蟲聲聽不窮。多少故人天禄貴，猶將寂寞歎揚雄〔一八〕。

方回：三、四有議論，却不可以晚唐詩一例看，若如此推去儘高。

紀昀：三、四婉而章，乃言習俗日趨卑靡，所以不合時宜，而難收紙上之功也。以爲議論，則失之。

許印芳：三、四全以議論見長，此宋人真面目，虚谷前評不錯。如曉嵐所解，其爲議論益顯然矣，而又斥虚谷之評爲非，可怪也。

紀昀：結二句深婉有味，自古無人道，説來却平易近人。〇三、四語特藴藉，蓋説經至輔嗣而妙，然義理勝而訓詁荒。鍊句至玄暉而工，然彫琢起而渾朴散。宋末實有此弊。

呈蔣薛二友

中夜清寒入緼袍，一杯山茗當香醪。禽翻竹葉霜初下，人立梅花月正高。無欲自然心似水，有營何止事如毛。春來擬約蕭閒客，同上天台看海濤。

方回：此等詩平正。近世人甚誇之，乃深甫〔九〕乾、淳以前所作耳。然尾句高灑。

紀昀：虛谷似不滿此詩，然所賞如此詩者不少，大抵有門户之見在。

馮舒：三聯〔一〇〕宋甚。

許印芳：宋詩好作理語，此詩五、六亦然。好在不腐。

校勘記

〔一〕秋根　馮班：「根」一作「原」。〔二〕入簾　馮班：「入」一作「捲」。許印芳：「捲」字勝「入」字。〔三〕蕭蕭風色　馮班：一作「風色蕭蕭」。〔四〕潦到　馮班：「到」當作「倒」。〔五〕折冰　何義門：「折」疑當作「拆」。〔六〕詩心　吴之振、吴孟舉：「詩」一作「論」。紀昀：「論心」妥於「俗心」。〔七〕俗者情　馮班、吴之振、吴孟舉：「情」一作「憎」。查慎行：「情」出韻，當作「憎」。紀昀：「情」字奸韻，其誤易見，何必兩存？〔八〕盡夕　馮班：「夕」一作「夜」。〔九〕李光垣：此下似有脱字。〔一〇〕此詩按：康熙五十二年本、紀昀刊誤本「詩」作「時」。〔一〕壯志　按：「壯」原作「此」。馮班、查慎行：「此」當作「壯」。據康熙五十二年本、紀昀刊誤本校改。〔二〕知公未厭頻　按：「頻」原作「貧」，據康熙五十二年本、紀昀刊誤本校改。〔三〕受一作送　按：此四字原缺，據康熙五十二年本、紀昀刊誤本校補。〔四〕宿濟河　李光垣、許印芳：「齊」訛「濟」。〔五〕教時作　李光垣：「教」下脱「時」字。〔六〕水趁　李光垣：「月」訛「水」。〔七〕闊略　馮班：「略」，王抄本作「落」。〔八〕揚雄　許印芳：「揚」原作「楊」。然揚雄之揚從手不從木。〔九〕乃深甫　馮班：「乃」當作「不」，「甫」當作「味」。李光垣：「乃」原訛作「不」。「甫」字原缺，據康熙五十二年本、紀昀刊誤本校補。〔二〇〕三聯　許印芳：「三」，刊本誤作「次」，今正之。

瀛奎律髓彙評卷之十六　節序類

或問節序詩以冬至爲首，何也？古曆法皆起於冬至，有一陽之復，然後有三陽之泰，故以此爲首。邵康節詩，云「冬至子之半」，最佳；而「元酒味方淡，大音聲正希」，兩句一意，故不取。今此選專以論詩，故詩非極工者不預焉。

紀昀：改從周正，迂謬無謂，此亦何與於詩？不選之詩，寧惟邵子一章？獨拈出列於序中，亦太露依附之迹。

五言　五十四首

冬至　王半山

都城開博路，佳節一陽生。喜見兒童色，歡傳市井聲。幽閒亦聚集，珍麗各攜擎。却憶他年事，關商閉不行。

方回：李參政注：「博路，未詳。」予謂常日禁賭博，惟節日不禁耳。幽閒聚集，珍麗攜擎，此等句細潤，乃三謝手段，半山多如此。又至節五言詩佳者絶少，七言則老杜數篇盡之矣。

馮舒：若如此解，亦成何語？

馮班：只是唐人耳，三謝不如此。方君全不知三謝，何妄言也？

紀昀：「博路」猶曰廣衢，正對末句「關商閉不行」而言。虚谷此注，穿鑿無理。○三謝豈有此等句？謂爲細潤亦非。

馮班：宋人節日許博，雖婦女亦爲之，腹聯云云是也。宋朝實如此，見經鉏堂雜誌。

紀昀：腐陋之至，何以録爲壓卷？

和王子安至日　陳後山師道

晨起公私迫，昏歸鳥雀催。百年忙裏盡，萬事醉間來。竹雨深宜晚，江梅半欲開。風燈挑不燄，寒火撥成灰。

方回：三、四妙。本三詩，今取一。第一首云：「近節翻多事，爲家不亦難。」第二首云：「陰陽消長際，老疾去留間。」皆好。

紀昀：「不亦難」三字不佳。

馮舒：此篇都無至日意。若移次聯入丁卯集，不知若何排抵矣？

紀昀：馮云「此篇不見至日意」，不知此本三詩，删取其一，不能一首自爲首尾，全然見題也。杜公秋興第八首併「秋」字亦不見矣。

馮班：首句不破冬至，尚有第一首也。落句似除夜。第四句可商。○極規子美矣，然都不及至日，何也？落句子美有此體，然後山不知齊、梁詩，便自煞不住。

紀昀：末二句重見寒夜詩，蓋一時不檢之故。古人詩亦往往有之。

許印芳：寒夜詩作「寒燈」、「殘火」，不同者一字，重句病古人常有，陸渭南最多，而老杜最少。愚嘗細檢全集，惟「驊騮開道路」二句，與他詩犯複，足見此老詩律之細。即一首中有重字者亦少。如後山前詩之四字犯複，不但杜集無此病，他人集中亦無此病。後山雖善學杜，不及杜處正多，此猶其小者耳。又按：虚谷此書「閒適類」中，選入白香山閒坐詩。三、四云：「百年慵裏過，萬事醉中休。」虚谷批云：「二語妙，陳後山偶然相犯。」愚按：香山詩語頹唐，意興蕭索，有何妙處？後山明用其語，原非偶然。高在用其語而翻其意，更易四字，便覺氣味深厚，此點石成金手段也。又如隋人尹式詩云：「秋鬢含霜白，衰顔倚酒紅。」老杜襲之爲「髮短何須白，顔衰肯再紅」，後山襲之爲「髮短愁催白，顔衰酒借紅」。同一襲用舊詩，而後山較勝老杜，以能加意鍊句也。然自後山襲用之後，尹、白二詩不可再用。再有用者，不能高於後山，徒作偷語鈍賊耳。○虚谷選此一首，深厚高老。曉嵐全取之，尾聯重出，故未加密圈。○「至」謂冬至。

冬至後　　張宛丘

水國過冬至，風光春已生。梅如相見喜，雁有欲歸聲。老去書全懶，閒中酒愈傾。窮通付吾道，不復問君平。

方回：張文潛詩，予所師也。楊誠齋謂肥仙詩自然，不事雕鐫，得之矣。文潛兩謫黄州，此殆黄州時詩。三、四絶佳。大概文潛詩中四句多一串用景，似此一聯景、一聯情，尤浄潔可觀。周伯弜定四實、四虚，前後虚實爲法。要之，本亦無定法也。

紀昀：此乃通論。

馮舒：結句套。

紀昀：末二句太襲青蓮。青蓮因送人入蜀，故用君平事。今泛押君平，似君平有卜窮通之典，更因李詩而失之矣。

辛酉冬至　　陸放翁

今日日南至，吾門方寂然。家貧輕過節，身老怯增年。元注：「鄉俗謂喫盡至飯，即添一歲。」畢祭皆扶拜，分盤獨早眠。惟應探春夢，已繞鏡湖邊。

方回：放翁宣和乙巳生，嘉泰元年辛酉年七十七矣。三、四平穩有味。

馮舒：次聯畢竟除夕，穩。

馮班：次聯以下只是歲旦詩。

紀昀：宛丘二詩之中夾放翁一首，編次太無倫理。○五句欠鍊。

臘日晚步

張宛丘

喜覺陽和近，山園策杖行。草應知地暖，柳欲向人輕。殘雪通春信，鳴禽〔一〕報曉晴。田間未成計，搔首問春耕。

方回：此題三首，今選其一。「柳欲向人輕」，最佳句也。「殘雪通春信」，「通」字絶妙。第一首警聯云：「愁思供多病，風光欲近人。」亦佳。

馮班：此等何異許渾？

紀昀：二句並佳。

紀昀：此首新警有致。

許印芳：五、六猶是常語，不及三、四之雋妙。又按：虛谷前摘「雪意」一聯，此摘「愁思」一聯，並佳。曉嵐皆取之。

臘日二首

日暖村村路，人家迭送迎。婚姻須歲暮，酒醴幸年登。簫鼓兒童集，衣裳婦女矜。敢辭雞黍費，農事及春興。

馮班：「迎」字走韻。

擊柝山城閉，疎燈夜店扃。疾風鳴夜谷，晴水動浮星。霜翼歸何晚，隣機織未停。短歌聊自放，愁絶更誰聽？

方回：此題六首，今選其二。「衣裳婦女矜」，此一韻絶妙。「晴水動浮星」，此一句絶妙。第二首一聯云：「雪意千山静，天形一雁高。」尤佳。「迎」字許借韻也。

馮班：如何可借？唐「青」、「蒸」許借，韻書有此説，唐人却甚嚴。

紀昀：「迎」字究是出韻。

許印芳：律詩借押通韻，唐人已然，但不可輕用，此詩借押「迎」字，曉嵐必以出韻駁之，何耶？

馮舒：何見是臘日？

馮班：但寫情景，亦不必明出臘日也。

查慎行：二、三重「夜」字。○五、六寫寒夜光景別有神味，不必拘拘臘日。

紀昀：二首入之杜集不辨。

許印芳：此評有眼力。二詩逼真少陵處在神骨意味，不在形貌格調，學者熟讀深思自知之。

○張耒，字文潛，號宛丘。

守歲

唐太宗

暮景斜芳殿，年華麗綺宫。寒辭去冬雪，暖帶入春風。階馥舒梅素，盤花卷燭紅。共歡新故歲，迎送一宵中。

方回：唐太宗才高。此詩尾句有把握，起句有兩字爲眼，殊不苟也。又太原守歲一聯尤佳：「送寒餘雪盡，迎歲早梅新。」文集四十卷，今亡，初學記中得此。

馮舒：五言、七言勢必有一單字，何嘗刊定詩眼？大曆以後或亦有之，前此則未也。此皆「江西」惡識，宋人惡論。

紀昀：詩眼之説，不可施之初唐。且「斜」字、「麗」字亦無須鍛鍊而得之，標以爲眼，尤屬

强坐。〔按：方回在「暮景斜芳殿，年華麗綺宫」二句之「斜」、「麗」字傍加圈。〕

許印芳：詩眼之説，即詩家鍊字法，未可斥爲外道，但不宜任意穿鑿，强標句眼耳。

紀昀：諸卷皆以人之先後爲序，此卷獨以題之先後爲序。體例叢脞，莫此爲甚。○初唐難得如此輕清之作。

杜位宅守歲

杜工部

守歲阿戎家，椒盤已頌花。盍簪喧櫪馬，列炬散林鴉。四十明朝過，飛騰暮景斜。誰能更拘束，爛醉是生涯。

方回：「阿戎」當作「阿咸」，蓋杜位者，少陵之姪也。以「四十」字對「飛騰」字，謂「四」與「十」對，「飛」與「騰」對，詩家通例也。唐子西詩：「四十緇成素，清明緑勝紅。」祖此。

馮舒：方君云「四」與「十」對，正不必。

何義門：六朝人多呼從弟爲「阿戎」。

紀昀：此自流水寫下，不甚拘對偶，非就句對之謂。「四十」二字相連爲義，不得折開平對也。况雙字就句對，自古有之，單字就句對則虚谷鑿出，千古未聞。「四十」、「清明」皆是雙字，與此不同。

何義門：杜位謂李林甫之婿，第二句有爲言之。○位似亦勢利之徒，不足與語者。
紀昀：杜之極不佳者。

除夜宿石頭驛

戴叔倫幼公

旅館誰相問，寒燈獨可親。一年將盡夜，萬里未歸人。寥落悲前事，支離笑此身。愁顔與衰鬢，明日又逢〔一〕春。

方回：此詩全不説景，意足辭潔。
何義門：結渾成。
許印芳：戴叔倫，字幼公。金壇人。官容管經略使。

除夕

唐子西

患難思年改，龍鍾惜歲徂。關河先壠遠，天地小臣孤。吾道憑温酒，時情付擁爐。南荒足妖怪，此日謾桃符。

方回：唐庚，字子西，眉山人。年十七見知東坡，爲張天覺丞相牽連，謫居惠州。此詩三、四似老杜，故取之。然子西詩大率精緻。

馮舒：起句妙，第五句套。

馮班：學杜。

查慎行：不善學杜，必流爲此等詩。○東坡黄州寒食詩云：「君門深九重，墳墓在萬里。」後人讀之，尚有餘悲。三、四全是此意。詩可以怨，其君臣父子之際乎？

紀昀：三、四真切而深厚。云似老杜，信然。

除夜

陳後山

七十已强半，所餘能幾何？懸知暮景促，更覺後生多。遁世名爲累，留年睡作魔。西歸端著便，老子不婆娑。

方回：前四句即「四十明朝過，飛騰暮景斜」之意。樂天亦云：「行年三十九，歲暮日斜時。」前輩競辰如此，晚輩可不勉哉！「留年睡作魔」，絶佳，謂不寐以守歲，而不耐困也。

查慎行：「競辰」二字出揚子法言。

馮舒：起句太衰颯，豈如杜詩之雄渾？

紀昀：六句迂曲，八句尤不成語。

除夜對酒贈少章

歲晚身何託？燈前客未空。半生憂患裏，一夢有無中。髮短愁催白，顔衰酒借紅。我歌君起舞，潦倒略相同。

方回：五、六一聯，當時盛稱其工。見漁隱叢話。

紀昀：神力完足，斐然高唱，不但五、六佳也。

除夜

陳簡齋

疇昔追歡事，如今病不能。等閒生白髮，耐久是青燈。海内春還滿，江南硯不冰。題詩餞殘歲，鐘鼓報晨興。

方回：「海内春還滿」，此一句壯甚。

紀昀：此句有偏安之感，非壯語也。

許印芳：此句用意在「滿」字，曉嵐得其旨矣。

何義門：崔塗除夕詩佳甚。何棄之不録，而乃多選宋人詩也？

紀昀：四句沉着有味，六句偏枯。

許印芳：六句對法活變，惟意境稍狹，措語稍滯，故偏枯耳。○「不」字複。

歲除即事

趙仲白

連夜縫紉辦，今朝杵臼頻。買花簪穉女，送米贈窮隣。宦薄惟名在，年華與鬢新。桃符詩句好，恐動往來人。

方回：趙庚，字仲白，寓居興化軍。趙紫芝爲晚唐詩，名冠「四靈」，而仲白亞紫芝。劉後村誌墓，趙南塘爲序詩集，謂「古詩出情性，後世挾才格」，此乃唐體選之尤者，亦當不以才格論歟？尾句太自矜。

馮班：亦未似唐，是「四靈體」耳。

紀昀：「古詩出情性，後世挾才格。」此二語未爲不是，虚谷惡其害己耳。

馮班：「恐動」太重。

淇：「送」、「贈」迭用何也？

新年作

宋之問

鄉心新歲切，天畔獨潸然。老至居人下，春歸在客先。嶺猿同旦暮，江柳共風煙。已似長沙傅，從今又幾年。

方回：三、四費無限思索乃得之，否則有感而自得。

紀昀：此甘苦之言。

馮班：此是劉長卿詩。○次聯即如嚴介云：「風雲落時後，歲月度人前。」

紀昀：三、四乃初唐之晚唐，似從薛道衡人日思歸詩化出。三、四二句，漸以心思相勝，非復從前堆垛之習矣。妙於巧密而渾成，故爲大雅。

許印芳：三、四細鍊，初唐無此巧密。詩載劉文房集中。此選誤爲宋作，仍歸文房爲是。

次韻仲卿除日立春

王半山

猶殘一日臘，併見兩年春。物以終爲始，人從故得新。迎陽朝剪綵，守歲夜傾銀。恩賜隨嘉節，無功只自塵。

方回：五、六切題。

查慎行：前六句俱切題，不但五、六。

馮班：畢竟大樣。

紀昀：三、四乃試帖，刻畫小樣，入詩碍格。此詩毫無意味，馮氏以中有「剪綵」、「傾銀」

字，批曰「畢竟大樣」，則譽所可及，未爲通論。
查慎行：第六句「夜傾銀」；「銀鑿落」，杯名，非即杯也。

元日　陳後山

老境難爲節，寒梢未得春。一官兼利害，百慮孰疎親？積雪無歸路，扶行有醉人。望鄉仍受歲，回首向松筠。

方回：讀後山詩，若以色見，以聲音求，是行邪道，不見如來。全是骨，全是味，不可與拈花簇葉者相較量也。
馮班：此「江西派」中緊要語，放翁以此不及黄、陳也。大略放翁骨不如肉。
紀昀：雖未免推尊太過，然後山詩境實高。惟「江西」習氣太重，反落偏鋒耳。
馮班：何見是「元日」？
查慎行：通首似杜。〇七月十五日是受歲之日，佛告阿難語。後山精於内典，於此詩見之。
紀昀：字字鑱刻，却自渾成。〇六句對面寫法，如此乃活而有味。

嘉祐己亥歲旦呈永叔内翰　梅聖俞

堦前去年雪，鏡裏舊時人。不覺應銷盡，相看只似新。屠酥先尚幼，綵勝又宜春。獨愛開封尹，鍾陵請去頻。

方回：聖俞嘉祐五年庚子四月卒，年五十九。此年五十八也，蓋老筆。

查慎行：三、四分承起二句。

紀昀：三、四分承一、二。有作意，而語未蒼堅。

宜章元日

呂居仁

東風初解凍，桃李已經春。避地逢雞日，傷時感雁臣。湖南馳賊騎，江外踐胡塵。憔悴成無用，虛煩淚濕巾。

方回：「雞日」、「雁臣」之句甚工。北夷酋長遣子入侍者，常秋來春去，避中國之熱，號曰「雁臣」。

紀昀：此元魏事，宜注明。〇「雞日」、「雁臣」，非即「堯時韭」、「禹餘糧」乎？虛谷譏彼之太工，而於此又許其工，蓋以呂爲「江西詩派」，故隱忍牽就耳。門户之弊如此！

紀昀：後四句淺直。

無名氏(甲)：宜章，在江西。

己酉元日　元注：「以諒陰免賀禮。」

陸放翁

夜雨解殘雪，朝陽開積陰。桃符呵筆寫，椒酒過花斟。巷柳摇風早，街泥濺馬深。行宫放朝賀，共識慕堯心。

方回：放翁解嚴州後歸鏡湖，尋入爲禮部郎，淳熙十五年戊申，明年己酉元日，以思陵服中免賀，放翁年六十五矣。「桃符」「椒酒」，此聯後又嘗用之。是冬翁竟去國，晚節乃爲韓平原一出。

馮班：放翁集多重用句。

紀昀：作「香山體」太率易。〇結與五、六不貫。

甲子元日　題中元有「歲」字，今删之。〇元注：「開歲微陰不雨，法當有年。」

飲罷屠酥酒，真爲八十翁。本憂緣直死，却喜坐詩窮。米賤知無盜，雲黔又主豐。一簞那復慮，嬉笑伴兒童。

方回：嘉泰四年甲子，寧廟在位十一年，放翁年八十，屢見米賤年豐，真福人也。第五句最好。

紀昀：題中「歲」字有何關礙，而删之、注之？〇如此滑調，又無端夾一僻字，殆不可耐。

元日立春

范石湖

元日兼春日，霜寒又雪寒。併煩傳菜手，同捧頌椒盤。疊膝稀穿履，扶頭懶正冠。五年如此度，寧得諱衰殘？

方回：淳熙十五年戊申元日立春，選亦所以記時也。石湖二詩，一云：「元日兼春日，閒身是老身。」

紀昀：選詩豈爲記時？

紀昀：殊無意味，次句尤湊泊不成語，五、六亦粗率。

人日

杜工部

元日至人日，未有不陰時。冰雪鶯難至，春寒花較遲。雲隨白水落，風振紫山悲。蓬鬢稀疏久，無勞比素絲。

方回：東方朔占書：一日爲雞，二日爲狗，三日豕，四日羊，五日牛，六日馬，七日人，八日穀。其日晴，主所生之物盛；陰則災。

紀昀：亦杜之極不佳者。

人日

唐子西

人日傷心極，天時觸目新。殘梅詩興晚，細草夢魂春。挑菜年年俗，飛蓬處處身。蟆頤頻語及，髣髴見東津。

方回：以「人日」對「天時」，雖近在目前，子細看甚工。東坡以「人日」對「鬼門」，亦佳。見此卷後。

馮班：詩太工則傷格。專作巧對，亦是一病。

許印芳：專作巧對，直是大病。此等詩意境必不真切，章法必不完善，謂之不成詩可也。或曰：然則巧對皆當屏絶乎？曰：否。事理相合，妙句天成。對仗之巧，出於自然。既非有意湊泊，前後必然融貫，高手亦常用之，何必屏絶。惟專以此作生活者，其巧對皆出於捏造，徒以青紅子午之屬取悦流俗，詩道爲之掃地，若不屏絶，何由振興風雅耶？

紀昀：通體圓潤，四句尤微妙。

無名氏（甲）：蟆頤津即田令孜沉孟昭圖處。

許印芳：唐庚，字子西。

正月十五日〔二〕

蘇味道

火樹銀花合，星橋鐵鎖開。暗塵隨馬去，明月逐人來。遊妓皆穠李，行歌盡落梅。金吾不禁夜〔四〕，玉漏莫相催。

方回：味道，武后時人。詩律已如此健快。古今元宵詩少，五言好者殆無出此篇矣。

馮舒：真正盛唐。品彙所分，謬也。

馮班：次聯妙。

紀昀：三、四自然有味，確是元夜真景，不可移之他處。夜遊得神處尤在出句，出句得神處尤在「暗」字。○馮云：「禁」，别本作「惜」，「惜」妙於「禁」。然金吾掌禁夜，不掌惜夜，以此爲妙，其僻更甚於「江西」。

許印芳：八句皆對，唐律多如此。

夜遊

今夕重門啓，遊春得夜芳。月華連晝色，燈影雜星光。南陌青絲騎，東隣紅粉粧。管絃遥辨曲，羅綺暗聞香。人擁行歌路，車攢鬭舞場。經過猶未已，鐘鼓出長楊。

方回：元夕者，太平之所宜有而離亂多，富貴之所宜有而寂寞多。讀此詩欲逢此辰，不可得也。味道前一詩見初學記，此一詩見搜玉小集。

紀昀：此虚谷自説自話，無與於評詩。

紀昀：此亦典雅，華而不縟。

許印芳：三、四、七、八，腰字精工，寫景真而有神。九、十第二字穩貼。皆鍊字法也。○蘇味道，字未詳，梁城人。與李嶠皆以詩知名，時稱蘇、李。聖曆初爲相，事無決斷，人號「蘇模稜」。後坐張易之黨，貶死。

觀燈　　王諲

暫得金吾夜，通看火樹春。停車傍明月，走馬入紅塵。妓雜歌偏勝，場移舞更新。應須盡記取，説向不來人。

方回：此詩但尾句十字佳。凡觀元宵之人，必多村翁癡子，欲盡記所見，以誇與不能同來者。此意得之。

馮班：誤甚，無此意。

紀昀：四句大不及「暗塵隨馬去」矣。

正月十五夜月　　白樂天

歲熟人心樂，朝遊復夜遊。春風來海上，明月在江頭。燈火家家市，笙歌處處樓。無妨思帝里，不合厭杭州。

方回：樂天以長慶二年冬十月杭州到任，長慶四年元宵詩也。杭自唐固已盛矣，然終未若京都長安之盛。三、四佳句也。如李易安「月上柳梢頭」，則詞意邪僻矣。

紀昀：「月上柳梢頭」一闋，乃歐公小詞。後人竄入朱淑真，已爲寃抑。此更移之李易安，尤非。〇此詞邪僻，在下句「人約黄昏後」五字。若「月上柳梢頭」，乃是常景，有何邪僻？此論未是。

紀昀：通體平平，結二句尤不了了。

和元夜

陳後山

笳鼓喧燈市，車輿避火城。彭黄争地勝，汴泗迫人清。梅柳春猶淺，關山月自明。賦詩隨落筆，端復可憐生。

方回：景聯極佳。後山家徐州，彭、黄謂彭門、黄樓也。汴水、泗水，交流城角，故云。

馮班：落句太率。

查慎行：「彭」「黄」合用，牽强。

紀昀：「車輿」字太複，「火城」字太假借，「彭」「黄」二字太捏造。且前六句皆雙字平頭，殊爲礙格。結二句尤通套。此後山極敗之筆。

擇之誦所賦擬進呂子晉元宵詩因用元韻二首　朱文公

何處元宵好？山房入定僧。往來衣上月，明暗佛前燈。實際徒勞説，空華詎可憑？還教知此意，妙用一時興。

紀昀：作意翻案，但覺迂闊不情，語亦多雜腐氣，不必以文公之故爲之詞。

何處元宵好？寒龕獨寐人。月窗同皎皎，燈鏡自塵塵。靜鑒通天地，潛思妙鬼神。却憐迷路子，狂走鬧城闉。

方回：今按胡文定公安國宣和七年乙巳賦元夕詩一聯云：「詞臣侍宴詩能好，潁客披圖事莫傳。」文定元注云：「舍人呂子晉賦元夕十詩，首篇云：『何處元宵好？迎鑾册府西。鞘聲雲外起，扇影日邊低。秘禁威容肅，名流步武齊。舜瞳回左顧，真欲過金閨。』末篇云：『何處元宵好？雙林晏坐僧。戒圓三五夜，心耀百千燈。茅舍門常掩，繩牀几謾憑。世間娱樂事，一念不曾興。』時皆諷誦之。」又注：「慶曆中，潁昌一童子，有道之士，嘗至花月着道士服，攜酒果，飲野外，隨意所適，至元夜則閉門不出。有詩云：『閉門獨看華山圖。』後不知所往。有人飲京師市樓，見過樓下，急往追之，不及。吕原明有詩紀其事。」○胡文定公賦此詩，而明年汴京亂矣。文公所和林擇之前首，即吕子晉第十首韻也。○元宵之樂，太平之世，富貴之人，自不可無。學道君子，尚不肯輕費時光，從事於不切之務，況區區此等癡騃迷狂之所爲乎？謹取文公此二詩於元宵之後。山谷詩曰：「讀易一篇如酒醒。」亦此意也。

馮班：元宵事可用。○勝文公遠甚。

紀昀：此論亦迂。以此論詩，更謬。

查慎行：熱鬧場，翻出枯寂境界，胸中别有天地。

月晦

唐太宗

晦魄移中律，凝暄起麗城。罩雲朝蓋上，穿露曉珠呈。笑樹花分色，啼枝鳥合聲。披襟歡眺望，極目暢春晴〔五〕。

方回：唐太宗三代而下英主也。武定禍亂，文致太平，餘事猶能作詩。雖未脱徐庾、陳隋之氣，句句説景，末乃歸之於情，然此詩亦佳。五、六巧。

紀昀：五、六是齊、梁語。

許印芳：唐太宗，姓李氏，諱世民，葬昭陵。

奉和晦日幸昆明池應制

宋之問

春豫臨池近〔六〕，蒼波〔七〕帳殿開。舟凌石鯨渡，槎拂斗牛回。節晦蓂全落，春遲柳暗催。象溟看浴景，燒劫辨沉灰。鎬飲周文樂，汾歌漢武才。不愁明月盡，自有夜珠來。

方回：用「春」字、「豫」字便好。「節晦蓂全落」，見得是正月三十日。急着「春遲柳暗催」一句，足其意。池象溟海而觀浴日，既已壯麗，又引胡僧劫灰事爲偶，則尤精切，可謂極天下之工矣。「鎬飲」「汾歌」一聯，王禹玉襲爲上元應制詩，殊不知之問已先用矣。尾句尤佳。「不愁明月盡」，謂晦日則無月也。池中自有大蚌明月之珠，如近世甓社湖珠現是也。妙甚。

紀昀：此暗用漢武昆明得珠事，虚谷解謬。

馮舒：字字入聖。

馮班：真一團和氣。

查慎行：同時應制諸篇，上官昭儀定此詩爲第一，以結句有餘力也。

無名氏（甲）：詩才實好，更無遺議，而上官昭容之賞識亦非常矣。

許印芳：對結而健舉，故當時定爲壓卷。

春社

梅聖俞

年年迎社雨，淡淡洗林花。樹下賽田鼓，壇邊伺肉鴉。春醪朝共飲，野老暮相讙〔八〕。燕子何時至，長臯點翅斜。

方回：春社詩苦無五言律。此篇獨佳，淡泊中有醲醇味。

馮班：起十字好。○宋詩必以歐、梅爲首，陳、黄不及也。

紀昀：詩亦圓穩。然讀延清作後讀此，真覺氣象索然。此自神力不同，不在題目之冷熱、字句之濃淡也。

許印芳：虛谷原選此詩之前，有宋延清晦日昆明池應制長律一篇，故曉嵐論及之。學者參觀其詩，始識此評之意。

社日

謝無逸

雨柳垂垂葉，風溪細細紋。清歡惟煮茗，美味只羹芹。飲不遭田父，歸無遺細君。東臯農事作，舉趾待耕耘。

方回：春社五言律前後甚少。老杜九農百祀之作，乃秋社詩。謝無逸此篇「飲不遭田父」，蓋用老杜「成都父老説尹事」古詩也。「歸無遺細君」，本東方朔伏日事。老杜用詼諧割肉之説，豈古人社日、伏日皆有所分之肉歸遺細君，故一例用之耶？徐師川亦有社日詩，乃云：「哀公問松柏，田父祭春秋。」殊爲粗率。學晚唐人，厭「江西」詩，如師川詩，不律不精，可厭也。至如無逸、幼槃兄弟詩，自佳。但恐此一社日可謂貧甚，無酒、無肉，只有芹茗而已。

馮舒：「江西」流弊至此。

馮班：晚唐豈有不律、不精耶？却是「江西」餘習未浄耳。

紀昀：無大意味，然亦不惡。

寒食　杜工部

寒食江村路，風花高下飛。汀煙輕冉冉，竹日浄暉暉。田父要皆去，鄰家問〔九〕不違。地偏相識盡，雞犬亦忘歸。

方回：起句十字，寒食、清明天氣所必然也。後四句，可見老杜爲人樂易。乃成都草堂詩。

紀昀：五句太質，六句「問不違」三字亦不自然。

壬辰寒食　王半山

客思似楊柳，春風千萬條。更傾寒食淚，欲漲冶城潮。巾髮雪争出，鏡顔朱早彫。未知軒冕樂，但欲老漁樵。

方回：半山詩步驟老杜，有工緻而無悲壯，讀之久則令人筆拘而格退。

馮班：半山自玉溪生入手，故細緻有餘。

紀昀：此評着之此詩，却不合。

許印芳：此評不但於此詩不合，即以之評半山他詩亦不合。蓋半山詩未嘗無悲壯，亦看題目何如耳。豈有不顧題目，動作悲壯語以求合老杜者？且老杜之可學，不但悲壯而已也。此評本宜删去，以其言頗能指出世俗學杜之病，故録之。

馮舒：「雪」「朱」二字並非方君所稱詩眼。○如此結却不撤。○若謂荆公不如黄、陳，不服。

查慎行：前四句一氣轉折。

紀昀：起四句奇逸，結嫌徑直。

許印芳：前半縋幽鑿險而出，既有精思，又行以灝氣，大有盛唐人風味。五、六句法變化，尾聯平淡。紀批未免太刻。

丙寅舟次宋城作

賀方回

水館四邊村，登臨奈斷魂。黄花開小徑，紅粉哭高原。舟檥逢新火，松楸老故園。斜陽一千里，依約是蘇門。

方回：此乃元祐元年丙寅宋城寒食詩。「紅粉哭高原」，自來無人曾道，乃寒食近城處所必有也。「黄花」定是菜花耳。

紀昀：「黄花似散金」句，非僻書也。大抵虚谷學問，於律詩之外，少所留意。

紀昀：四句真景，然不成語。

道中寒食二首

陳簡齋

飛絮春猶冷，離家食更寒。能供幾歲月，不辦了悲歡。刺史蒲萄酒，先生苜蓿盤。一官違壯節，百慮集征鞍。

紀昀：此詩逼近後山。○馮抹「食更寒」三字，七言中老杜「佳辰强飯食猶寒」句又不敢抹，此全以人之唐、宋爲詩之工拙。○五、六用蒲萄酒换凉州事。

斗粟淹吾駕，浮雲笑此生。有詩酬歲月，無夢到功名。客裏逢歸雁，愁邊有亂鶯。楊花不解事，更作倚風輕。

方回：簡齋詩即老杜詩也。予平生持所見：以老杜爲祖，老杜同時諸人皆可伯仲。宋以後山谷一也，後山二也，簡齋爲三，吕居仁爲四，曾茶山爲五。其他與茶山伯仲亦有之，此詩之正派也。餘皆傍支别流，得斯文之一體者也。孫真人千金方三十六卷，每一卷藏一仙方。予所選唐、宋詩「節序」五言律凡五十首，藏仙方於其中不知幾也。卷卷有之，在人自求。

馮舒：此詩之惡派也，在老杜亦堯、舜之朱、均耳。

馮班：此書大例如此。若我家詩法則不然，歐、梅一也，次則坡公兄弟，次則半山，次則范、陸，不得已則「四靈」，所謂硜硜小人哉！如山谷出於杜，而杜以前不窺尺寸，有父無祖，何得爲正派？放翁出於山谷，却於杜有會處，又善用山谷所長處。○方君云「有仙方於其中」，有何仙方？

紀昀：「皆」字有病。○自以爲正派，是其偏駁到底之根語，太自矜轉形其陋。

許印芳：虚谷語中兩「皆」字皆有病，所論亦皆紕繆。簡齋學杜，何得遽稱其詩？即杜工部同時人，惟王、孟、高、岑、供奉、龍標、盱眙、東川、司勳九家可相伯仲，餘子無能爲役。宋人學杜，有一祖三宗之説。祖杜而宗山谷、二陳，此説猶有見地。紫微、茶山，皆非黄、陳敵手，何得相提並論？「江西」詩自是詩家一派，不能廢絶。若謂此是正派，餘皆别派，此入主出奴之見，安能服人？北宋大家有東坡，南宋大家有放翁，其本領出二陳、吕、曾之上，惟山谷可相伯仲。虚谷乃謂此五人外皆旁支别流，真瞽談也。自來論詩，未有如虚谷之固執偏見，好爲大言以欺人者。故詳辨之，以示初學。

馮舒：甚好。後山猶可，黄則千里。

紀昀：後四句意境筆路皆佳。綽有工部神味，而又非相襲。

許印芳：詩學杜而能近杜妙矣，然近而相襲猶是僞杜，惟近而非相襲，乃真杜也。又按：五、六是折腰句，情景交融，意味深厚。惟「有」字與三句複，三句「歲月」字，又與前章三句複，亦是微瑕。○陳與義，字去非，號簡齋。

清　明

陸放翁

氣候三一作「江」。吴異，清明乃爾寒。老增丘墓感，貧苦道途難。燕子家家入，梨花樹樹殘。一春回首盡，懷抱若爲寬。

方回：三、四悽愴，第七句最好，景聯亦平熟。

紀昀：三、四極佳，然太襲香山齊雲樓句。

三月三日梨園亭侍宴

沈佺期

九門馳道出，三巳〔一〇〕禊堂開。晝鷁中川動，青龍上苑來。野花飄御座，河柳拂天杯。日晚迎祥處，笙鏞下帝臺。

方回：司馬彪續漢書禮儀志曰：「三月上巳，宫人並禊飲於東流水上。」沈約宋書曰：「魏以後但用三日，不復用『巳』也。」沈佺期、宋之問，唐律詩之祖。此詩雖無絶高處，平正整妥。

紀昀：司馬志章惟以補范書，今人多稱爲後漢志矣，此最分明。○評允當。

紀昀：「三巳」二字未詳。

上巳日洛中寄王山人迥

孟浩然

卜洛成周地，浮杯上巳筵。鬬雞寒食後，走馬射堂前。垂柳金堤合，平沙翠幕連。不知王逸少，何處會羣賢。

方回：浩然作此詩時，其體未甚刻畫，但細看亦自用工。第二句下「浮杯」字便着題；「平沙翠幕連」一句，初看似未見工，久之乃見，祓禊而游者甚盛也。尾句用逸少事，所寄之人適又姓王，切矣。

馮舒：首句亦是上巳事實，方君不知耶？○看慣晚唐以後詩，看天寶以前詩便不解他用工處。

紀昀：虚谷説六句甚是。然此句乃呼起七、八，見他人攜侣嬉遊，因忽憶故人，非泛言修禊之盛，虚谷猶未盡詳也。

馮班：破，天然。

紀昀：格不必高，而氣韻自然雅令。○二句未的似，浩然後來之作，有甚刻畫者矣。

上巳

陸放翁

殘年登八十，佳日遇重三。簾幕低垂燕，房櫳起晚蠶。名花紅滿舫，美醖緑盈甌。春事還如昨，衰懷自不堪。

方回：歷選上巳五言律無佳者，唐百家詩選荆公所取上巳、清明詩亦不甚妙，惟孟浩然一首尾句可喜。此放翁八十歲時詩，亦豐碩。

紀昀：「低垂燕」三字欠妥，四句亦欠鍊。塞白之作，毫無意致。觀虚谷所評，亦不甚滿，姑以備類耳。凡選詩分類，往往有此種牽就也。

端午日賜衣

杜工部

宮衣亦有名，端午被恩榮。細葛含風軟，香羅疊雪輕。自天題處濕，當暑着來清。意内稱長短，終身荷聖情。

方回：第七句王洙注：「一云『恰稱身長短。』」又注：「『情』，一作明。」「自天」、「當暑」四字出論語，前輩亦以爲詩家用古語之法。黄鶴注謂：「乾元元年戊戌在諫省，六月出爲華州司功，是年四十七歲，是後不復至長安矣。」○端午五七言律詩，遍閱唐、宋集，無佳者。小邢五言云：「佩符從楚俗，角黍薦湘纍。」尾句乃云：「異鄉逢此日，寥落不勝悲。」無足取。高子勉和王子予五日雨詩亦牽强。他如翰苑端帖絶句詩，不勝其多。用鑄鏡、佩符事佳者自可考也。

紀昀：端明帖子，豈以詩論？不應支蔓至是！

何義門：「有名」即所謂「自天題處濕」，上有賜杜甫字也。第七句「稱」字本用去聲義，古人通押法也。

紀昀：起句太累。○工部詩雄千古，而「館閣體」非其所長，循聲贊歎者失之。

七夕

杜審言

白露含明月，青霞斷絳河。天街七襄轉，閣一作關〔一〕道二神過。袨服鏘環佩，香筵拂綺羅。年年今夜盡，機杼別情多。

方回：審言又有七夕侍宴應制詩，有云：「天迥兔欲落，河曠鵲停飛。那堪盡此夜，復往弄殘機。」

馮舒：唐盛必在斯時，李、杜出而風雅變矣。

紀昀：七夕詩自六朝以來已成窠臼。此亦不免陳言。

七夕

梅聖俞

古來傳織女，七夕渡明河。巧意世争乞，神光誰見過？隔年期已拙，舊俗驗方訛。五色金盤果，蜘蛛浪作窠。

方回：謂牛、女一年而一會，已且自拙，何能以巧應人之乞哉？雖戲言而有味。「神光誰見過」，亦佳。織女之渡，誰實嘗見之耶？

錢湘靈：神光有去處，方公不知。

馮舒：此之謂殺風景。此作極不佳，可謂風雅掃地。

馮班：没興，所見如此，便不勞作詩。凡詩妙在可歌可詠。此等話非不有見，然索然無味矣。

紀昀：馮曰：「所見如此，便不勞作詩。」又曰：「殺風景。」蓋惡其談理而不言情也。然七夕言情，已成塵刦。工部、義山已先作此論，不始於梅。但説來直致，不似唐人藴藉耳。

九日登梓州城

杜工部

伊昔黄花酒，如今白髮翁。追歡筋力異，望遠歲時同。弟妹悲歌裏，朝廷醉眼中。兵戈與關塞，此日意無窮。

方回：老杜此詩悲不可言，唐人無能及之者。岑參四句云：「强欲登高去，無人送酒來。遥憐故園菊，應傍戰場開。」有老杜之風。

紀昀：工部高出唐人，非此詩之謂。

馮舒：前篇結到九日。後篇不結黄花。無所不妙，左宜右宜。有如此詩，而曰「江西」得其正派，未知何法可得？

紀昀：只覺未能深厚，當緣下手太快耳。

雲安九日鄭十八攜酒陪諸公宴

寒花開已盡，菊蘂獨盈枝。舊摘人頻異，清香酒暫隨。地偏初衣裌，山擁更登危。萬國皆戎馬，酣歌淚欲垂。

紀昀：三句究欠渾老。

九日 三首取二

舊日重陽日，傳杯不放杯。即今蓬鬢改，但愧菊花開。北闕心長戀，西江首獨回。茱萸賜朝士，難得一枝來。

無名氏(乙)：亦條暢。

舊與蘇司業，兼隨鄭廣文。采花香泛泛，坐客醉紛紛。野樹歌還倚，秋砧醒却聞。歡娱兩冥漠，西北有孤雲。

方回：老杜九日五言律凡九首，今取其四。如：「綴席茱萸好，浮舟菡萏衰。季秋時欲半，九日意兼悲。」如：「坐開桑落酒，來把菊花枝。」如：「舊采黄花賸，新梳白髮微。」皆佳句。九日捨萸、菊不用，則何以成詩，容齋隨筆言之詳矣。予謂老杜九日三用茱萸：「明年此會知誰健，醉把茱萸子細看。」此爲第一；「茱萸賜朝士，難得一枝來。」此爲第二；「綴席茱萸好。」此爲第三。王維有云：「遥知兄弟登高處，遍插茱萸少一人。」亦佳，用事同而用意異也。

紀昀：此亦回護之論，若執以爲法，則首首茱萸，陳陳相因，又何以爲詩？

許印芳：虚谷之説陋甚，曉嵐駁之極是。古大家名家，執筆爲詩，無論何題，其佳處在按切時、地、人物，鉤攝鎔鑄，面目之真在此，不可磨滅處亦在此。詩中間或運用故事，點綴景物，如九日萸、菊之類，不過關合題面，或借其語，以達我意，着力處全不在此。若以此爲佳，且謂舍此不能成詩，持此説以教人，必至束縛手筆，汩没性靈。每遇一題，必搜求典故、堆砌敷衍，且必取古人習用語，塗澤裝飾，不知題所應用之典，人人能用，人所習用之語，時時可用，用之必至千手雷同，可以張冠李戴。惟我所作之題，一時之真情真景，我所獨見獨聞者，直取急追，正可出奇制勝，無典故而皆典故，無詞語而皆詞語，詩之情態隨題應付，移步换形，萬變不窮，此種方可成家，方可傳世，學者勿爲虚谷之説所誤也。
紀昀：二詩一氣呵成，毫無雕飾，自是老手。○此首結得闊遠。
無名氏（甲）：蘇源明、鄭虔，少陵在京舊契，故即景懷人，而結聯尤爲擔力。

奉和聖製重陽節上壽應制

王右丞

四海方無事，三秋大有年。百生逢此日，萬壽願齊天。芍藥和金鼎，茱萸插玳筵。玉堂開右个，天樂動宫懸。御柳疎秋景，城鴉拂曙煙。無窮菊花節，長奉柏梁篇。
方回：「此生已覺都無事，今歲仍逢大有年。」東坡之句，乃出於此。「芍藥」對「茱萸」，亦猶「櫻桃」對「杕杜」也。唐、宋詩人經了幾番重九，好重九王右丞諸人占了，惡重九却分付與老杜，可歎也。應制詩本不甚選，取此以發一慨云。
馮舒：老杜與右丞同時，好重九不曾同過，何以有蘇司業一聯耶？
紀昀：選詩但當論詩，何得不問工拙，託以發慨？且託以發慨，又何必定在九日詩？
馮舒：清華。
紀昀：首二句不必定是九日，三、四二句本廓落。

九日懷舍弟　唐子西

重陽陶令節，單閼賈生年。秋色蒼梧外，衰顏紫菊前。登高知地盡，引滿覺天旋。去歲京城雨，茱萸對惠連。

方回：唐子西詩無往不工。此政和辛卯年謫居惠州時。用「單閼賈生」對「重陽陶令」，工矣。「蒼梧」、「紫菊」又工。「登高」、「引滿」、「地盡」、「天旋」之聯，又愈工。末句用「茱萸」事思弟，尤工也。

紀昀：五句自佳，六句寫醉態，未雅。虛谷以爲愈工，非是。〇三、四借對法，末二句一點便住，筆墨高絶。

七言　六十九首

小至　杜工部

天時人事日相催，冬至陽生春又來。刺繡五紋添弱線，吹葭六琯動浮灰〔二〕。岸容待臘將舒柳，山意衝寒欲放梅。雲物不殊鄉國異，教兒且覆掌中杯。

紀昀：此非杜之佳作。

冬至

年年至日長爲客，忽忽窮愁泥殺人。江上形容吾獨老，天涯風俗自相親。杖藜雪後臨丹壑，鳴玉朝來散紫宸。心折此時無一寸，路迷何處見三秦〔三〕。

紀昀：此首較可。○三、四自老健，七句太纖，不類杜之筆墨，遂爲全篇之累。

許印芳：「泥」，去聲。○此亦八句皆對，但首句不用韻耳。一寸心，詩家常用語。此詩七句拆開用，曉嵐便斥爲纖，亦苛論也。

至日遣興奉寄北省舊閣老兩院故人二首

去歲兹辰捧御床，五更三點入鵷行。欲知趨走傷心地，正想氤氲滿眼香。無路從容陪語笑，有時顛倒着衣裳。何人錯憶〔四〕窮愁日？愁日一作「日日」。愁隨一線長。

馮班：對結。

何義門：題曰「遣興」，句句是不能遣。腸一日而九迴，愁與日而俱永，因令節而觸撥尤甚耳。

紀昀：六句未免摹寫已甚。

憶昨逍遥供奉班，去年今日侍龍顔。麒麟不動爐煙上，孔雀徐開扇影還。玉几由來天北極，朱衣只在殿中間。孤城此日堪腸斷，愁對寒雲雪滿山。

方回：此二詩乾元元年戊戌作於華州爲司功時。「去歲」，即至德二年丁酉爲左拾遺時也。「五更三點入鵷行」，此句四六家用之不啻千百人矣。前二詩乃夔州詩，在大曆元、二年間，此固未論。凡老杜七言律詩，無有能及之者。而冬至四詩，檢唐、宋他集殆遍，亦無復有加於此矣。餘一篇見後，近「吴體」，注家謂廣德二年。

紀昀：此種皆有意推崇，不爲定論。

何義門：「去年」、「今日」重言之，用三百篇體於律詩中。

至後

冬至至後日初長，遠在劍南思洛陽。青袍白馬有何意，金谷銅駝非故鄉。梅花欲開不自覺，棣萼一别永相望。愁極本憑詩遣興，詩成吟詠轉凄涼。

方回：金谷者，石崇之所遊。銅駝者，索靖之所哭。皆在洛陽，故第二句云：「遠在劍南思洛陽。」王洙、巨源號博洽，妄注云：「皆蜀中故事。」非也。「青袍」，公嘗有矣。此云「青袍白馬有何意」，亦歎夫身老不遇，爲嚴武幕府也。是年老杜五十二，後乃服緋，則又有句云：「扶病垂朱紱。」

馮舒：落句開宋。

紀昀：此亦不佳。

無名氏（甲）：侯景之亂，有「青絲白馬壽陽來」之讖。此時中原未平，尚餘盜賊，故有「金谷銅駝」之慨耳。

冬至夜

白樂天

老去襟懷常濩落，病來鬚鬢轉蒼浪。心灰不及爐中炭，鬢雪多於砌下霜。三峽南賓身最遠，一年冬至夜偏長。今宵始覺房櫳冷，坐索寒衣泥孟光。

方回：「心灰」、「鬢霜」，引喻亦佳。「一年冬至夜偏長」，前未有人道也。

紀昀：三、四殊俚，不得云佳。五、六自可。

冬至夜作　天復二年隨駕鳳翔

韓致堯〔一五〕

中宵忽見動葭灰，料得南枝有早梅。四野便應枯草緑，九重先覺凍雲開。陰冰莫向河源塞，陽氣今從地底回。不道慘舒無定分，却憂蚊響又成雷。

方回：是時朱全忠圍岐甚急，李茂貞〔一六〕有連和之意，偓之孤忠處此，殆知其必一反一覆，終無定在歟？此關時事，不但詠至節也。

紀昀：此評是。

紀昀：極有寓意，只措語淺耳。此則風氣爲之，作者不能自主。

長至日述懷兼寄十七兄

曾茶山

老來逾覺白駒忙，眼見重陽又一陽。心似死灰飛不起，枝如〔一七〕寒日短中長。厭看賓客空投謁，强對妻孥略舉觴。回首山陰酬勸地，應憐鴻雁不成行。

方回：元注：「辛未年長至日在紹興府侍兄宴會。」〇予按：紹興元年辛亥，十一年辛酉，二十一年辛未，此又在其後，未知何年？「重陽又一陽」，已新異矣。用「死灰」「寒日」事，穿入自家身上事來，尤爲新也。「厭」字、「空」字、「强」字、「略」字皆詩眼。讀茶山詩如冠冕佩玉，有司馬立朝之意。用「江西」格，參老杜法，而未嘗粗做大賣。陸放翁出其門，而其詩自在中唐、晚唐之間。不主「江西」，間或用一、二格，富也、豪也、對偶也、哀感也，皆茶山之所無。而茶山要爲獨高，未可及也。

馮舒：無「厭」、「空」等字，如何得成句？

查慎行：粗做大賣，皆非善學老杜。

紀昀：詩眼之説，亦是附會。茶山詩純是粗作大賣。放翁詩固不甚高，然以茶山爲高，則純是「江西」門户之見。此種偏論，似高而謬。是此書第一病痛處。

馮舒：「枝如寒日短中長」，何枝？

馮班：趙仲白題茶山集絶句云：「清於月出初三夜，澹似湯烹第一泉。咄咄逼人門弟子，劍南已見一燈傳。」○曾幾，字吉甫，號茶山居士，謚文清。

紀昀：次句鄙俚。○借事關合點綴，古人有之。三、四却點綴得不好，轉成纖體。

臘日

杜工部

臘日常年暖尚遥，今年臘日凍全消。侵淩雪〔一八〕色還萱草，漏泄春光有柳條〔一九〕。縱酒欲謀良夜醉，還家初散紫宸朝。口脂面藥隨恩澤，翠管銀罌下九霄。

方回：「漏泄春光」一句極工。唐朝皆有臘日宣賜，宋無之。惟閫帥戎司在外者，有夏藥、臘藥，以詔書賜之。此至德二年丁酉爲左拾遺時詩，年四十六。

紀昀：亦非杜之至者。

和臘前

梅聖俞

漢家戍日看看近，雲景蒼茫已歲昏。欲驗方書治百藥，預調飛走獵平原。土人熏肉經春美，宮女藏鈎舊戲存。獨把凍醪驚節物，草芽微動見庭萱。

方回：臘日詩無可選者。除老杜詩外，僅得此。治藥、調獵、熏肉、藏鈎，能述臘中諸事，亦可觀也。當是和晏元獻公韻，下有呈晏元獻臘藥、臘酒、臘脯、臘笋詩云。

紀昀：夾雜堆砌，病正在此。

臘日二首

張宛丘

臘日開門雪滿山，愁陰短景歲將闌。江梅飄落香元在，汀雁飛鳴意已還。佳節再逢身且健，一樽相屬鬢生斑。明光起草真榮事，寂寂衡門我且閑。

紀昀：三、四殊佳。○三句即王元之「霜摧風敗，芝蘭之性終香」意以自警也。四句即薛道衡

「人歸落鴈後」意；更以對面寫法，藴藉其詞。
李光垣：五句、八句「且」字複。
異鄉懷舊人千里，勝日難忘酒一杯。不恨北風催短景，最憐殘雪冷疎梅。江邊寒色雁催盡，天上春光斗挹回。獨我呼兒臏丸藥，微功聊取助衰骸。
方回：臘日難得好詩，此二首儘佳。
紀昀：五句複二「催」字，六句太纖。

除夜寄微之

白樂天

鬢毛不覺白毵毵，一事無成百不堪。共惜盛時辭闕下，同嗟除夜在江南。家山泉石尋常憶，世路風波子細看。老校於君合先退，明年半百又加三。
方回：此長慶三年癸卯歲除也。「明年半百又加三」，樂天五十三歲。係長慶四年甲辰，正在杭州。蓋樂天生於壬子，實代宗大曆六年也。長柳子厚一歲。
馮班：「共惜」、「同嗟」，便覺格卑。○「看」，悮韻，應查改。
紀昀：香山本色，尚無鄙俚之辭。

淇：「看」字走韻。

除夜

陳簡齋

城中爆竹已殘更，朔吹翻江意未平。多事鬢毛隨節换，盡情燈火向人明。比量舊歲聊堪喜，流轉殊方又可驚。明日岳陽樓上去，島煙湖霧看春生。

馮舒：落句好。

紀昀：氣機生動，語亦清老，結有神致。○末二句閒淡有味。

許印芳：「明」字複。「吹」，去聲。「量」，平聲。○律詩爲排偶所拘，最易板滯。欲求生動，貴用抑揚頓挫之筆。此詩中四句可以爲法。凡高手律詩亦多用此法，學者細心體會，當自知之。

壬戌歲除作明朝六十歲矣

曾茶山

禪榻蕭然丈室空，薰銷〔一〇〕火冷閉門中。光陰大似燭見跋，問學〔一一〕只如船逆風。一歲臨分驚老大，五更相守笑兒童。休言四十明朝過，看取霜髯六十翁。

方回：以詩推之，知曾文清公元豐七年甲子生，此乃紹興十二年壬戌也。公年八十二，當是乾道元年乙酉卒。茶山清名滿世，年且六十，猶曰「問學只如船逆風」，後生可不勉諸！

紀昀：三、四是宋人習氣，不必苦詆，亦不必效。五、六不失爲高唱，不似他作之粗拙。○「四十明朝過」，工部杜位宅守歲詩。

許印芳：「大」字複。

歲盡

漏箭更籌日夜催，萬牛不挽白駒回。梅花雪片歲除盡，萱草柳芽春鼎來。病裏詩書元不讀，貧中樽俎未嘗開。年光似此真虚擲，請以丹心學死灰。

方回：茶山詩學山谷，往往逼真。此又在壬戌後數十年。

紀昀：山谷别有真本領，茶山則一味生硬。

紀昀：次句非雅調。○「鼎」字有出而不妥。

元日過丹陽明日立春寄曾元翰〔三〕一作魯之翰〔三〕

蘇東坡

堆盤紅縷細茵陳，巧與椒花兩鬬新。竹馬異時寧信老，土牛明日莫辭春。西湖弄水猶應早，北寺觀燈欲及辰。白髮蒼顔誰肯記，曉來頻嚏爲何人？

方回：「西湖」、「北寺」，皆指杭州事。元翰在杭，故于元日作此詩寄之也。

紀昀：東坡七律非勝場，然自有一種老健之氣。○結入魯有致，含蓄其人，又是一格。

許印芳：紀昀批本集云：「三、四沈着，結點寄魯意，轉從對面寫出，用筆靈活。」

元日

陳簡齋

五年元日只流離，楚俗今年事事非。後飲屠蘇驚已老，長乘舴艋竟安歸。攜家作客真無策，學道刳心却自違。汀草岸花知節序，一身千恨獨霑衣。

方回：此紹興元年辛亥元日也。

紀昀：簡齋詩格，高於宋人。措語亦修整而不甜，結句稍弱。

許印芳：六句對法變化，次句亦然，蓋首句是賦，次句是比也。

乙未元日

范石湖

浮生四十九俱非，樓上行藏與願違。縱有百年今過半，別無三策但當歸。定中久已安心竟，飽外何須食肉飛。若使一丘并一壑，還鄉曲調儘依稀。

方回：石湖靖康丙午生。乾道己丑年四十四，充泛使[二四]入燕。淳熙甲午、乙未帥桂林，時被命帥蜀，年五十。

查慎行：五、六恬退，語却氣概飛揚。

紀昀：純作宋調，語自清圓。雖不免於薄，而勝吕居仁、曾茶山輩多矣。

丙午新正書懷 十首選五

瘦骨難勝遇節衣，日高催起趁晨炊。病憐榔栗隨身慣，老覺屠蘇到手遲。一飽但蘄庚癸諾，百年甘守甲辰雌。莫言此外都無事，柳眼梅梢正索詩。

方回：石湖靖康元年丙午生。是年淳熙十三年丙午，年六十一。其爲參政也，在淳熙五年戊戌。四月入，六月罷，僅兩月耳。是年正月王淮爲左丞相，周必大爲樞密使，而前參政錢良臣皆丙午生，故石湖有「甲辰雌」之句，豈亦不能忘情乎？

馮舒：雌甲辰，用晉公事。

錢湘靈：用事惡道，都不得古人妙處，牽贅粗漏，使人厭讀。此石湖體也。

紀昀：此種已純似近時人詩，古人渾厚之氣盡矣。

煮茗燒香了歲時，静中光景笑中嬉。身閑一日似兩日，春淺南枝如北枝。朝鏡略無功業到，午窗惟有睡魔知。年來併束牀頭易，一任平章濟叔癡。

紀昀：「睡魔」非雅字，而宋人習用。結殊欠和平，「平章」二字亦俗。

窮巷門門本闃然，强將爆竹聒階前。人情舊雨非今雨，老境增年是減年。口不兩匙休足穀，生能幾屐莫言錢。掃除一室空諸有，龐老家人總解禪。

方回：石湖參大政，嘗帥蜀，後又帥四明、金陵。乃云：「窮巷閑門，嘗質金帶於人。」詩云：「不是典來償酒債，亦非將去换簑衣。」乾、淳間無貪士大夫也。○元注：「吴諺云：『一口不能插兩匙。』」

紀昀：五句太俚。

無名氏（甲）：龐居士蘊、女靈昭，皆通佛學。

俗情如絮已泥沾，因病偷閒意屬厭。鵬鷃相安無可笑，熊魚自古不容兼。灰藏榾柮多時暖，雪壓蔓菁滿意甜。温飽閉門吾事辦，異時書判指如籤。

窗明窗暗篆煙霏，珍重晨光與夕暉。東院齋鐘披被坐，南城嚴鼓岸巾歸。幾人霜滑騎朝馬，何處燈殘織曉機？懶裏若承三昧力，始知忙裏事俱非。元注：「此篇敍早眠晏起之事。」

方回：此詩十首，陸放翁皆次韻，然不在丙午年，在淳熙己酉禮部去國之後，亦不言新正意，度是追和。有云：「此身顛仆應無日，諸老彫零不計年。」又云：「百年過隙古所歎，衆口鑠金胡不歸？」放翁宣和乙巳生，長石湖一歲。佳句尤多。

紀昀：「佳句尤多」應在「度是追和」句下方順。

紀昀：此首兼入香山。

己亥元日

尤遂初

玉曆均調歲啓端，東風又逐斗杓還。蕭條門巷經過少，老病腰支拜起難。白髮但能欺槁項，青春不解駐朱顏。餘齡有幾仍多幸，占得山林一味閒。

方回：「幽棲地僻經過少，老病人扶再拜難。」少陵詩也。尤延之小改用作元日詩，却似稍切。

紀昀：實是點化得妙。

紀昀：以下三詩，皆無復古意。與石湖五首，均開後來靡靡之音。

新年書感

陸放翁

早歲西游賦子虛，暮年負耒返鄉閭。殘軀未死敢忘國，病眼欲盲猶愛書。朋舊何嵍記車笠，子孫幸不廢菑畬。新年冷落如常日，白髮蕭蕭悶自梳。

方回：嘉定二年己巳放翁年八十六。此詩全未覺老耄，數日前自注謂：「大兒新年六十二，仲子六十，季子亦近六十。」亦可謂稀有矣。是年放翁卒。

查慎行：佳話，古今稀有。

紀昀：三、四意自沉着。

無名氏（甲）：古詩：「子乘車，我戴笠，他日相逢下車揖。」〇「菑畬」，耕讀俱可用，即昌黎所云「經訓乃菑畬」也。

許印芳：「子」字、「年」字俱複。

丙辰元日

劉後村

免騎朝馬趁南衙，五見空村换歲華。旋遣廚人挑薺菜，虚嵍坐客頌椒花。不施鬱壘鈞編户〔二五〕，雖飲屠蘇殿一家。二十宦游今七十，於身何損復何加？

方回：寶祐四年丙辰，後村年七十。淳祐十一年辛亥冬，鄭清之卒於相位。以大蓬直院去國，今五年。

紀昀：「頌椒花」非坐客事。中四俱以虚字裝頭，未免單弱。結亦油滑。

無名氏（甲）：鬱壘、神荼，貴者之門所用。

戊午元日 二首取一

過去光陰箭離弦，河清易俟鬢難玄。再加孔子從心歲，三倍周郎破賊年。元注：「赤壁之捷，瑜二十四歲。」耄齒阻陪鳩杖列，瞽言曾獻獸樽前。磻溪淇澳吾安敢，且學香山也自賢。

方回：寶祐六年戊午，後村年七十二。第二首末句好：「卧聞兒女誇翁健，詩句年光一樣新。」是年四月，程訥齋罷相，丁大全繼之，危亂始此。自鄭清之歿，吴潛、謝方叔、董槐併爲五相，並不能用後村。賈似道入，乃招致之，爲尚書端明而歸。景定四年癸亥正旦，予寓行在〔二六〕所，聞劉朔齋與後村在朝論詩，後村年已七十七矣。今忽復二十年。

紀昀：三句太妄，亦不成句。四句却佳。後村生于亂世，用破賊事便有情致。五、六太庸俗。

無名氏（甲）：白虎樽，唐朝諱「虎」，亦名「獸樽」。

庚辰歲人日作 元注云：「時聞黄河已復北流，老臣舊數論此，今斯言乃驗。」

蘇東坡

老去仍棲隔海村，夢中時見作詩孫。天涯已慣經人日，歸路猶欣過鬼門。三策已應思賈誼〔二七〕，孤忠終未赦虞翻。典衣剩買河源米，屈指新篘作上元。

紀昀：雖非極筆，究是老將登壇，謦欬自别。○題下之注，宜在「三策」句下。本集誤連爲題目，大書之，更誤。

不用長愁掛月村，檳榔生子竹生孫。新巢語燕還窺硯，舊雨來人不到門。春水蘆根看鶴立，夕陽楓葉見鴉翻。此生念念隨泡影，莫認家山作本元。

方回：前輩論詩文，謂子美夔州後詩，東坡嶺外文，老筆愈勝少作，而中年亦未若晚年也。此詩元符三年東坡年六十五謫居儋耳所作。「人日」、「鬼門」之對固工，兩篇首尾雄渾，不敢删落。存此則知選詩之意，不拘節序也。明年建中靖國元年辛巳七月，東坡北還，卒於常州云。○海南人日，燕已來巢，亦異事。

馮班：可用。

紀昀：未嘗不拘節序，此語無着，且無謂。

紀昀：此種詩只看其老健處，不以字字句句求之。

人日雪　元注：「己巳元旦至人日，雨雪間作。」　陸放翁

病卧江村不厭深，貂裘無奈曉寒侵。非賢那畏蛇年至，多難却愁人日陰。嫋嫋

孤雲生翠壁，霏霏急雪灑青林。一盂飯罷無餘事，坐看生臺下凍禽。

方回：放翁卒於是年之冬，年八十六，嘉定二年也。「蛇年人日」，亦亞於東坡之「鬼門人日」與唐子西之「天時人日」，三聯皆佳。子西有詩云：「非賢幸脱龍蛇歲，上聖猶憐蟣虱臣。」放翁亦暗合。

馮舒：只一句出雪，自妙。

紀昀：三、四不自然，餘亦平平。

無名氏（甲）：歲逢龍蛇，不利賢者，鄭康成卒。

奉和御製上元觀燈

夏子喬

魚龍曼衍六街呈，金鎖通宵啓玉京。冉冉游塵生輦道，遲遲春箭入歌聲。寶坊月皦龍燈淡，紫館風微鶴燄平。宴罷南端天欲曉，迴瞻河漢尚盈盈。

方回：此夏英公竦詩。形整而味淺，存之以見承平之盛。以端門爲「南端」，亦新。韻語陽秋以爲典、麗、富、艷、則，可矣。

紀昀：五字確評。

馮班：整贍有體。

依韻恭和聖製上元觀燈

王禹玉

雪消華月滿仙臺，萬燭當樓寶扇開。雙鳳雲中扶輦下，六鼇海上駕峰來〔二八〕。鎬宮春酒霑周宴，汾水秋風陋漢材。一曲昇平人盡樂，君王又進紫霞杯。

方回：元注：「唐有聖代昇平樂曲。」○韻語陽秋：「元豐中王禹玉、蔡持正爲左右相，持正叩禹玉上元應制用事，禹玉曰：『鼇山、鳳輦外不可使。』章子厚爲門侍，笑曰：『此誰不知？』後禹玉詩出，乃如此。」「駕峰」一作「駕山」，「鎬宮」一作「鎬京」，今從岐公華陽集，乃壓卷第三詩也。此但爲善用事，亦詩法當爾。宋之問〔二九〕晦日應制有云：「鎬飲周文樂，汾歌漢武材。」五、六全用之，又添出「秋風」二字，似不甚佳，「陋」字亦不甚好。未幾神宗晏駕，禹玉殂，持正謫矣。讀英公、岐公二詩，曾不如梅聖俞三詩有味也。

紀昀：「峰」字不如「山」字。○「秋風」指漢，不指當時，不爲添出。○各有體裁，不必定以山林廢廊廟，況三詩亦自未佳。

上元從主人登尚書省東樓

梅聖俞

閶闔前臨萬歲山，燭龍銜火夜珠還。高樓迥出星辰裏，曲蓋遥瞻紫翠間。轣轆車聲碾明月，參差蓮焰競紅顏。誰教言語如鸚鵡，便着金籠密鎖關。

馮班：第七句無謂。

紀昀：結句比擬不倫。

無名氏（甲）：崑山之陰，有燭龍銜火照之。

自和

沉水香焚金博山，杜陵誰復與車還？馬尋綺陌知何處，人在珠簾第幾間？法部樂聲長滿耳，上樽醇味易酡顏。更貧更賤皆能樂，十二重門不上關。

又和

康莊咫尺有千山，欲問紫姑應已還。人似嫦娥來陌上，燈如明月在雲間。車頭小女雙垂髻，簾裏新粧一破顏。却下玉梯雞已唱，謾言齊客解偷關。

方回：此爲省試考官鎖院而作。想見嘉祐中太平之極，令人每遇佳句爲擊節也。三詩六聯俱好。

紀昀：三、四俗劣，結亦無謂。

錢塘上元夜祥符寺陪咨臣郎中丈燕席　曾南豐

月明如晝露華濃，錦帳名郎笑語同。金地夜寒消美酒，玉人春困倚東風。紅雲燈火浮蒼海〔三〇〕，碧水樓臺浸遠空。白髮蹉跎歡意少，强顔猶入少年叢。

馮班：「玉人」句太平熟。

紀昀：次句四字湊。

上元

金鞍馳騁屬兒曹，夜半喧闐意氣豪。明月滿街流水遠，華燈入望衆星高。風吹玉漏穿花急，人倚朱欄送目勞。自笑低心逐年少，衹尋前事撚霜毛。

方回：洪覺範妄誕，著其兄彭淵才之説，以爲曾子固不能詩。學者不察，隨聲附和。今淵才之詩無傳，而子固詩與文終不朽。兩上元詩止是一意。「金地夜寒消美酒，玉人春困倚東風。」豈不能詩者乎？非精於詩者，不到此也。「人倚朱欄送目勞」，併上句看，乃見其妙：謂遊冶屬意者，不勝其注想，而恨夫夜之短也。大抵文名重，足以壓詩名。猶張子野、賀方回以長短句尤有聲，故世人或不知其詩。然二人詩，極天下之工也。子固詩一掃「崑體」，所謂餖飣刻畫咸無之。平實清健，自爲一家。後山未見山谷時，不惟文學南豐，詩亦學南豐。既見山谷，然後詩變而文不變耳。

紀昀：南豐究不以詩見長。此因後山之故，而黨及南豐。純是門户之見。

馮班：第二句宋氣。

紀昀：三句拙。

上元夜過赴儋守召獨坐有感

蘇東坡

使君置酒莫相違，守舍何妨獨掩扉。静看月窗盤蜥蜴，卧聞風幔落蛜蝛。燈花結盡吾猶夢，香篆消時汝欲歸。搔首凄凉十年事，傳柑歸遺滿朝衣。

方回：此詩元符元年戊寅作，坡年六十三矣。在儋州亦半年餘，以去年紹聖丁丑六月渡海也。十年前事，當是元祐二年丁卯，以翰林學士侍宴端門，戊辰知貢舉，皆在朝。至五十九歲時，紹聖元年甲戌，自中山謫惠州。乙亥年賦上元古詩有云：「前年侍玉輦，端門萬枝燈。」即元祐八年癸酉正月也。「去年中山府，老病亦宵興。」即甲戌正月也。「今年江海上，雲房寄山僧。」即乙亥正月也。人生能幾何年？如上元一節物耳，出處去來，歲歲不同，當是時又焉知渡海而逢上元耶？坡甲戌之貶，至元符三年庚辰徽廟立，乃得北歸。建中靖國元年辛巳卒於常州。學者覩此，則知身如浮雲外物，如雌風，如雄風，皆不足計較也。

紀昀：借以抒慨，語殊支蔓。

何義門：「傳柑」何足榮？唯君恩未報，不免戀戀耳。

紀昀：不見警拔。○「莫」字是囑詞，不宜用之去後。

無名氏（甲）：上元故事，京師戚里有傳柑宴，亦出於上賜也。

上元思京輦舊游三首

張宛丘

萬雉春城逼絳霄，上元雕輦盛遊遨。遲遲瑞月低黄傘，焯焯榮光上赭袍。雲卷珠簾開綵雉，山盤玉闕枕仙鰲。長安一别將華髮，溪竹山城夜寂寥。

紀昀：此首憶侍宴之榮。

九門燈火夜交光，羅綺風來撲面香。信馬恣穿深巷柳，隨人偷看隔簾粧。身拘舊宦安知樂，心逐流年暗減狂。留滯山城莫嗟歎，貂蟬從古屬金張。

紀昀：此首懷冶遊之樂。○五句拙。○結得太直、太盡。

隨計當年寄玉京，一時交結盡豪英。倒觥淩亂迷籌飲，醉帽攲斜並轡行。仕路飛騰輸俊捷，山城顛頷感功名。佳晨强酌清樽酒，寒竹蕭蕭月正明。

方回：此謫居黄州思京師上元。第二首三、四尤佳。

紀昀：第二首三、四兩句只似遊春，不必定是上元，不得爲佳。

馮舒：第二句村。

紀昀：此首憶友朋之歡。○五句亦太露。

無名氏（甲）：此三首俱有村氣，殊無足觀，只可炫耀盲聾耳。

京師上元 二首取一

洪覺範

及時膏雨已闌珊〔三〕，黄道春泥曉未乾。白面郎敲金鐙過，紅粧人揭繡簾看。管絃沸月喧和氣，燈火燒空奪夜寒。咫尺鳳樓開雉扇，玉皇仙仗紫雲端。

方回：覺範，江西筠州人，姓彭，兩坐罪還俗，一爲張天覺丞相黥海外。有甘露滅詩集。此詩三、四俗人盛傳道之。僧徒爲此語，無恥之流也，取之以博粲〔三〕耳。

紀昀：三、四極俗。

上元宿嶽麓寺

上元獨宿寒巖寺，卧看篝燈映絳紗。夜久雪猿啼嶽頂，夢回明月上梅花。十分春瘦緣何事？一掬鄉心未到家。却憶少年閒樂處，軟紅香霧噴京華。

方回：考韓子蒼覺範墓誌，熙寧四年辛亥生，崇寧三年甲申，山谷謫宜州，過長沙，覺範在湖西。作此詩時年三十四，前京師上元詩年二十餘耳。又嘗僞作山谷贈己，其實非山谷詩也。「一掬鄉心」，胡元任詩話大譏之。然詩未嘗不佳，故取之。政和元年辛卯得罪配朱崖，年四十一。五年乙未還，年四十五。建炎二年戊申卒，年五十八。

紀昀：此首略可。◎以上上元七律無可采者，蓋題本難耳。

春社禮成借用寺簿釋奠詩韻

羅端良

素餐深覺愧漣漪，后稷勾龍實吏師。平土至今猶有賴，配天自昔蓋多儀。操豚底用勤巫祝，餉黍行看媚婦兒。海内和平頌聲作，登歌還有載芟詩。

方回：此羅鄂州在郡時祀社，用通判劉寺簿子澄韻賦此。子澄者，劉清之也。鄂州名願，字端良，號存齋。弟郢州，名頌，字端彦，號狷菴。皆博學工文，而端良文尤高古，上逼史、漢。朱文公、周益公皆敬畏之。所著新安志、爾雅翼行于世。小集者，即子澄所刊社日詩。唐、宋鮮有可選，惟此篇韻險而理到。涓菴詩槀本所傳，多於存齋，予於兵革後爲人掠去云。

紀昀：韻不爲險，純是腐辭，不得謂之理到。

馮班：惡詩。

紀昀：鄂州以古文勝，詩非所長。起以文句入詩，板腐特甚。〇「媚婦」有典，「兒」字添出。

小寒食舟中作　　杜工部

佳辰强飲食〔三〕猶寒，隱几蕭條戴鶡冠。春水船如天上坐，老年花似霧中看。娟娟戲蝶過閒幔，片片輕鷗下急湍。雲白山青萬餘里，愁看直北是長安。

方回：「强飲」一本作「强起」，「愁看」一本作「看雲」，「是長安」一本作「至長安」。沈佺期釣竿篇云：「人如天上坐，魚似鏡中懸。」公加以斤斧，一變而妙矣。「小寒食」，前一日也。黄本注謂：「大曆五年潭州作。」是年庚戌，公年五十有九矣。是夏卒於衡之耒陽，吕汲公謂卒于岳陽，未知孰是？此子美老筆也。又有清明二長句，云大曆四年作，恐即是此詩之後二日。前云：「繡羽銜花他自得，紅顔騎竹我無緣。」後云：「秦城樓閣煙花裏，漢主山河錦繡中。」皆壯麗悲慨，詩至老杜，萬古之準則哉！

紀昀：二聯皆非杜之佳處，「繡羽」一聯尤頽唐。

紀昀：「前一日」，何以曰「猶寒」，未詳。○五、六言物皆自得，以反照下文。

許印芳：此解亦本之沈歸愚。歸愚云：「五、六語以往來自在，反興欲歸長安而不得也。」

許印芳：沈歸愚别裁集此題下注云：「寒食次日爲小寒食，看詩之首句自明。」

寒食成判官垂訪

徐鼎臣

常年寒食在京華，今歲清明在海涯。遠巷蹋歌深夜月，隔墻吹管數枝花。鴛鸞得路音塵闊，鴻雁分飛道里賒。不是多情成二十，斷無人解訪貧家。

方回：徐鉉字鼎臣，仕李後主，爲吏部尚書。歸宋，仕至散騎常侍，世稱徐騎省。在江東與韓熙載齊名，詩有白樂天之風。弟鍇，俱工字學。「鴻雁分飛」之句，爲弟設也。

紀昀：三、四微嫌合掌。○七句太率易。

依韻和李舍人旅中寒食感事

梅聖俞

一百五日風雨急，斜飄細濕春郊衣。梨花半殘意思少，客子漸老尋游非。戢戢車徒九門盛，寥寥煙火萬家微。今朝甘自居窮巷，無限墦間得醉歸。

方回：聖俞詩不争格高，而在乎語熟意到，此乃「吴體」。第一句六字仄聲，第二句五字平聲，愈覺其健。「梨花」「客子」一聯，深勁有味。惟陳簡齋妙得其法焉。

紀昀：只是三平，非五平也。其實關鍵只在第五字平，便上下句拗處俱救轉，此一定之法。虚谷所説，似是而未了了。

紀昀：前四句好，末二句太盡。非詩法。

寒食贈游客　張宛丘

陰陰畫幕映雕欄，一縷微香寶篆殘。寒食園林三月近，落花風雨五更寒。箏調寶柱絃初穩，酒滿金壺飲未乾。明日踏青郊外去，緑楊門巷繫雕鞍。

方回：平熟圓妥，視之似易。能作詩到此地，亦難也。

紀昀：此亦公道語。

紀昀：似韋莊筆意。○複二「寒」字。

寒食只旬日間風雨不已　曾茶山

年光胡不少留連，熟食清明又眼前。敢望深宫傳蠟燭，可堪小市禁炊煙。滿城風雨無杯酒，故國松楸欠紙錢。老病心情冷時節，只將書策替幽禪。

紀昀：五、六平易近人，何嘗不佳，何必定作楂枒之態。○「替幽禪」三字不佳。

無名氏(甲)：五、六亦佳。

許印芳：五、六沈著。紀批云末三字不佳。愚謂上四字亦偏枯，因全易之：「閉門只愛擁書眠。」

寒食清明　二首取一　劉後村

寂寂柴門村落裏，也教插柳記年華。禁煙不到粵人國，上冢亦攜龐老家。漢寢唐陵無麥飯，山蹊野徑有梨花。一尊徑藉青苔臥，莫管城頭奏暮笳。

方回：後村詩欠變格，「麥飯」、「梨花」一聯，殆近前輩句法。紹定五年壬辰詩。

紀昀：此却楚楚有致。○以法公爲龐老，未免生造。

海南人不作寒食而以上巳上冢余攜一瓢酒尋諸生皆出矣獨老符秀才在因與飲至醉符蓋儋人之安貧守靜者也　元注：「秀才符林。」　蘇東坡

老鴉銜肉紙飛灰，萬里家山安在哉？蒼耳林中太白過，鹿門山下德公回。管寧

投老終歸去，王式當年本不來。記取南城上巳日，木棉花落刺桐開。

方回：昌黎不謫潮州，後世豈知有趙德。東坡不落海南，後世豈知有符林。○李太白集尋城北范居士落蒼耳道中，坡用此以譬尋符林也。○司馬德操詣龐德公，值其上冢。坡用此以譬所尋諸生皆已上冢不值也。○管寧避地遼東，後還中國。坡用此以譬已終當北歸也。王式爲博士，悔爲江公所辱，曰：「我本不欲來。」坡用此以譬已元祐進用，亦本無富貴心也。○坡詩間架宏大，不可步驟，豈許用晦四句裝景所可及歟！此詩首尾四句言景，中四句用事。又未若移易中間四句兩用事，兩言景爲佳也。

馮舒：詩本隨人作，只要文理通耳，何嘗有情景硬局耶？○第二句亦不專景。○第四句未妥。

馮班：方君謂「第三句譬所尋諸生皆已上冢，不值也」，「回」字拍不上。○東坡無所不可，如此便板煞。

紀昀：方君謂「東坡不落海南，後世豈知有符林」，此語固是，然亦微露攀附之本懷。○前後景而中言情，正是變化。此以板法律東坡，與前後所説自相矛盾。

馮班：自然大樣。

紀昀：起句不雅，次句亦平易。○四句古人名礙格。

上巳晚泊黿山作　元注：「元祐辛未賦。」　賀方回

薄暮東風不滿帆，遲遲未忍去淮南。故園猶在北山北，佳節可憐三月三。蘭葉自供游女佩，芸編聊對故人談。洛橋車騎相望客，曾爲吴兒幾許慚。

方回：三、四好。賀公詩總論見「送餞類」中。

紀昀：方回是南渡時人，故北山「北」字用得好。雖是湊來，却無牽合之迹。

許印芳：首句借韻。「故」字複。○方回與東坡同時，曉嵐以爲南渡時人，誤矣。此詩題下明注元祐年號，豈不足據乎？○「故園」二句，别本一作王銍詩，題是别張自强。

次韻王仲至西池會飲　張宛丘

聖朝無復用舟師，戲遣艨艟插戟枝。沸浪有聲黄帽動，春風無力彩旗垂。不勝杯杓寧辭醉，傳語風光共此嬉。遠比永和真繼軌，臨模繭紙看他時。

方回：此元祐中西池上巳之會也，文潛詩爲一時冠。三、四實佳句。秦少游有云：「簾幕千家錦繡垂。」王仲至嘲謂又待入小石調，以秦詩近詞故也。

馮班：近詞則格下，不可不知。

紀昀：頗有秀致。○「插戟枝」三字湊。○結句關合王姓。

無名氏（甲）：「黄帽」，郯船水工所戴，名「黄頭郎」。

上巳

趙昌父

朝來一雨快陰晴，東郊百鳥間關鳴。受風柳條不自惜，蘸水桃花可憐生。不見山陰蘭亭集，況乃長安麗人行。東西南北俱爲客，且送江頭返照明。

方回：老杜集此等詩謂之「吴體」。昌父乾道中詩，猶少作也。五、六天生此對，上巳詩無復加矣。

馮舒：「行」乃歌行之行，算不得行坐之行，亦何異送提學官而云「大宗師」、「應帝王」來也？

馮班：「長安麗人」，亦陳熟，且非佳事，豈堪引用？「江西派」專忌用陳事，如後山不用「絮因風」，雖古人佳語，尚以爲戒，以此五、六爲美，非所解也。

紀昀：純是標格之見。

紀昀：「吴體」亦有聲調，此却未諧。○「快陰晴」三字如何解？

上巳

劉後村

櫻笋登盤節物新，一筇踏遍九州春。似曾山陰訪修竹，不記水邊觀麗人。豪飲自憐非少日，俊遊亦恐是前身。暮歸尚有清狂態，亂插山花滿角巾。

方回：「山陰修竹」、「水邊麗人」一聯，亞於趙昌父。紹定五年壬辰詩。後村年四十六，閒居莆中，所以言「俊游亦恐是前身」，皆思舊事也。

紀昀：勝於趙句。

馮舒：次聯雖宋氣，亦得。

馮班：「麗人行」不可亂用。

查慎行：三、四一聯勝趙，虚字較圓。

紀昀：此詩深警，勝後村他作。

許印芳：此詩前有趙昌父上巳詩，五、六句云：「不見山陰蘭亭集，況乃長安麗人行。」虚谷以爲天生此對，而曉嵐不取，蓋詩本惡劣也。此詩亦用此兩事，而情致流動，故曉嵐取之。上句是古調，下句是拗調，乃變格也。○「山」字複。

重午

范石湖

熨斗熏籠分夏衣，翁身獨比去年衰。已孤菖緑十分勸，却要艾黄千壯醫。蜜粽冰團爲誰好？丹符綵索聊自欺。小兒造物亦難料，藥裹有時生網絲。

方回：「菖緑」「艾黄」之對新，後四句又用「吴體」。

馮班：第四句怕人。

紀昀：三、四笨。○七句太獷。

和黄預七夕

陳後山

盈盈一水不斯須，經歲相過自作疎。坐待翔禽報佳會，徑須飛雨洗香車。超騰水部陳篇上，收拾愚溪作賦餘。信有神仙足官府，我寧辛苦守殘書。

方回：七夕詩七言律無可選，僅此而已。何遜七夕詩：「仙車駐七襄，鳳駕出天潢。月映九微火，風吹百和香。逢歡暫巧笑，還淚已啼粧。别離不得語，河漢漸湯湯。」後山以爲陳篇，吾儕當會意也。

紀昀：此却有理。

馮舒：第二句成何語？○第七抄昌黎，醜甚。○後山全不解齊、梁詩，所以譏何水部也。七夕好詩多矣，方云無之，正坐「陳篇」二字在胸中，見其作古語便謂不佳耳，故所收者皆拙劣。

馮班：不陳熟否？神仙官府何與牛、女嘉會？

紀昀：刻意洗刷，不免吃力之痕。

乞巧

李先之

處處香筵拂綺羅，爲傳神女渡天河。休嫌天上佳期少，已恨人間巧態多。齚舌自應工嫵媚，方心誰更苦鐫磨。元注：「見孫樵、柳子厚乞巧文。」獨收至拙爲吾事，笑指雙針一縷過。

方回：李朴，字先之，章貢人。早從程伊川游，坐爲陳瑩中所薦，流落三十年。靖康初除給事中，不及拜。七夕無好律詩，以此備數。其人能踐言，不媿此詩。

馮班：李長吉「鵲辭穿綫月」一聯，非好句乎？○子厚乞巧文後七夕詩自宜作此語。

馮班：亦好。

紀昀：亦有意翻案，而太直、太激，非風人之旨。○五、六堆垛而成，乏興象玲瓏之妙。

登高

杜工部

風急天高猿嘯哀，渚清沙白鳥飛回。無邊落木蕭蕭下，不盡長江滚滚來。萬里悲秋常作客，百年多病獨登臺。艱難苦恨繁霜鬢，潦倒新停濁酒杯。

方回：此詩已去成都分曉，舊以爲在梓州作，恐亦未然，當考公病而止酒在何年也。長江滚滚，必臨大江耳。

查慎行：結句亦偶然云爾，未必病而止酒也。

查慎行：七律八句皆屬對，創自老杜。前四句寫景，何等魄力？

何義門：千端萬緒，無首無尾，使人無處捉摸。此等詩如何可學！

紀昀：此是名篇，無用復贊。歸愚謂「落句詞意並竭」，其言良是。

許印芳：七言律八句皆對，首句仍復用韻，初唐人已創此格，至老杜始爲精密耳。此詩前人有褒無貶，胡元瑞尤極口稱贊，未免過誇，然亦可見此詩本無疵纇也。至於沈歸愚評語，今按所選別裁集評此詩云：「格奇而變，每句中有三層，中四句好在『無邊』、『不盡』、『萬里』、『百年』。或謂兩聯俱可截去上二字，試思『落木蕭蕭下、長江滚滚來』，成何語耶？」歸愚之言止此。曉嵐稱其貶落句爲詞意並竭，所引未審出於何書？果有是言，勿論所評的當與否，而一口兩舌，沈之胸無學識，亦是虚谷一流耳。○落句即結句。

九日藍田崔氏莊

老去悲秋强自寬，興來今日盡君歡。羞將短髮還吹帽，笑倩傍人爲正冠。藍水遠從千澗落，玉山高並兩峰寒。明年此會知誰健？醉把茱萸子細看。

方回：楊誠齋大愛此詩。以予觀之，詩必有頓挫起伏。又謂起句以「自」對「君」，亦是對句。殊不知「强自」二字與「盡君」二字，正是着力下此，以爲詩句之骨、之眼也，但低聲抑之〔三四〕讀，五字却高聲揚之〔三五〕讀，二字則見意矣。三、四融化落帽事甚新。末句「子細看茱萸」，超絶千古。此老杜九日七言律四首，取兩首入「變體」詩中。今列者二。〇此詩在未入蜀以前。終篇不言兵革，又難定在禄山已反之後。注家説不可信。

馮舒：詩論詞與志，不聞吟詩有高低之法，可笑極矣。

紀昀：此亦强作解事。

何義門：前半跌宕曲折，體勢最佳。此賊中作，故尤悲涼，非獨嘆老而已。

紀昀：「冠」、「帽」字複，前人已議之。〇一説「看」謂看藍水、玉山，非看茱萸也。亦自有理，不同穿鑿。

許印芳：「爲」，去聲。「正」，上聲。「把」，持也。〇老杜五、七律常有對起對結者，七律尤慣用之，此詩但起句對耳。三、四語一事化爲兩句，此律詩用事之一法。惟「冠」、「帽」犯複，誠如前人所議，此不可學。五、六寫現景，造句警拔，通篇俱振得起，此最宜學。結句收拾全題，詞氣和緩有力，而且有味。解「看」字，曉嵐之説爲長，如虚谷解，則少味矣。

九日和韓魏公

蘇老泉

晚歲登門最不才，蕭蕭華髮映金罍。不堪〔三六〕丞相延東閣，閒伴諸儒老曲臺。佳節已從愁裏過，壯心偶傍醉中來。暮歸衝雨寒無睡，自把新詩百遍開。

方回：詩話謂韓魏公九日飲執政，老泉以布衣與坐。今味「閒傍諸儒老曲臺」之句，即是修太常禮之時，非布衣也。蓋英宗治平二年乙巳，韓公首倡，見安陽集。是日有雨，所和詩非席上所賦，其曰「暮歸衝雨寒無睡」乃是飲歸而和此詩耳。五、六要是佳句。朱文公語録頗不以爲然，恐門人傳録，未必的也。

紀昀：文公以伊川之故，極不喜蘇氏父子，往往有意排斥。此明知其論之失平，而委其過于記録者，其實不然。

紀昀：老泉不以詩名，此詩極老健。

許印芳：蘇洵，字源明，一字允明，號老泉。

次韻李節推九日登山

陳後山

平林廣野騎臺荒，山寺鳴鐘報夕陽。人事自生今日意，寒花只作去年香。巾欹更覺霜侵鬢，語妙何妨石作腸。落木無邊江不盡，此身此日更須忙。

方回：重九詩自老杜之外，便當以杜牧之齊山詩爲亞，已入「變體」詩中。陳簡齋一首亦然。陳後山二首，詩律瘦勁，一字不輕易下，非深於詩者不知，亦當以亞老杜可也。

馮班：用宋廣平事，不妥。

紀昀：雖未深厚，然自清挺。

無名氏（甲）：廣平鐵石心腸，而有梅花一賦。吴兒木石心腸，謂夏統語。

九日寄秦覯

疾風迴雨水明霞，沙步叢祠欲暮鴉。九日清樽欺白髮，十年爲客負黃花。登高懷遠心如在，向老逢辰意有加。淮海少年天下士，獨能無地落烏紗。

方回：「無地落烏紗」，極佳。孟嘉猶有一桓温客之，秦併無之也。

紀昀：後四句言已已老，興尚不淺，況以秦之豪俊，豈有不結伴登高者乎？乃因此以寄相憶耳，解謬。

紀昀：詩不必奇，自然老健。

許印芳：「年」字複。

九日登戲馬臺　元注：「壬戌彭城賦。」

賀方回

當年節物此山川，倦客登臨獨惘然。戲馬臺荒年自久，射蛇公去事空傳。黄華半老清霜後，白鳥孤飛落照前。不與興亡城下水，穩浮漁艇入淮天。

方回：「射蛇公」，用劉裕新洲伐荻事。以對戲馬，良佳。

陸貽典（甲）：「射蛇」，不妥。然則漢高帝亦可稱「斬蛇公」乎？

紀昀：「戲馬臺」三字相連，「射蛇公」却是捏出。作「斬蛇人」，較妥。後半不惡，五、六蓋自寓也。

許印芳：原本首句云：「當年節物此山川。」三、四云：「戲馬臺荒年自久，射蛇公去事空傳。」措語都不緊貼本事，遂有率易空滑之病。又紀批云：「射蛇公捏造。」病在「公」字，愚爲易之，前後可相稱矣。首句改爲：「項、劉遺蹟此山川」。三、四改爲：「戲馬臺荒覇氣滅，射蛇人去大名傳。」

重九賞心亭登高　　范石湖

憶隨書劍此徘徊，投老雙旌重把杯。緑鬢風前無幾在，黄花雨後不多開。豐年江隴青黄徧，落日淮山紫翠來。飲罷此身猶是客，鄉心却付晚潮回。

方回：此淳熙八年辛丑，石湖自四明移帥金陵，年五十六。前此朱文公在南康苦旱，此獨云年豐。明年重九，石湖猶在金陵，乃有「官忙」、「憫雨」之句，此乃富貴人重九也。

紀昀：總是此種意見不化，明道所謂心中有妓也。

紀昀：凡六用顔色字，又重其一，殊非詩格。

九日登天湖以菊花須插滿頭歸分韻賦詩得歸字　　朱文公

去歲瀟湘重九時，滿城風雨客思歸。故山此日還佳節，黄菊清樽更晚暉。短髪無多休落帽，長風不斷且吹衣。相看下視人寰小，祇合從今老翠微。

方回：此乾道四年戊子也。文公去年訪南軒於長沙，故有此起句。予嘗謂文公詩深得後山三昧，而世人不識。且如「故山此日還佳節，黄菊清樽更晚暉」，上八字各自爲對，一瘦對一肥，愈更覺好。蓋法度如此，虛實互换，非信口、信手之比也。山谷、簡齋皆有此格。此詩後四句尤意氣闊遠。時以去年冬除樞密院編修官，猶待闕於家。

馮舒：若謂晦翁學黄、陳，晦翁必不服。

紀昀：一氣涌出，神來興來，宋五子中惟文公詩學功候爲深。○「落帽」是九日典，「吹衣」不用九日典，而用來銖兩恰稱，此由筆妙。

歸報德再用前韻

幾枝藤竹醉相攜，何處千峯頂上歸。正好臨風眺平楚，却須入谷避斜暉。酒邊泉溜寒侵骨，坐上嵐光翠染衣。踏月過橋鷩易晚，林坰回首更依微。

方回：「易晚」疑當作「已晚」。此即九日晚歸詩也。詩思無一絲近塵土。

紀昀：「易晚」者，將晚也，不必改爲「已晚」。

紀昀：此詩亦流美，然不及前篇意境矣。

壬子九日

劉後村

平蕪盡處即滄溟，身寄區中等一萍。種杞菊翁猶老健，插茱萸伴半凋零。元注：

「羣從十四人，存者七人。」去年勑設塵飛鞚，今日村酤草塞瓶。却笑癡人妄分別，何曾未必勝劉伶。

方回：淳祐十二年，壬子。去年辛亥，後村在朝爲祕書監，直玉堂。九月十日宣鎖，有六絶句，其冬鄭丞相清之卒，去國。恰近一年家居之樂，亦何至「村酤草塞瓶」乎？周益公四六有云：「朝趨鳳闕，綰五組之光華；夕侶漁舟，披一簑之藍縷。」文人之言，例過實也。尾句猶不能忘情於榮進者。

馮舒：詩用新事，亦一佳處。「江西」諸君，玩新而翻駁，意趣短俗，不入古人格局，可戒也。

紀昀：觀此則薄視富貴，正是不忘富貴，虛谷已知之矣。

紀昀：粗俗。

無名氏（甲）：「勑設」謂奉旨賜宴。

校勘記

〔一〕鳴禽　馮舒：「禽」或訛作「琴」。〔二〕又逢　何義門：「又」當作「去」。「去」字佳，方是宿旅店中也。〔三〕十五日　馮班：「日」一作「夜」。〔四〕不禁夜　馮班：「禁」一作「惜」。「惜」妙於「禁」。紀昀：馮云：「禁」，别本作「惜」，「惜」妙於「禁」。然金吾掌禁夜，不掌惜夜。以此爲妙，其僻更甚於「江西」。〔五〕春晴　紀昀、許印芳：「晴」字似當作「情」，再校。〔六〕臨池近　李光垣：「靈」訛「臨」，「會」訛「近」。〔七〕蒼波　李光垣：「滄」訛「蒼」。〔八〕相譁　按：康熙五十二年本、紀昀刊誤本「譁」作「誇」。〔九〕隣家問　馮班：「問」一作「鬧」。〔一〇〕三巳　紀昀：恐是「上巳」，再校。〔一一〕閣一作關　按：「閣」，原作「關」。無「一作關」三字。據康熙五十二年本、紀昀刊誤本校補。〔一二〕浮灰　李光垣：「飛」訛「浮」。〔一三〕見三秦　許印芳：「見」一作「是」。〔一四〕錯憶　馮班：「憶」一作「認」。〔一五〕韓致堯　紀昀：「堯」原訛作「光」。〔一六〕李茂貞　按：「貞」原訛作「真」，據康熙五十二年本、紀昀刊誤本校改。〔一七〕枝如　按：「枝」原訛作「技」，據元至元本校改。〔一八〕侵凌雪　馮班：「凌」一作「陵」。〔一九〕有柳條　馮班：「有」一作「到」。〔二〇〕薰銷　許印芳：「薰」一作「香」。〔二一〕問學　李光垣：「學問」訛「問學」。〔二二〕曾元翰　紀昀：「曾」當作「魯」。此即本集所謂魯少卿也，作「曾」，誤。〔二三〕之翰　紀昀：「之」當作「元」。〔二四〕泛使　紀昀：「泛」字再校。〔二五〕鈞編户　李光垣：「均」訛「鈞」。〔二六〕行在　按：「行」字原缺，據康熙五十二年本、紀昀刊誤本校改。〔二七〕賈誼　查慎行：「誼」當作「讓」。漢書溝洫志：「哀帝時，賈讓奏治河三策。」〔二八〕駕峰來　馮班：「峯」一作「山」。〔二九〕宋之問　按：原訛作「沈佺期」，據康熙五十二年本、紀昀刊誤本校改。〔三〇〕蒼海　馮班：「蒼」當作「滄」。

〔三一〕闌珊　按：「珊」原訛作「删」，據康熙五十二年本、紀昀刊誤本校改。〔三二〕博粲　按：原作「備博」，據康熙五十二年本、紀昀刊誤本校改。〔三三〕飲食　許印芳：「飲」一作「飯」，又作「起」。〔三四〕抑之　按：「抑」原作「揚」，據康熙五十二年本、紀昀刊誤本校改。〔三五〕揚之　按：「揚」原作「抑」，據康熙五十二年本、紀昀刊誤本校改。〔三六〕不堪　馮班：「不」字與首句複，不可從，當作「那」。

瀛奎律髓彙評卷之十七　晴雨類

雨而晴，晴而雨，洪範所謂「時若恒若，而天地之豐凶異焉」。詩人有喜、有感，斯可以觀。

紀昀：序無味。

五言　九十五首

發營逢雨應詔

虞世南

豫游欣勝地，皇澤乃先天。油雲陰御道，膏雨潤公田。隴麥沾逾翠，山花濕更燃〔一〕。稼穡良所重，方復悦豐年。

方回：唐之盛，瀛洲十八學士於詩文皆餘事也。世南集不可見，初學記中得此詩。

馮班：十八學士正以其文選耳，何言「餘事」？方公不學至此。

紀昀：此猶未成律體以前詩。純用敷衍，未能運意，然堆砌處漸化輕清，已是風氣將變之候矣。

無名氏(甲)：此時古律未分，平仄不接。

奉和春日途中喜雨

魏知古

皇遊向洛城，時雨應天行。麗日登巖送，陰雲出野迎。濯枝林杏發，潤葉渚蒲生。絲入綸言喜，花依錦字明。微臣忝東觀，載筆佇西成。

方回：此乃和武后詩。五韻律詩多有之。第七句巧。

馮舒：次聯奇絶句。○五韻律詩也。律詩二句一聯，四句一絶。此時體猶未定也。

馮班：此時尚是齊、梁體。律詩如何五韻？○獨第七句太費力。

紀昀：七、八開闔合纖巧之門，遂爲後來試帖之胚胎。若以詩論，究非大雅。

途中遇晴

孟浩然

已失五陵道〔二〕，獨逢〔三〕蜀坂泥。天開斜景迴〔四〕，山出晚雲低。餘濕猶霑草，殘流尚入溪。今宵有明月，鄉思遠凄凄。

方回：三、四壯浪，五、六細潤，形容雨晴妙甚。

紀昀：通體細潤。以爲「壯浪」，非是。

馮舒：非不好，較前二首則弱矣。

紀昀：「猶」、「尚」字複。蓋時去初體未遠，詩律尚寬。

許印芳：陳伯玉峴山詩已犯此病，不但孟詩也。

許印芳：凡客路詩，製題有「途中」、「道中」字，上文標出地名界限方清。此題尚欠分明，不可爲式。

雨四首

杜工部

微雨不滑道，斷雲疎復行。紫崖奔處黑，白鳥去邊明。秋日新霑影，寒江舊落聲。柴扉臨野碓，半濕搗香粳。

紀昀：三句不佳，四句是陰雨之景，五句亦不佳。

江雨舊無時，天晴忽散絲。暮秋霑物冷，今日過雲遲。上馬迴休出，看鷗坐不辭。高軒當灧澦，潤色静書帷。

何義門：第八句「静」字妙。

紀昀：此首尤未見精煉。

物色歲將晏，天隅人未歸。朔風鳴淅淅，寒雨下霏霏。多病久加飯，衰容新授衣。時危覺彫喪，故舊短書稀。

何義門：風雨思友朋，落句深渾。

楚雨石苔滋，京華消息遲。山寒青兕叫，江晚白鷗饑。神女花鈿落，鮫人織杼悲。繁憂不自整，終日灑如絲。

方回：老杜晴雨詩取二十首，似乎太多，然他人無此等氣魄。學者但觀老杜、聖俞、後山、簡齋四家賦雨甚弘大，其工密、其高爽爲如何，即知入處矣。

馮舒：閱此愈知盛唐必是景龍、先天間，李、杜出而風雅俱變矣。

韓弼元：固哉高叟！

馮舒：篇篇好，然畢竟遜虞、魏所作，時代使然。

韓粥元：泥於詞句之間，全不知人論世。
紀昀：四首皆非極筆。○此首「如絲」複第二首。

晨雨

小雨晨光内，初來葉上聞。霧交纔灑地，風逆旋隨雲。暫起柴荆色，輕霑鳥獸羣。麝香山一半，亭午未全分。
何義門：句句是晨雨，句句是小雨。「光」字涵後四句。
紀昀：五、六頗拙。
無名氏（乙）：静。

喜雨

南國旱無雨，今朝江出雲。人空纔漠漠，灑迥已紛紛。巢燕高飛盡，林花潤色分。晚來聲不絶，應得夜深聞。
何義門：起二句是「喜」字遠勢，落句「喜」字餘舞。上五句皆是即目，結用「聲」、「聞」二字反對，律細無比。

紀昀：亦無佳處。

對雨

莽莽天涯雨，江邊獨立時。不愁巴道路，恐濕漢旌旗。雪嶺防秋急，繩橋戰勝遲。西戎甥舅禮，未敢背恩私。

馮舒：此等詩俱無與「晴雨」。

何義門：首聯領得起。○恃其不背恩私而不薄我於險，則吾與將皆不足用，因雨而危慮可知矣。

紀昀：三、四高唱，非老杜無此胸懷。

村雨

雨聲傳兩夜，寒事颯高秋。挈帶看朱紱，開箱覩黑裘。世情只益睡，盜賊敢忘憂。松菊新霑洗，茅齋慰遠遊。

紀昀：五句太直。

梅雨

南京犀浦道，四月熟黄梅。湛湛長江去，冥冥細雨來。茅茨疎易濕，雲霧密難開。竟日蛟龍喜，盤渦與岸迴。

何義門：落句暗藏苦雨之人在内。

紀昀：結句對面落筆。

無名氏（乙）：明皇幸蜀，改成都爲南京。

朝雨

涼氣曉蕭蕭，江雲亂眼飄。風鴛藏近渚，雨燕集深條。黄綺終辭漢，巢由不事堯。草堂樽酒在，幸得遇清朝。

馮舒：似乎中斷，不知何故却耐看，却説得去。

馮班：不斷。

紀昀：後半從三、四句生出，感「鴛」與「燕」之知時避地，而因發此慨。

夜雨

小雨夜復密，迴風吹早秋。野涼侵閉户，江滿帶維舟。通籍恨多病，爲郎忝薄遊。天寒出巫峽，醉别仲宣樓。

紀昀：二首皆未見佳處。

更題

只應踏初雪，騎馬發荆州。直怕巫山雨，真傷白帝秋。羣公蒼玉佩，天子翠雲裘。同舍晨趨侍，胡爲淹此留？

紀昀：後四句亦太快。

無名氏（甲）：「翠雲裘」，集孔雀毛爲之，其文如雲也。

春夜喜雨

好雨知時節，當春乃發生。隨風潛入夜，潤物細無聲。野徑雲俱黑，江船火獨明。曉看紅濕處，花重錦官城。

方回：「紅濕」二字，或謂惟海棠可當。此詩絶唱。

何義門：第五明，第六暗，皆剔「夜」字。結「春夜」工妙。

紀昀：此是名篇，通體精妙，後半尤有神。○「隨風」二句雖細潤，中、晚人刻意或及之。後四句傳神之筆，則非餘子所可到。

無名氏（甲）：成都貢錦，設官主之，故爲「錦官城」。

對雨書懷走邀許主簿

東嶽雲峰起，溶溶滿太虚。震雷翻幕燕，驟雨落河魚。座對賢人酒，門聽長者車。相邀愧泥濘，騎馬到堦除。

馮舒：著許主簿，故第六句好。

紀昀：未能免俗，三句尤不妥。

無名氏（甲）：大雨中常有小魚帶下，由龍取水而來。

乘雨入行軍六弟宅

曙角凌雲罷，春城帶雨長。水花分塹弱，巢燕得泥忙。令弟雄軍佐，凡才汙省郎。萍飄忍流涕，衰颯近中堂。

方回：詩全言景物，易，「令弟」、「凡才」一聯却難。他人爲之則陳腐，大手筆爲之則高古。

紀昀：此亦黨附之言。此二句未見其高古。

雨晴

雨晴〔五〕山不改，晴罷峽如新。天路休殊俗，秋江思殺人。有猿揮淚盡，無犬附書頻。故國愁眉外，長歌欲損神。

馮舒：偶然起爾，然以首二字爲題，正不必入此類。

紀昀：三句不了了。

晴二首

久雨巫山暗，新晴錦繡文。碧知湖外草，紅見海東雲。竟日鶯相和，摩霄鶴數羣。野花乾更落，風處急紛紛。

方回：草碧指言湖外，雲紅指言海東，其善於張大如此。

紀昀：此自實景，非張大也。

馮舒：次聯緊頂第二句。

何義門：收「晴」字細麗超脱。

紀昀：此首較精彩。

啼烏争引子，鳴鶴不歸林。下食遭泥去，高飛恨久陰。雨聲衝塞盡，日氣射江深。回首周南客，驅馳魏闕心。

查慎行：三、四分承起二句。○五、六兩句妙。每遇一題，必有驚人之語。

何義門：「深」字妙，是雨後。落句「晴」字闊遠，又與首句相關。○第六奇句。

紀昀：三句不佳，五句未解。

無名氏（甲）：太史公留滯周南，不得與於封禪，乃執遷手而泣。

晚晴

村晚驚風度，庭幽過雨霑。夕陽薰細草，江色映疎簾。書亂誰能帙，杯乾自可添〔六〕。時聞有餘論，未怪老夫潛。

何義門：本自排奡，却云遂其高致，公詩往往如此。

紀昀：三、四已啓晚唐。結折出潛夫論，甚別。

無名氏（乙）：「夕陽」一聯，寫得精緻。「薰」字、「映」字，字法尤工。細玩之，可悟鍊字之法。

晚晴

返照斜初散，浮雲薄未歸。江虹明遠飲，峽雨落餘飛。鳧鶴終高去，熊羆覺自肥。秋風一作「分」。客尚在，竹露夕微微。

馮舒：第六句未解。

紀昀：「落餘飛」三字不妥。

夏日對雨　裴晉公

登樓逃盛暑，萬象正埃塵。對面雷嗔樹，當堦雨趁人。簷疎蛛網重，地濕燕泥新。吟罷清風起，荷香滿四隣。

方回：裴晉公度，累朝元老，於功名之際盛矣，而詩人出其門尤盛。自爲之詩，尤不可及。「灰心緣忍事，霜鬢爲論兵。」與劉夢得諸人聯句見之。凡聯句，晉公詩皆奇絶。此篇見文苑英華。

句句清切。「嗔」字、「趁」字尤見夏雨之快。
紀昀：三句粗獷。

春雨

劉復

細雨度深閨，鶯愁欲懶啼。如煙飛漠漠，似露濕萋萋。草色行看靡，花枝暮欲低。曉聽〔七〕鐘鼓動，早送錦障泥。
方回：令狐楚爲翰林學士時，選進唐御覽詩凡三十家。劉復四首，所選大抵工麗。一名選進集，一名元和御覽。盧綸墓碑云「三百一十篇」，今傳者二百八十九篇云。
紀昀：婉秀，是中唐本色。○結言趨朝之勞，不及閒居之適也。
許印芳：「障」，平聲。「欲」字複。

賦暮雨送李冑 一作「渭」

韋蘇州

楚江微雨裏，建業暮鐘時。漠漠帆來重，冥冥鳥去遲。海門深不見，浦樹遠含滋。相送情無限，霑襟比散絲。
方回：三、四絶妙，天下誦之。

查慎行：三、四與老杜「湛湛長江去，冥冥細雨來」各極其妙。
紀昀：細浄。
許印芳：韋應物，字未詳，長安人，官蘇州刺史。

寺居秋日對雨有懷

喻　鳧〔八〕

翛翛復霒霒，黄葉此時飛。隱几客吟斷，隣房僧話稀。鴿寒棲樹定，螢濕在窗微。即事瀟湘渚，漁翁披草衣。

方回：五、六見雨意而工。
馮舒、馮班：起句，好破。
何義門：三、四勝。
紀昀：起五字唐試帖之陋調。二馮賞之，不可解。

裴端公使院賦得隔簾見春雨

包　何

細雨未成霖，垂簾但覺陰。惟看上砌濕，不遣入簾深。度隙霑編簡，因風潤綺琴。須移户外屨，簷溜夜相侵。

方回：前四句儘好，後四句巧。

馮班：前四句傷複，易頷聯爲妙。

紀昀：「但覺」、「惟看」四字複。○但賦簾外雨耳，「隔」字、「見」字、「春」字俱未到。

梅　雨

柳子厚

梅實迎時雨，蒼茫值晚春。愁深楚猿夜，夢斷越雞晨。海霧連南極，江雲暗北津。素衣今盡化，非爲洛陽塵。謂衣生𩟷也。

方回：「𩟷」，匹卜切。老杜在蜀曰：「南京犀浦道，四月熟黄梅。」子厚在永州曰：「梅實迎時雨，蒼茫入晚春。」今江、浙間以五月芒種節後逢壬爲入梅，夏至後逢庚爲出梅，定有大雨。惟北土無之。或謂蜀亦無梅雨。杜以爲四月，柳以爲三月，豈梅熟有先後之異乎？

紀昀：末二句點化得妙。

許印芳：柳宗元，字子厚，河東人，官柳州刺史。

郴州祈雨

韓昌黎

乞雨女郎魂，炰羞潔且繁。廟開鼯鼠叫，神降越巫言。旱氣期銷蕩，陰官想駿奔。行看五馬入，蕭颯已隨軒。

紀昀：不見昌黎本領。大抵高才須一瀉千里，乃見所長。小詩多窘縮不盡意。〇六句對法活變，亦烘染有神。

雨中寄張博士籍侯主簿喜

放朝還不報，半路蹋泥歸。雨慣曾無節，雷頻自失威。見牆生菌徧，憂麥作蛾飛。歲晚偏蕭索，誰當救晉饑？

方回：昌黎大手筆。僅有此晴雨詩二首。前詩三、四高古，後詩三、四有議論。雷失威尤奇。

馮班：大詩。

查慎行：第四句似含諷時事。

同裴少府安居寺對雨

皇甫冉

共結尋真會，還當對食〔九〕初。爐煙雲氣合，林葉雨聲餘。溽暑銷珍簟，浮涼入綺疏。歸心從念遠，懷此復何如！

方回：五、六工。

紀昀：常語，未見其工。

紀昀：以「爐烟」比雲，以「林葉」比雨，殊小樣。而「林葉」不着「落」字，尤不明白。

微雨

吴融

天清織未遍，風急舞難成。粉重低飛蝶，黄濃不語鶯。乍隨春靄亂，還放夕陽明。惆悵池塘遠，荷珠點點輕。

方回：此乃一幅微雨畫也。

查慎行：第一句小巧太甚。「粉重」、「黄濃」可以入詞，不可入詩。

紀昀：四句鄙而欠通，五、六自細膩。

雨

張蠙

半夜西亭雨，離人獨啓關〔一〇〕。桑麻荒舊國，雷電照前山。細滴高槐底，繁聲疊漏間。唯應孤鏡裏，明日長愁顔。

方回：三、四壯麗，尾句有味。見英華集。又有劉灣對雨愁悶詩云：「積雨細紛紛，飢寒命不分。攬衣愁見肘，窺鏡覓縱文。」「見肘」、「縱文」甚巧而粗，故不取。用周亞夫縱理事也。

馮班：如何是粗？

紀昀：三句太廓落，不只是雨。電可云「照」，雷不可云「照」，亦一病。五、六刻畫尤凡近。通首無一可采，虚谷評非是。

依韻和子聰夜雨

梅聖俞

窗燈光更迥，宿霧晦層簷。寒氣微生席，輕風欲度簾。濕螢依草没，暗溜想池添。況值相如渴，無嫌魯酒甜。

馮舒：末句撤開，且魯酒僅言薄，「甜」字生造。

馮班：太犯。○「甜」字不好，亦煞不住。

紀昀：結但趁韻，語太無着。

新秋雨夜西齋文會

夜色際陰霾，燈青謝客齋。梧桐生静思，絡緯動秋懷。小酌寧辭醉，清言不厭諧。誰憐何水部，吟苦怨空堦。

方回：此皆聖俞西京詩。妙年細密，初學者不可不知。

查慎行：「夜雨滴空階，曉燈暗離室。」何記室佳句也。

紀昀：不失雅則。◎既用謝客，不應復用水部，却用得恰好。

許印芳：凡四韻律詩，於地名、人名、鳥獸、草木之類，但可一聯兩用。若前後疊用，則爲犯複，爲夾雜。然亦看用來何如。若情事相稱，前後融洽，疊用亦可，此詩是也。

依韻和簽判都官昭亭謝雨迴廣教見懷

賽雨何從事，高情苦愛山。謝公聯句後，元註：「謝公有昭亭賽雨與何從事聯句詩。」惠遠過溪間。笑處巖相答，歸時酒在顔。端憂守窮巷，無力共躋攀。

方回：「笑處」、「歸時」一聯，淡而有味。

紀昀：未見其味。

春夜聞雨

風味正不寢，驟來寒氣增。簷斜滴野籜，窗缺攞春燈。孺子睡中語，行人歸未能。前溪波暗長，定已没灘稜。

方回：三、四工，餘皆有味。
馮舒：第四句是風。
紀昀：「風味」二字不妥。

夏雨

林梅初弄熟，密雨閉重關。潤裛衣巾上，涼生竹樹間。水聲通遠澗，雲色暝前山。野鳥寂無語，公庭盡晝閒。

方回：五、六佳。
紀昀：亦常語。
紀昀：「弄熟」二字不妥。色與態皆可云「弄」，「熟」不可云「弄」。三、四太易。

新霽望岐笠山

元注：「謝紫微坐中賦。」

北望直百里，峨峨千仞青。斷虹迎日盡，飛雨帶龍腥。陰壑煙雲畜，陽崖草木靈。登臨終不厭，時許到兹亭。

方回：三、四佳。此從謝師厚在鄧州詩。寶元二年己卯授汝州襄城縣，未赴，年三十七歲。其年九月赴官，師厚尋卒，歐陽公經過，「留鯽魚待之」之時也。
查慎行：五、六沉雄。
紀昀：「靈」字費解。

觀水 并序

庚辰秋七月，汝水暴至溢岸，親率縣徒以土塞郭門。居者知其勢危，皆結庵於木末。徬徨愁歎，故作此詩。

秋水漫長堤，郊原上下迷。孤城閉版築，高樹見巢棲。耳厭蛙聲極，漚生雨點齊。渚閒牛不辨，誰爲掃陰霓？

方回：康定元年庚辰，公年三十八，知襄城縣。又有詩，題云：「城中壞廬舍千餘。」
馮班：語皆工密，然未盡題意。〇不辨牛馬，直云「牛不辨」，亦未妥。
紀昀：此水漲詩，不宜以六句一「雨」字入之「晴雨類」中。

和小雨

蛟龍噀白霧，天外細濛濛。霑土曾無跡，昏林似有風。卷旗妨酒舍，濕翅下洲鴻。稍見斜陽透，西雲一半紅。

方回：當是和晏相國。

馮舒：工密。

馮班：落句妙。

紀昀：與韋蘇州詩互看，唐、宋人相去遠矣。

舟中值雨裴刁二君見過

江上滰淒淒，天形接野低。岸痕生舊水，馬跡踏春泥。風急侵衣重，山昏卷幔迷。誰驚二客論，不愧巨源妻。

方回：此將赴雷上鹽稅，在京口作此。時聖俞先内謝氏無恙，殆在舟中聞二公語後，乃再娶刁氏。

馮班：用夫人作結，未好。

紀昀：末句太突。

次韻和景彝元夕雨晴

春雲收暮城，九陌灑然清。星出紫霄下，月從滄海明。車音還似晝，鼓響已知晴。靜閉衡門卧，無心學後生。

方回：「車音」、「鼓響」之聯妙甚。

紀昀：「下」字未妥。

感春之際以病止酒水丘有簡云時雨乍晴物景鮮麗疑未是止酒時因成短章奉答

東風固無迹，何處見春歸？土逐草心拆，雨兼花片飛。雖憐柔甲長，只恐艷條稀。君但惜晴景，休言止酒非。

紀昀：有作意而精氣不足。

韓子華約遊園上馬後雨作遂歸

誰約玩春物，狂風雲驟開。擺叢多落葉，蔽路足昏埃。逆上燕迎雨，將生鵝怕雷。嵇康今轉懶，騎馬半途回。

方回：三、四言大風，五、六言雨、言雷，皆工而新。

馮舒：第六句做詩説不到此。

紀昀：三句「擺叢」字鄙，五、六尤鄙。

集英殿賜百官宴以雨放

春來無點雨，三月始聞雷。曉殿鳴簷急，羣公罷食迴。燕迎風翅健，馬踏霧泥開。晚覺微陽透，飛光上緑槐。

方回：雨則罷宴，足考故事。

紀昀：無味。○「霧泥」二字生湊，「飛光」二字不妥。

雨中二首

張宛丘

手種堦前樹，今朝亦有花。春陰寒食節，陋巷逐臣家。欲酌消愁酒，先澆破睡茶。遊人歸踏雨，里巷晚諠譁。

方回：肥仙詩自然，楊誠齋之評不虚也。

紀昀：三、四好。○此首落到雨，次首乃説雨，章法不苟。

許印芳：「巷」字複。

節物即自好，客心何落然。早寒清野市，夜雨暗江天。破屋疎茅滴，空廚濕葦煙。政須一杯酒，相與度流年。

方回：第四句「夜雨暗江天」，待別本檢補。

紀昀：此評未詳，再校。

紀昀：太薄。

和應之細雨

朝煙和雨細，病眼暗難分。有潤物皆澤，無聲人不聞。緑連平野稼，翠雜亂山氛。晚霽復何有，飄飄神女雲。

方回：「有潤」、「無聲」之句，亞於老杜。

馮舒：老杜此等亦非佳處。

查慎行：三、四從少陵「潤物細無聲」一句脱化出來，亦猶寇萊公用韋蘇州「野渡無人舟自横」句化作「野水無人渡，孤舟盡日横」一聯也。然老杜字字有味，此如嚼蠟。

紀昀：衍爲十字，拙陋之極，何得云亞？

紀昀：「氛」字不妥，爲避下「雲」字耳。○結無意味。

寄無斁　　陳後山

敬問晁夫子，宫池幾許深？已應飛鳥下，復作卧龍吟。待我中痾愈，同君把臂臨。泥塗無去馬，夏木有來禽。

方回：晁無斁爲曹州教官，後山婦翁郭槩爲州守〔一〕，多唱和。後山五言律爲雨而作者選七首。自老杜後，始有後山，律詩往往精於山谷也。山谷弘大，而古詩尤高。後山嚴密，而律詩尤高。

馮舒：後山再起，吾亦不服。

馮班：結不佳。○律詩對結，初唐多如此。○後山不讀齊、梁詩，只學子美，所以不得法。子美體兼古人，黄、陳不知也。

紀昀：此詩亦老境，然無其骨力而效之，便作元、白滑調。○從老杜寄語楊員外一首脱出，亦覺太似。

暑　雨

密雨吹不斷，貧居常閉門。東溟容有限，西極更能存。東濕炊懸釜，翻床補壞垣。倒身無着處，呵手不成温。

馮舒：第三句不可解。

馮班：效杜之極，然未肖也。〇杜詩對結，是南北朝格法，須聲文俱盡始妙。後山自杜以上都不解，往往結不住。以爲學杜，正在皮膜之外也。

查慎行：第三出語難對。

紀昀：語皆過火。

夜雨

十月天猶雨，三更月失明。溟濛纔灑潤，點滴不成聲。闞户風煙入，投林鳥雀輕。强懷終易感，倏起别離情。

馮班：妙。〇「輕」字未穩。

紀昀：「輕」字不妥。

和寇十一同遊城南阻雨還登寺山

雨阻遊南步，泥留逐北情。稍看飛霧斷，復作遠山横。野闊膏新澤，樓明納晚晴。歸宜有佳思，紗帽壓香英。

方回：「膏」字、「納」字，詩眼極矣。

紀昀：「膏」字習字，且腐語，不及「納」字。

查慎行：第五句「闊」字似不如「潤」字與「膏新澤」有關會。

紀昀：起二句拙。

和寇十一雨後登樓

秀嶺歸雲裏，華譙夕照中。登臨終一作「初」。不數，吟嘯近多同。麥秀知春力，人和驗歲豐。預爲逃暑約，一快楚臺春。一作「風」。

紀昀：清穩而太無意味。

次韻夜雨

暗雨來何急，寒房客自醒。驟看燈閃閃，擬對竹青青。聲到江干失，風迴葉上聽。更長那得曉，欹側想儀刑。

紀昀：四句不了了，五、六有致，結趁韻。

和黄預久雨

甲子仍逢夏，連朝雨脚垂。黑雲玄甲駐，鐵騎冷官馳。映日還蒙霧，懸麻却散絲。頹牆通犬豕，破柱出蛟螭。野潤風光秀，凉生枕簟宜。撥雲開日月，噀水見虹霓。貧可留須捷，恩當記㕆㕙。蒼頭行冒雨，赤脚出衝泥。詩好聲生吻，書工手着胝。衰年得佳句，懷抱頓能移。

方回：「㕆㕙」一句，言雨中婦以門牡爲炊。攻苦食淡，異時不可忘也。揚雄方言：「南楚凡人貧衣被醜弊，謂之『須捷』，或曰『摟裂』。」此引用，言雨中解衣以供薪米之費也。

馮舒：「貧可」句太僻。

馮班：「須捷」，太僻。「㕆㕙」，太牽强。

查慎行：炊「㕆㕙」，用事費解，與「雨」無關。

紀昀：通體皆俗，後山不應至此。○「懸麻」句拙而雜，「頹墻」句俚，「野潤」二句不似久雨。

驟雨

唐子西

黑雲驚小市，白雨沸秋江。聲入家家樹，涼傳處處窗。亂流鳴決決，疊鼓鬧龐龐。蘋末清風起，斜陽覷海邦。

查慎行：「傳」字欠老，似不如「生」字佳。

紀昀：四疊字礙格，徒以衰颯見長，殊無可采。

江漲

秋來雨似澆，雨罷水如潮。市改依高岸，津喧救斷橋。雲陰哭鳩婦，池溢走魚苗。天意良難測，前時旱欲焦。

方回：工不可言，「市改」、「津喧」之聯尤精選。

紀昀：詩殊不佳，此評未是。

馮舒：新倩。

馮班：妙似唐人。

查慎行：第四生新，第六句確。

紀昀：首句俚，四句景真而語俚，結二句自可。

雨

陳簡齋

蕭蕭十日雨，穩送祝融歸。燕子今年別，梧桐昨夢非。一凉恩到骨，四壁事多違。衮衮繁華地，西風吹客衣。

方回：簡齋五言律爲雨而作者，選十九首。詩律精妙，上迫老杜，仰高鑽堅。世之斯文自命者，皆當在下風。後山之後，有此一人耳。

馮班：吾寧簡齋。

馮舒：第五亦宋句。

查慎行：詩學杜，中又自出手眼，言淺而意深。集中登選者甚多，無出此上者矣。

紀昀：「穩」字不佳，三、四妙在即離之間，「恩」字似新而俚。

連雨書事

九月逢連雨，蕭蕭穩送秋。龍公無乃倦，客子不勝愁。雲氣昏城壁，鐘聲咽寺樓。年年授衣節，牢落向他州。

紀昀：「穩送」二字究不佳，六句從工部「鐘鼓報新晴」意對面化出；「年年」二字不接五、六。

風伯方安卧，雲師亦少饕。氣連河漢潤，聲到竹松高。老雁猶貪去，寒蟬遂不號。相悲更相失，滿眼楚人騷。

紀昀：起二句太狰獰。四句勝三句。後四句悲壯。五句「貪」字不穩，而此聯句法亦複起二句。

寒入新篘價，連天兩眼愁。生涯赤藤杖，契分黑貂裘。烏鵲無言暮，蓬蒿滿意秋。同時不同味，世事極悠悠。

馮舒：下言秋，「貂裘」句覺太冷些。

紀昀：起句費解。五、六句有寄託。惜末句説破，較少味，渾之則更佳。○馮氏譏「貂裘」太早，然此不過借言客況耳，不必如此泥。

白菊生新紫，黄蕪失舊青。俱含歲晚恨，併入夜深聽。夢寐連蕭瑟，更籌亂晦冥。雲移過吴越，應爲洗餘醒。

方回：當是宣和庚子時。

紀昀：起四句沉着，結亦切實，亦闊遠。

許印芳：起二句新而不纖，且有寄託，故佳。

試院書懷

細讀平安字，愁邊失歲華。疎疎一簾雨，淡淡滿枝花。投老詩成癖，經春夢到家。茫然十年事，倚杖數棲鴉。

方回：雖止一句説雨，然雨與花作一串，以入「雨類」。漁隱叢話盛稱此聯。

紀昀：因一句及雨，便入「雨類」，恐當入者不止此矣。

紀昀：通體清老，結亦有味。

雨

沙岸殘春雨，茅簷古鎮官。一時花帶淚，萬里客憑欄。日晚薔薇重，樓高燕子寒。惜無陶謝手，盡日〔二〕破憂端。

紀昀：深穩而清切，簡齋完美之篇。

春雨

花盡春猶冷，羈心只自驚。孤鶯啼永晝，細雨濕高城。擾擾成何事，悠悠送此生。蛛絲閃夕霽，隨處有詩情。

紀昀：三、四不減隨州「柳色孤城裏，鶯聲細雨中」句。○結有閒致。若再承感慨説下，便入窠臼。

雨

忽忽忘年老，悠悠負日長。小詩妨學道，微雨好燒香。簷鵲移時立，庭梧滿意涼。此身南復北，髣髴是他鄉。

紀昀：詩亦閒淡有味。惟結處别化一意，與前六句不甚兜結。

岸幘

岸幘立清曉，山頭生薄陰。亂雲交翠壁，細雨濕青林。時改客心動，鳥啼春意深。窮鄉百不理，時得一閒吟。

紀昀：此有杜意。○五、六有味。

許印芳：「時」字複。

雨〔二〕

雲起谷全暗，雨晴山復明。青春望中色，白澗晚來聲。遠樹鳥羣集，高原人獨耕。老夫逃世日，堅坐聽陰晴。

紀昀：語不必奇，而清迥無甜熟之味。

許印芳：「晴」字複。

雨

霏霏三日雨，靄靄一園青。霧澤含元氣，風花過洞庭。地偏寒浩蕩，春半客跉竮。多少人間事，天涯醉又醒。

紀昀：三句笨而滯。○寒不可説「浩蕩」，結亦落套。

細雨

避寇煩三老，那知是勝遊。平湖受細雨，遠岸送輕舟。天地悲深阻，山川慰久留。參差發隣舫，未覺壯心休。

許印芳：此詩非詠細雨，蓋詩成之後，拈詩中「細雨」二字爲題耳。

紀昀：亦近杜。

晚晴野望

洞庭微雨後，涼氣入綸巾。水底歸雲亂，蘆藂返照新。遥汀横薄暮，獨鳥度長津。兵甲無歸日，江湖送老身。悠悠只倚杖，悄悄自傷神。天意蒼茫裏，村醪亦醉人。

方回：所圈句法，詩家高處。〔按：方回在「兵甲無歸日，江湖送老身」二句旁加密圈。〕

馮舒：此亦不減唐人。

紀昀：此首入之杜集，殆不可辨。○「兵甲」二句誠爲高唱。○結意沉摯。

許印芳：三、四與老杜七律「返照入江」一聯相犯，曉嵐偶失檢點，句皆作圈。獨於五句不作圈，蓋此句太空，且有滯相也。〔按：紀昀在第一、二、三、四、六句末尾一字旁加圈，在第七、八、十一、十二句旁加密圈，唯第五句末未加圈。〕○「歸」字複。

道中

雨勢收還急，溪流直又斜。迢迢傍山路，漠漠滿村花。破水雙鷗影，掀泥百草芽。川原有高下，隨處着人家。

馮舒：真不減原上新居。

紀昀：夷猶有致。

許印芳：製題非法，説見卷一孟襄陽詩題下。○尾聯襲用王半山「高下數家村」句，然亦不害其爲佳。

晚步

畎畝意不適，出門聊散憂。雨餘山欲近，春半水争流。衆籟夕還作，孤懷行轉幽。溪西篁竹亂，微徑雜歸牛。

紀昀：别有淡遠之意。

許印芳：三、四雋妙。

雨

雲物淡清曉，無風溪樹閒。柴門對急雨，壯觀滿空山。春發蒼茫内，鳥鳴篁竹間。兒童笑老子，衣濕不知還。

紀昀：四句鄙。○「發」字稍稚。

雨思

小閣當喬木，清溪抱竹林。寒聲日暮起，客思雨中深。行李妨幽事，闌干試獨臨。終然游子意，非復昔人心。〔一四〕

紀昀：亦閒雅。

雨中

北客霜侵鬢，南州雨送年。未聞兵革定，從使歲時遷。古澤生春靄，高空落暮鳶。山川含萬古，鬱鬱在樽前。
紀昀：此首近杜。意境深闊。妙是自運本色，不似古人。
許印芳：評語精妙。
許印芳：「古」字複。

雨後至江上有懷諸子

呂居仁

落日滿寒雨，長江收夕霏。定知聊復爾，敢望不相違。野鳥晴相喚，殘雲晚自飛。殷勤兩山口，好爲放朝暉。
查慎行：用成語須切貼，三、四不佳。
紀昀：三、四不佳，後半自好。

仲夏細雨

曾茶山

霢霂無人見，芭蕉報客聞。潤能添硯滴，細欲亂爐薰。竹樹驚秋半，衾裯惬夜分。何當一傾倒，趁取未歸雲。

方回：三、四已工。第六句「愜」字當屢鍛改，乃得此字。

紀昀：此字微妙，此評亦得其甘苦。

紀昀：反結「細」字。

憫　雨

梅子黄初徧，秧鍼緑未抽。若無三日雨，那復一年秋。薄晚看天意，今宵破客愁。不眠聽竹樹，還有好音不？

馮舒：淡老。

紀昀：語不必深，而纏綿篤至。

許印芳：「不」，韻。音浮，不複上文。

郡中吟懷玉山應真請雨未沾足

憫雨連三月，爲霖抵萬金。小垂開土手，足慰老農心。果欲千倉積，猶須一尺深。病夫渾不寢，危坐聽佳音。

方回：「千倉」、「一尺」對偶工。此乃熟讀杜詩，用其句，換一二字，聲響便不同也。

紀昀：此種議論，深悮後生。盜句换字，即爲善學老杜乎？

馮班：起句抄杜，可鄙。末句即前詩結語意。

查慎行：起二句亦杜詩口滑。

紀昀：此便不免傖氣。

苦雨

儘道迎梅雨，能無一日晴。窗昏愁細字，簷暗亂疎更。未怪蛙争席，真憂水冒城。何由收積潦，簫鼓賽西成。

方回：二首取一。前聯細密有味。

紀昀：亦是常語。

馮舒：「暗」如何亂更？

查慎行：「暗」字當作「響」字，方接「亂疎更」，語意細密。

晚雨

蕭瑟度横塘，霏微映繚墻。壓低塵不動，灑急土生香。聲入楸梧碎，清分枕簟涼。回頭忽陳迹，簷角掛斜陽。

方回：三、四新，尾句有變態。

紀昀：三句鄙。四句上二字與下三字不相融洽。尾句即簡齋「蛛絲閃夕霽」二句意，而説來警切過之。

夕雨

屣履行莎徑，移牀卧草亭。風聲雜溪瀨，雨氣挾龍腥。燁燁空中電，昏昏雲罅星。徂年又如許，吾鬢得長青？

陸貽典：第四句不如聖俞「飛雨帶龍腥」深厚。

查慎行：前詩「飛雨帶龍腥」，「飛」字、「帶」字意味無窮。此云「雨氣挾龍腥」便呆，豈此雨真有龍氣息耶？

紀昀：五、六率易，結太廓落。

秋雨排悶十韻

今夏久無雨，從秋却少晴。空濛迷遠望，蕭瑟送寒聲。衣潤香偏着，書蒸蠹欲生。壞簷聞瓦墮，漲水見堤平。溝溢池魚出，天低塞雁征。螢飛明暗廡，蛙鬧雜疎更。藥餌時須焙，舟閒任自橫。未憂荒楚菊，直恐敗吴秔。夜永燈相守，愁深酒細傾。浮雲會消散，鼓笛賽西成。

方回：圈點語，皆工。（案：方回於「衣潤香偏着，書蒸蠹欲生。」「溝溢池魚出。」「藥餌時須焙。」「未憂荒楚菊，直恐敗吴秔」諸句均加圈；「壞簷聞瓦墮，漲水見堤平。」「夜永燈相守」諸句均加點。）

紀昀：「未憂」二句詞意正大，從老杜「不愁巴道路，恐濕漢旌旗」化出，而不見奪胎之迹，此爲精於效古。虚谷置此不論，足徵所見之卑陋。

紀昀：此詩今載放翁集中，作茶山恐誤。

許印芳：作曾茶山詩，誤。〇「溝溢」六句，犯平頭病，不可學。

雨二首

秋冬久不雨，氣濁喜雲生。麥隴祟朝潤，茅簷徹夜聲。初來斷幽徑，漸密雜疎更。賴有墻陰薺，離離已可烹。

紀昀：次句拙滯。

薄晚初霑灑，清晨更慘悽。魚寒抛餌去，鴉濕就簷棲。幽澗濺濺溜，長堤淺淺泥。一杯持自賀，吾事在鋤犂。

紀昀：三句拙，四句好，五、六太易，七、八雖常意而愈於空結。

雨　夜

一雨遂通夕，安眠失百憂。窗扉淡欲曉，枕簟冷生秋。畫燭争棊道，金樽數酒籌。依然錦城夢，忘却在南州。

方回：起句健，後四句又豪放。

紀昀：五、六所謂錦城夢也。

雨多極涼冷　韓仲止

焉知三伏雨，已作九秋風。木葉涼應脱，禾苗潤必豐。地偏山吐月，橋斷水浮空。雞犬隣家外，魚蝦小市中。

方回：自然而古峭。

紀昀：以詞氣論之，筆自簡潔。

馮舒：此等結法，宋以下多有之，如「誰家蕩舟妾？何處織縑人」是也。

紀昀：「禾苗」句凡近。後四句太脱本位。雖詩家題目原在即離之間，而前半既從本位説入，後半不應另寫別景。

晚雨可愛

燈火涼秋夜，空山雨到簷。吹聲初甚少，落勢近頻添。籬菊叢叢潤，畦蔬種種沾。沉思仍靜聽，香鼎伴書籤。

方回：三、四奇雅。

紀昀：三句笨甚，五、六敷衍少味。

聞雨涼意可掬

秋聲連夜起，秋意雨來時。睡覺風生屋，涼須水到池。交游稀自好，出入嬾方宜。只被章泉誤，書題又寄詩。

方回：五、六説雨中閒人，情味好。惜知此者鮮矣。

紀昀：四句不了了。七、八惡劣，殆近打油。

連雨

趙昌父

夜窗連曉枕，城郭與山林。旱苦七八月，雨欣三日霖。殊勝建武穀，更念櫟陽金。斗食端何直，胡爲久滯淫？

方回：此用孟子、左氏二語爲三、四句。似不齊整，亦有道理。五、六用事不俗。

馮舒：六句用得無謂。

紀昀：有何道理？

紀昀：通體陋。

雨望偶題

漠漠青山雨，霏霏白露煙。詩才來遠近，畫幅極中邊。流落雖天外，登臨賴目前。浮生才幾日，此地欲三年。

方回：三、四妙，五、六慷慨，尾句太迫後山。然詩格高峭，不妨相犯。

紀昀：三、四拙甚，五、六亦滑調。

雨中不出呈斯遠兼示成甫

湖外頻年客，江東邇日歸。欲知年事迫，看取鬢毛非。寄意雖梅柳，關心在蕨薇。今予倒芒屨，須子叩柴扉。

方回：此等詩，老杜、後山之苗裔歟？

紀昀：體格略似後山，老杜則遠。

紀昀：六句用蕨薇事，如宋亡以後則可。結句太突出。○聞扣扉而倒屨可也，先倒屨以須其扣扉，殊非事理。

七言 四十首

江雨有懷鄭典設

杜工部

春雨闇闇塞峽中，早晚來自楚王宮。亂波紛披已打岸，弱雲狼籍不禁風。寵光蕙葉與多碧，點注桃花舒小紅。谷口子真正憶汝，岸高瀼滑〔一五〕限西東。

馮舒：看到黄、陳，則少陵此等詩亦姑舍是。

紀昀：拗而不健，但覺庸沓。老杜亦有不得手詩，勿一例循聲贊頌。〇五句太支湊，末句亦不成語。

許印芳：「禁」，平聲。前半不黏。

雨不絶

鳴雨既過漸細微〔一六〕，映空摇颺如絲飛。堦前短草泥不亂〔一七〕，院裏長條風乍稀。舞石旋應將乳子，行雲莫自濕仙衣。眼邊江舸何匆遽〔一八〕？未得〔一九〕安流逆浪歸。

方回：湘川記：「零陵有石燕，雨過飛如燕子。」

查慎行：上四句，讀其詩，若人人意中有此景，却何人能道得隻字。

何義門：第五諧得妙。

紀昀：亦不甚佳，較前篇氣機健耳。〇六句有情。

許印芳：「過」，平聲。「颺」，去聲。「應」，平聲。〇以上四章皆拗體。此章前半拗，後半不拗，通體相黏。與前三章不同。

崔評事弟許相迎不到應慮老夫見泥雨怯出必愆佳期走筆戲簡

江閣邀賓許馬迎，午時起坐自天明。浮雲不負青春色，細雨何辜白帝城。身過花間沾濕好，醉於馬上往來輕。虛疑皓首衝泥怯，實少銀鞍傍險行。

方回：唯醉人乘馬，輕捷無苦辛顛頓之態。雖戲皆真實語。

紀昀：此因莊子墜車不傷之説而反附會之。不知少陵乃戲語掉筆，如此坐煞，反固。以例推之，則沾泥果好乎？

何義門：次句，「不到」。第三句，愆期在崔。第五句，何但不怯而已。

紀昀：此只代簡，不以詩論，題自明。

即　事

暮春三月巫峽長，皛皛行雲浮日光。雷聲忽送千峯雨，花氣渾如百和香。黄鶯過水翻迴去，燕子啣泥濕不妨。飛閣捲簾圖畫裏，虛無只少對瀟湘。

方回：三、四必先得之句。其體又自不同。亦是一法。

紀昀：此總以後人裝頭綴尾之法揣量古人。

何義門：妙在一氣。

紀昀：此篇人所熟頌，然實未佳。

許印芳：「渾」，平聲。「和」，去聲。前三聯不黏。○三、四實佳，此評太刻。起句是拗調，餘皆平調。

苦雨悶悶對酒偶吟　白樂天

淒淒久雨暗銅駝，嫋嫋涼風起漕河。自夏及秋晴日少，從朝至暮悶時多。鷺臨池立窺魚笱，隼傍林飛拂雀羅。賴有杯中神聖物，百憂無奈十分何。

方回：樂天詩多近人情，三、四是也。

紀昀：鄙俚處，即在近情處。

秋夕閒居對雨贈別盧七侍御坦　竇牟

燕燕辭巢蟬蛻枝，窮居積雨壞藩籬。夜長簷溜寒無寐，日晏廚煙濕未炊。悟主一言那可學，從軍五首〔二〇〕竟徒爲。故人驄馬朝天去，洛下秋聲恐要知。

方回：五寶連珠集，嚴陵郡齋有之。劉後村詩話云：「未見。」士大夫藏，未必皆是也〔二〕。

許印芳：語語切實，無空滑病。後半筆意不平，尤有深味。○「那」，平聲。○竇牟，字貽周，扶風人，叔向次子，官司業。○叔向有詩名，五子常、牟、羣、庠、鞏皆工詩，有聯珠集，共百首，時稱其昆季若五星云。

賦得秋雨

晏元獻

點滴行雲覆苑牆，飄蕭微影度迴塘。秦聲未覺朱絃潤，楚夢先知薤葉凉。野水有波增澮碧，霜林無韻濕疎黄。螢稀燕寂高窗暮，正是西風玉漏長。

方回：此亦「崑體」。蓋當時相尚如此。

馮班：「崑體」。

陸貽典：如此宋詩，猶見先代典型。

查慎行：「疎黄」二字太生。

紀昀：通首學義山逼真。結句雖太迫義山「秋霖腹疾俱難遣，萬里西風夜正長」意，而意境自佳。○「崑體」有意味者原佳，惟一種厚粉濃朱但砌典故者可厭。

有美堂暴雨

蘇東坡

游人脚底一聲雷，滿坐頑雲撥不開。天外黑風吹海立〔三〕，浙東飛雨過江來。十分瀲灩金樽凸，千丈〔三〕敲鏗羯鼓催。喚起謫仙泉灑面，倒傾鮫室瀉瓊瑰。

方回：老杜朝獻太清宫賦：「九天之雲下垂，四海之水皆立。」本是奇語。摘「海立」二字用之，自東坡始。此聯壯哉！

馮班：大手。○如此才力，何必唐詩？

查慎行：通首都是摹寫暴雨，章法亦奇。

何義門：寫雨勢之暴，不嫌其險。

紀昀：純以氣勝。

和魏道輔雨中見示

王平甫

移病慞慞久雨中，鳴騶時聽六街龍。忽吟佳客詩消暑，遠勝前人檄愈風。海運我殊慚斥鷃，陸沉君合伴翔鴻。更酬珠玉思談笑，裹飯何須厭屢空。

方回：三、四詩話所稱。

紀昀：平沓之筆，三、四亦非佳句。○「六街龍」，未詳。

雨意

柱礎霑濡雨意成，翾翾鳥雀隔簾鳴。侵尋爽氣來欹枕，想像滄波去濯纓。已識古今無得喪，直須彼我不將迎。齴然一笑呼歸騎，聊更飛毫戲友生。

方回：「齴」，丑理、丑忍二切。「齴然」，笑貌。

紀昀：前半寫得「意」字出，「想像」句對法活變，五、六頹唐，結亦太寬漫。

雨餘

雨餘宮闕映秋旻，漠漠槐花水上新。夜有蝭蟧催節物，朝無沆瀣助精神。形如槁木聊依世，名若浮煙底徇人。莫笑長吟銷短景，故園回首隔參辰。

方回：「蝭蟧」，蟬也。下，力么切。

馮舒：「形如」句懈甚。

紀昀：亦庸近。○第四句笨。

得雨

青天赤日水如湯，車馬飛塵百尺長。望歲人人憂旱魃，舞雩旦旦待商羊。清衷愛物回天鑒，膏澤乘時助歲穰。自有股肱歌盛德，芻蕘誰敢僭揄揚？

方回：平甫詩，多豪健富麗。然此三首，前二首頗悲感；後一首前聯佳，尾句未稱。

紀昀：前聯殊平平。〇落句感慨深矣。此等處虚谷不知。

次韻張昌言給事喜雨

黄山谷

三雨全清六合塵，詩翁喜雨句凌雲。垤漂戰蟻餘追北，柱繫乖龍有裂文。減去鮮肥憂主食，偏宗河嶽起爐熏。聖功惠我豐年食，未有涓埃可報君。

方回：「文」字韻難押，想費思索得之。

紀昀：究竟牽强。

馮舒：不好不好，只是不好。不愛不愛，只是不愛。此人出詩獄，我入詩獄。

紀昀：爲韻所牽，不見涪翁力量。〇「三雨」二字生，「句凌雲」三字湊。

自巴陵略平江臨湘入通城無日不雨至黄龍謁清禪師繼而晚晴

山行十日雨霑衣，幕阜峰前對落暉。野水自添田水滿，晴鳩更唤雨鳩歸。靈源大士人天眼，雙塔老師諸佛機。白髮蒼頭重到此，問君還是昔人非？

方回：元題下云：「解后禪客戴道純歎雨，作長句呈道純、靈源大士。」即黄龍清禪師也。其師曰晦堂心禪師飛，心禪師藏骨之所曰雙塔；皆山谷平生禪友也。梅聖俞詩云：「高田水入低田流。」此云：「野水自添田水滿。」尤妙。或問劉夢得一詩用兩「高」字，東坡一詩用兩「耳」字，皆以義不同。今此乃用兩「雨」字何也？老杜「江閣邀賓許馬迎」，又云「醉於馬上往來輕」，此亦有例。張文潛詩多重叠用字，朱文公語録道破，亦不以爲病。然後學却合點檢，必老成而後用此例可也。

馮舒：性情所至，偶重一字何妨？不必引例也。

紀昀：究是一病，語録之説不足據。

馮舒：結句都無收煞。

紀昀：題太累贅，詩遂不能理清頭緒。○三、四偶然得之，亦好。有意效之，便成惡劫。工部「桃花」、「黄鳥」一聯，原非佳處。

次韻何子温祈晴

陳後山

九虎當關信不傳，燒香纔上已回天。驅除霧雨還朝日，畜縮濤波復二川。奪日光華開秀句，堆場藁秸驗豐年。從今更上中和頌，少費將軍九萬牋。

方回：何琬，字子温，處州人。蘇、黄深交。何丞相執中、何澹參政，皆其後也。王右軍爲會稽内史，謝公乞牋紙，庫中九萬悉與之。

馮班：不能捉筆。○「九萬牋」事，用既無謂，又不成語，用得無理，凑句也。

紀昀：夾雜生硬，殊爲不佳。

憫雨

唐子西

老楚能令畏壘豐，此身翻累越人窮。至今無奈曾孫稼，幾度虚占少女風。兹事會須星有好，他時曾厭雨其濛。山中賴是萊糧足，不向諸侯託寓公。

方回：莊子庚桑楚第二十三：「老聃之後有庚桑楚者，北居畏壘之山。居三年，畏壘大壤。」注本又作「穰」。廣雅云：「豐也。」子西時謫惠州，謂庚桑楚居畏壘之山，能令豐穰。惠州人以我之故，而至於不雨以窮耶？善用事。「曾孫稼」、「少女風」、「星有好」、「雨其濛」，又用四事。如此加以斡旋爲句，而委曲妥帖，不止工而已也。尾句尤高妙。「畏」音猥，「壘」音磊。

馮班：古人用事之法不如此，但讀即解，不煩更僕。○用事無六朝、唐人規格，愈工愈新，詩調愈下。

馮舒：亦「江西」語，雖巧對，吾不愛。

馮班：宋人惡四六氣。○此晚宋惡詩。○五句宋句，可厭。六句惡湊。○「雨」字犯諱，中聯不得以題中字對別字。

紀昀：又是一種。偶然見之亦可，專工此種則細碎。又出「崑體」下。○「老楚」二字生造。

夜雨

陳簡齋

經歲柴門百事乖，此身真合卧蒼苔。蟬聲未足秋風起，木葉俱鳴夜雨來。棋局可觀浮世理，燈花應爲好詩開。獨無宋玉悲秋念，但喜新涼入酒杯。

馮班：起結不相應。

紀昀：風格自好。○詩固不必句句抱題，然如此五、六，亦太脱。棋局外添一層，更爲迂遠。○第七句笨。

雨晴

天缺西南江面清，纖雲不動小灘横。牆頭語鵲衣猶濕，樓外殘雷氣未平。盡取微凉供穩睡，急搜奇句報新晴。今宵絶勝〔三〕無人共，卧看星河盡意明。

馮舒：寧取簡齋。

紀昀：三、四眼前景，而寫來新警。

許印芳：「盡」字複。〇眼前真景，道來便佳，然須古人未道者方可謂之新。取徑新矣，又須看措語如何。措語不工，終不警策。「新警」二字，未易言也。

雨中對酒庭下海棠經雨不謝

巴陵二月客添衣，草草杯觴恨醉遲。燕子不禁連夜雨，海棠猶待老夫詩。天翻地覆傷春色，齒豁頭童祝聖時。白竹籬前湖水闊，茫茫身世兩堪悲。

馮舒：第四句不好。

馮班：第四句厭。

紀昀：意境深闊。〇題外「燕子」，對題内「海棠」，不覺添出，用筆靈妙。〇此南渡後詩，故有

「天翻地覆」四字。

無名氏（甲）：巴陵即岳州。

許印芳：旁及「燕子」，而措語撇得開，只算請一陪客，故不覺其添出。○「禁」，平聲，耐也。首句借韻。

立春雨

衡山縣下春日雨，遠映青山絲樣斜。容易江邊欺客袂，分明沙際濕年華。竹林路隔生新水，古渡船空集亂鴉。未暇獨憂巾一角，西溪當有續開花。

紀昀：亦有姿致，然非高作。○「絲樣斜」三字欠雅。

觀雨

山客龍鍾不解耕，開軒危坐看陰晴。前江後嶺通雲氣，萬壑千林送雨聲。梅壓竹枝低復舉，風吹山角晦還明。不嫌屋漏無乾處，正要羣龍洗甲兵。

紀昀：前六句猶是常語，結二句自見身分。

許印芳：結語用老杜「牀頭屋漏無乾處」及洗兵馬詩意。大處落墨，固見作家身分。中四句筆力雄健，五、六尤新。曉嵐以爲常語，何其刻也？○首聯叫起後文，次聯承上「陰」字，寫雨來是從寬處寫。三聯承上「晴」字，寫雨止，是從窄處寫。而第五句跟四句「千林」來，第六句跟三句「後嶺」來，此兩聯寫雨十分酣足。尾聯恰好結出洗兵，而屋漏句應起處坐軒。洗兵句應起處不解耕，言意不在灌田，而在洗兵也。「羣龍」二字收三、四句，連五、六句包在內。前三聯歸宿在結句中，滴水不漏。全詩法脈大概如此，其餘鍊字、鍊句、鍊氣、鍊筆，又當別論。凡名家好詩，處處藏機法，字字有着落。學者細心尋繹，自能領悟。舉一詩而他詩可以隅反矣。○「山」字、「不」字、「龍」字俱複。

觀江漲

漲江臨眺足銷憂，倚杖江邊地欲浮。疊浪併翻孤日去，兩津橫捲半天流。黿鼉雜怒爭新穴，鷗鷺驚飛失故洲。可爲一官妨快意，眼中唯覺欠扁舟。

方回：江非雨不漲，故附於此。

馮班：無謂。

紀昀：如此推求，應附者多矣。

紀昀：雄闊稱題。

許印芳：中四句全寓宋家南渡之感，六句喻清流失所，結語緊跟此句説。凡結聯固要收拾通篇，尤宜緊跟五、六句來，或單跟第六句來。如此則氣脈聯貫，神不外散。此是律詩定法，初學宜知之。

雨後至城外

呂居仁

日日思歸未就歸，只今行露已沾衣。江村過雨蓬麻亂，野水連天鸛鶴飛。塵務却嫌經意少，故人新更得書稀。鹿門縱隱猶多事，苦向人前説是非。

紀昀：呂公難得此深穩之作。○三、四清遠，七、八沈着，此居仁最雅潔之作。

無名氏（甲）：鹿門，司馬徽、龐德公隱處，而伏龍、鳳雛於此著見，所謂人間是非也。

許印芳：「人」字複。○虛谷原選此詩重出，故紀批有二條。

苦　雨

雨添東澗連西澗，雲斷前山起後山。野水到門人去盡，昏煙迷樹鳥飛還。江天日月渾無色，客路風埃只强顔。舞石至今隨燕乳，裁詩不復哭龍慳。

紀昀：三、四可觀，七、八不成語。

柳州開元寺夏雨

風雨條條似晚秋，鴉歸門掩伴僧幽。雲深不見千巖秀，水漲初聞萬壑流。鐘喚夢回空悵望，人傳書至竟沉浮。面如田字非吾相，莫羨班超封列侯。

方回：「萬壑流」，刊本誤作「留」，予爲改定。「人傳書至竟沉浮」句，絶佳。末句乃是避地嶺外，聞將相驟貴者，亦老杜「秦蜀、湖湘」之意也。居仁在「江西派」中，最爲流動而不滯者，故其詩多活。

馮班：第七句「江西」字樣。

查慎行：第六句題外見作意。

紀昀：五、六深至，不似「江西派」語。

乙卯歲江南大旱七月六日臨川得雨奉呈仲高侍御

曾茶山

縹緲爐煙上帝閽，朝來一洗旱如焚。壠頭無復成龜兆，水面初看起縠紋。政使夏畦炊白玉，未妨秋稼刈黄雲。使君憫雨心猶在，化得邦人不茹葷。

方回：元注：「時屢禁屠宰。」乙卯，紹興五年也，茶山五十二歲。甲子生。

紀昀：三句笨，五句亦笨，結句打油。

自七月二十五日大雨三日秋苗以蘇喜雨〔二五〕有作

一夕驕陽轉作霖，夢回涼冷潤衣襟。不愁屋漏牀牀濕，且喜溪流岸岸深。千里稻花應秀色，五更桐葉最知音。無田似我猶欣舞，何況田家望歲心。

方回：三、四已佳。五、六又下得「應」字、「最」字，有精神。

馮舒：腹聯流便。

馮班：第二句好。

查慎行：三、四俱用杜詩作對。

紀昀：精神飽滿，一結尤完足酣暢。

次韻德翁苦雨

尤延之

十年江國水如淫，怕見三秋雨作霖。可念田家妨卒歲，須煩風伯蕩層陰。禾頭昨夜憂生耳，木德何時却守心。兀坐書窗詩作祟，寒蟲嗚咽伴愁吟。

方回：苦雨誰不能和？「禾頭生耳」，本是俗語，忽用「木德守心」爲對，則奇之又奇，前無古人矣。天文録曰：「歲星留心，天下大豐，穀賤。」天文總論曰：「歲星經心，帝必延年。」陶隱居曰：「歲星守心，天下吉善。」甘德曰：「歲星守心，天下大豐。」孝經援神契曰：「歲星守心，年穀豐。」傳曰：「心三星，天王之正位：中星爲明堂天子位，前星爲太子，後星爲庶子。歲星者，東方星，屬春木，於五常爲仁，主福，主大司農，司主五穀，所在之宿主其國壽昌富樂。心爲天子之位，而木德守之，天下之福，不止歲豐而已。」尤遂初押韻用事，神妙如此，敬歎敬歎。

馮舒：亦是宋對耳，總之不得古人用事法。

紀昀：「水如淫」三字不妥。○五、六用事自工。○「詩作祟」三字亦不雅。

臨安春雨初霽

陸放翁

世味年來薄似紗，誰令騎馬客京華？小樓一夜聽春雨，深巷明朝賣杏花。矮紙斜行閒作草，晴窗細乳戲分茶。素衣莫一作「又」。起風塵歎，猶及清明可到家。

方回：據劍南集編在嚴州朝辭時所作，翁年六十二歲。劉後村詩話乃謂妙年行都所賦，思陵賞音，恐誤，當考。

馮舒：光景氣韻，必非少年作。

查慎行：五、六湊泊，與前後不稱。

紀昀：格調殊卑，人以諧俗而誦之。

秋　雨

㶉曲高秋一草亭，雨來迫我醉初醒。豪呑平野宜閒望，亟打虛窗入靜聽。沙上濕雲號斷雁，籬根衰草綴孤螢。老人嬾復親燈火，卧看爐香掩素屏。

紀昀：「豪呑」二字不雅。

秋雨北榭作

秋風吹雨到江濆，小閣疎簾晚色分。津吏報增三尺水，山僧歸入萬重雲。飄零露井無桐葉，斷續煙汀有雁羣。了却文書早尋睡，簷聲偏愛枕間聞。

方回：此嚴陵郡圃也。三、四極工而活。

紀昀：亦是平調。此近人所學之劍南詩也。

春　雨

倚欄正爾愛斜陽，細雨霏霏度野塘。本爲柳枝留淺色，却教梅蘂洗幽香。小沾蝶粉初何惜，暫濕鶯身亦未妨。造化無心能徧物，憑誰問與問東皇？

方回：於梅、柳、蝶、鶯四物形容雨意，亦細潤。

紀昀：未免凡近。

雨

家近蓬萊白玉京，草堂登望不勝清。初驚野色昏昏至，已見波紋細細生。殘醉頓消迎亂點，微吟漸一作「苦」。覺入寒聲。只愁今夕虛簷滴，又對青燈夢不成。

方回：工而潤，亦如小雨云。

紀昀：空運，却佳。

許印芳：「不」字複。

久雨

梅天一日幾陰晴，對酒無聊醉不成。巧曆莫能知雨點，孤桐那解瀉溪聲。林深鳥雀來無數，草茂鋤耰去即生。明日雲開天萬里，御風吾欲到青城。

方回：三、四奇崛。

紀昀：三句拙而陋，五、六亦俚。

小雨初霽

歸來偶似老淵明，消渴誰憐病長卿？小雨染成芳草色，好風吹斷畫簷聲。剪燈院落晨猶冷，賣酒樓臺晚放晴。莫道此翁游興嬾，蘭亭蕭寺已關情。

紀昀：純用平調，效之易入空腔。

雨中聞伯恭至湖上

韓南澗

莫嫌鞭馬踏春泥，茶鼎詩囊偶共攜。山色雨深看更好，湖光煙接望還迷。連天花絮飛將盡，夾道蒲荷長欲齊。官事得閒須洗眼，蓬壺只在帝城西。

方回：韓南澗名無咎，字元吉，即吕成公伯恭，其壻也。〔案：應作名元吉，字無咎。吕祖謙謚成，其壻。〕

紀昀：吕成公之婦翁與詩何涉？總是門户之見。

馮舒：第三句匆匆亦自看過，細思之，雨若深則山必迷而不可見，何有於山色？余至山中，每雨甚則對面且不見也。

淇：若遠山則雨中必迷，近山積雨，略無烟嵐障蔽，山色實自清朗，默庵豈未見之耶？

紀昀：圓熟而平。

記建安大水

孤城雨脚暮雲平，不覺魚龍自滿庭。託命已甘同木偶，置身端亦似羸瓶。浮家却羨鴟夷子，弄月常憂太白星。當日乘槎便仙去，故人應在曲江靈。

方回：元注：「紹興甲子寓建安，夏大水，舉家蕩覆，騎危僅脱，作此自咭。癸巳將命過高郵，遇杜受言猶子鏗，録以見示。受言時提舉茶事，募人拯予者也。」詩中四句用事俱勝。

馮班：李太白如何添上「星」字？小説家雖有長庚入夢之説，然不可竟謂爲星也。

紀昀：中四句平頭，礙格。六句拙。末句「靈」字不妥。

無名氏（甲）：建安，福建建寧府。

晚晴

趙章泉

殘風落日蟬亂鳴，細履小園欣晚晴。投林倦鳥分暝色，滿地落葉無秋聲。衛尉一錢曾不直，阮郎幾屐畢平生。三十六中第一策，脱却世故甘傭耕。

方回：聱牙細潤，「吴體」也。讀至尾句〔二六〕，乃與山谷逼真。此章泉學詩妙言〔二七〕也。

馮舒：學得像何用？

紀昀：四句「無秋聲」三字究不妥，秋聲不必定在落葉。五句太突，後半氣亦太囂。

無名氏（甲）：衛尉程不識，人輕之，謂不值一錢。阮孚蠟屐，謂此生不知着幾兩屐。

二月十日喜雨呈李純教授去非尉曹

滄浪一夜起鳴雷，雨陣因之續續來。所病農家成久旱，未論花事有新開。書生狂妄常憂國，聖代飄零豈棄才？儒館尉曹俱國士，好爲詩賦詠康哉。

方回：三、四奇瘦，五、六古典。此公詩惟有骨，全無肉。

馮舒：虚字可厭。

紀昀：次句「因之」二字不佳，五句深微，六句斡轉有力。○前後意似不相屬，然三、四句已透到憂國之意。五、六申明己之不合時宜。七、八戲以迎合時局勉二人，純是寓憤之作，以喜雨爲題耳。此在當日必有本事。

雨後呈斯遠

已是霜凝更雨濕，春其漸起但無痕。莫嗟草色有垂死，定有梅花當返魂。小駐要須窮日日，細尋無惜遍村村。揩摩病眼從兹始，併待君詩洗睡昏。

方回：章泉愛用虚字拗斡，不專以爲眼也。如「春其漸起但無痕」，所用「其」字是矣，此句甚妙。「草色垂死」、「梅花返魂」，小民之幸，君子之福，深可雋味。「日日」、「村村」一聯亦不苟，勁瘦枯淡。

馮班：古人之言也，恨二語拙。

查慎行：明季鍾、譚論詩，坐此雲霧。

紀昀：此種虚字純是宋人習氣，不可爲法。

馮班：「無痕」字妙。「其」字、「但」字太拙。

紀昀：三句不雅，亦拙笨。「洗睡昏」三字不佳。

校勘記

〔一〕欲燃　李光垣：「然」訛「燃」。〔二〕五陵道　李光垣：「巴」訛「五」，「雨」訛「道」。

〔三〕獨逢　李光垣：「仍」訛「獨」。〔四〕斜景迥　李光垣：「遍」訛「迥」。〔五〕雨

晴　馮班：「晴」一作「時」。　〔六〕自可添　馮班：「自可」一作「可自」。　〔七〕曉聽　按：「曉」字原作墨釘，據康熙五十二年本、紀昀刊誤本校補。　〔八〕喻皃　李光垣：「皃」原訛作「亮」。　〔九〕對食　馮班：「對」一作「退」。　〔一〇〕啓關　馮班：「啓」一作「起」，非。　〔一一〕州守　按：「守」字原缺，據康熙五十二年本、紀昀刊誤本校補。

〔一二〕盡日　許印芳：「日」當作「力」。　〔一三〕雨　許印芳：「雨」下當有「後作」二字。

〔一四〕人心　紀昀：「人」字似當作「年」字，再校。　〔一五〕瀼滑　馮班：「滑」當作「潤」。

〔一六〕漸細微　馮班：「漸細」一作「細雨」。　〔一七〕不亂　李光垣：「爛」訛「亂」。

〔一八〕匆遽　馮班：「遽」一作「促」。　〔一九〕未得　馮班：「得」一作「待」。　〔二〇〕五首　按：「首」原作「伯」。　紀昀：「五首」，唐詩鼓吹作「五百」。「從軍五首」用王仲宣事。「五百」別無出處，應從此本。　〔二一〕紀昀：「士大夫」句有誤字，再校。　〔二二〕吹海立　馮班：「如」一作「摘」。　〔二三〕千丈　查慎行、李光垣：「丈」當作「杖」。　〔二四〕絶勝　許印芳：一作「勝絶」。　〔二五〕喜雨　許印芳：「喜」當作「而」。　〔二六〕讀至　馮班：「讀」字上脱「自首」二字。　〔二七〕妙言　李光垣：「言」字誤，或是「旨」字。

瀛奎律髓彙評卷之十八　茶類

茶之興味，自唐陸羽始。今天下無貴賤，不可一餉不啜茶。且其榷與鹽、酒並爲國利，而士大夫尤嗜其品之高者。盧仝一歌至飲七椀，以奇語豪思發茶之神工妙用。然「首閲月團三百片」，則必不精；達官送一處士茶，雖佳，亦不至如是之多。啜茶者，皆是也，知茶之味者亦鮮矣。

紀昀：似當作「茶味之興」，否則衍一「味」字。○此序直是茶論，非論詩。辨盧仝詩句殊無謂，「其榷」句説到國利，尤無涉。

五言　十三首

送陸羽　皇甫曾

千峰待逋客，香茗復叢生。採摘知深處，煙霞羨獨行。幽期山寺遠，野飯石泉清。寂寂燃燈夜，相思磬一聲。

方回：茶之盛行，自陸羽始，止是碾磑茶耳，其妙處在於別水味。盧仝所謂「首閲月團三百片」，恐團茶不應如是之多，多則必不精也。今則江茶最富，爲末茶；湖南、西川、江東、浙西爲芽茶、青茶、烏茶；惟建寧甲天下，爲餅茶；廣西修江亦有片茶，雙井、蒙頂、顧渚、婺源，一時不可卒數。南人一日之間不可無數杯，北人和揉酥酪雜物，蜀人又特入白土，皆古之所無有也。羽死，號爲茶神，故取此一首爲茶詩之冠。

何義門：自然。

紀昀：雖非高格，不失雅音。

無名氏（甲）：凡用碾羅者俱作團茶，近來則芽片爲多也。

故人寄茶

曹鄴

劍外九華英，緘題下玉京。開時微月上，碾處亂泉聲。半夜招僧至，孤吟對月烹。碧沉霞脚碎，香泛乳花輕。六府睡神去，數朝詩思清。月餘不敢費，留伴肘書行。

方回：「睡神」、「詩思」之聯，極切於茶。

紀昀：切而不雅，無貴於切。

紀昀：體格頗卑，後四句尤拙鄙。○凡三複「月」字。

煎茶

丁晉公

開緘試雨前，須汲遠山泉。自繞風爐立，誰聽石碾眠。細微緣入麝，猛沸恰如蟬。羅細烹還好，鐺新味更全。花隨僧箸破，雲逐客甌圓。痛惜藏書篋，堅留待雪天。睡醒思滿啜，吟困憶重煎。祇此消塵慮，何須作酒仙。

方回：堅留佳茗以待雪天，此一句無人曾道。尾句却説不須飲酒，乃常例也。

紀昀：細碎敷衍，未見佳處。○「痛」字不雅。

閤門水

梅聖俞

元注：「朝堂。嘉祐元年九月九日宿齋，歐陽永叔、張叔之、孫之翰會賦。」

宮井固非一，獨傳甘與清。釀成光禄酒，調作太官羹。上舍銀瓶貯，齋廬玉茗烹。相如方病渴，空聽轆轤聲。

方回：此山谷詩所謂「閤門水不落第二，竟陵谷簾定誤書」者也。專宜煎茶，故附之「茶類」中。

馮班：詠水，究非「茶類」。

陸貽典：形容亦甚周匝。

紀昀：淺薄無味。

吴正仲遺新茶

十片建溪春，乾雲碾作塵。天王初受貢，楚客已烹新。漏泄關山吏，悲哀草土臣。捧之何敢啜，聊跪北堂親。

方回：三、四即盧仝「至尊之餘合王公，何事便到山人家」也。此詩聖俞五十二居母憂時作，所以用「悲哀草土臣」、「聊跪北堂親」，乃奠酹之意也。

紀昀：後四句不成語，「聊跪」二字不妥。

穎公遺碧霄峰茗

到山春已晚，何更有新茶。峰頂應多雨，天寒始發芽。採時林狖静，烹處石泉嘉〔二〕。持作衣囊秘，分來五柳家。

方回：中四句精工不可言。

紀昀：起四句有致，後半平平，結尤少力。○「嘉」字腐，必是依唐韻用「佳」字，後來傳刻，爲不學者據當時新韻改之，下首「嘉」字亦同。

建溪新茗

南國溪陰暖，先春發茗芽。採從青竹籠，蒸自白雲家。粟粒烹甌起，龍文御餅嘉〔二〕。過兹安得此，一作「比」。顧渚不須誇。

方回：斋雲龍小餅，先朝以爲近臣之異賜。建茶爲天下第一，廣西修江胯茶次之。南渡後，宫禁嬪御日所飲用，即此品。胯茶修四寸，博三寸許。人亦罕有，芽茶則多品矣。

紀昀：第七句拙。

茶磨

楚匠斫山骨，折檀爲轉臍。乾坤人力内，日月蟻行迷。吐雪誇春茗，堆雲憶舊溪。北歸惟此急，藥臼不須齎。

方回：仕宦而攜茶磨，其石不輕，亦一癖也。寧不攜藥臼而攜此物，可謂嗜茶之至者。

陸貽典：「乾坤」、「日月」句太腐。「舊溪」自宜對「新茗」，何得改「春」字？

紀昀：次句鄙，三、四用磨事牽湊夾雜，結處襯托好。

建茶呈使君學士　李虛己

石乳標奇品，瓊英碾細文。試將梁苑雪，煎動建溪雲。清味通宵在，餘香隔坐聞。遥思摘山日，龍焙未春分。

方回：八句佳，三、四「崑體」也。凡「崑體」，必於一物之上，入故事、人名、年代，及金、玉、錦、繡等以實之。

紀昀：清妥而太淺薄。○玩第三句，未知作詩時果在梁苑否？若泛用則不妥。

謝人送壑源絶品云九重所賜也　曾茶山

三伏汗如雨，終朝霑我裳。誰分金掌露？來作玉溪凉。别甑軟炊飯，小爐深炷香。麯生何等物，不與汝同鄉。

方回：元注：「别甑炊香飯，供養於此人。禪家語也。」○詩格清峭。

紀昀：五句拙鄙。結入習逕，措語尤鄙。

迪姪屢餉新茶〔三〕

吾家今小阮，有使附書頻。喚起南柯夢，持來北焙春。顧予多下駟，況復似陳人。不是能分少，其誰遺食新？

紀昀：結句率；「食」字尤不妥。

勅厨羞煮餅，掃地供爐芬。湯鼎聊從事，茶甌遂策勳。興來吾不淺，送似汝良勤。欲作柯山點，元註：「俗所謂衢點也。」當令〔四〕阿造分。元註：「造姪妙於擊拂。」

查慎行：末句元注義未詳。〔案：此云未詳，然慎行於後曾茶山七律詩却深諳「擊拂」之義。〕

紀昀：首句拙。「羞」字作「羞以含桃」之「羞」。「遂策勳」三字腐。

述姪餉日鑄茶

寶胯自不乏，山芽安可無？子能來日鑄，吾得具風爐。夏木囀黄鳥，僧窗行白駒。談多喚坐睡，此味政時須。

方回：茶山詩，觀其格已高人一頭地。觀其用字着語句，殆鍛鍊不一時也。「日鑄」以對「風爐」，「湯鼎」以對「茶甌」，「南柯」以對「北焙」，「分少」以對「食新」，此本老杜：「賞應歌杕杜」，喜收京軍捷可用也，忽着下一句曰「歸及薦櫻桃」，本非切對而化爲佳對，後之詩人皆祖之。

馮舒：大率方君以崛强拗硬爲格高，其實獨夫臭耳。

馮班：方君專取巧對，何以服「崑體」？

紀昀：推許太過，純是標榜之習。○方云「切對而化爲佳對」，却是。

查慎行：六句拙。

紀昀：三句太率，六句太雜湊，七句拙陋。

無名氏（甲）：日鑄，山名，在紹興。

七言　八首

夜聞賈常州崔湖州茶山境會想羨歡宴因寄此詩　白樂天

遥聞境會茶山夜，珠翠歌鐘俱繞身。盤下中分兩州界，燈前合作一家春。青娥遞舞應爭妙，紫笋齊嘗各鬭新。自歎〔五〕花時北窗下，蒲萄〔六〕酒對病眠人。

方回：元注：「時馬墜損腰，正歡〔七〕蒲萄酒。」此可備故事。

紀昀：選中自注故事甚多，何獨此可備故事？

紀昀：語自細切，格則未高。

無名氏（甲）：茶山在長興縣金沙泉，即造茶之所。每歲常、湖二守皆集於境會亭。

和伯恭自造新茶

余襄公

郡庭無訟即仙家，野圃栽成紫筍茶。疎雨半晴回暖氣，輕雷初過得新芽。烘褫精謹松齋静，採擷縈迂澗路斜。江水對煎萍髣髴，越甌新試雪交加。一槍試焙春尤早，三椀搜腸句更嘉〔八〕。多藉彩牋貽雅唱，想資詩筆思無涯。

紀昀：七言長律本難，以之詠茶更難，宜其敷衍庸熟也。

李光垣：二「試」二「無」，字複。

無名氏（甲）：茶新出有「旗槍」之目，「三椀」即盧仝詩語。

依韻和杜相公謝蔡君謨寄茶

梅聖俞

天子歲嘗龍焙茶，茶官催摘雨前芽。團香已入中都府，鬭品争傳太傅家。小石冷泉留早味，紫泥新品泛春華。吴中内史才多少，從此蒓羹不足誇。

方回：因茶而薄蓴羹，是亦至論。陸機以「蓴羹」對晉武帝「羊酪」，是時未尚茶耳。然張華博物志已有「真茶令人不寐」之説。

馮班：「蓴羹」可敵「羊酪」，不足當茶也。

紀昀：三國韋曜傳先有之矣。博物志乃僞本，不足爲據。

馮班：第七句用事妙。

紀昀：起句拙鄙，七、八牽引不倫。

次韻曹輔寄壑源試焙新芽

蘇東坡

仙山靈草濕行雲，洗遍香肌粉未匀。明月來投玉川子，清風吹破武陵春。要知玉雪心腸好，不是膏油首面新。戲作小詩君勿笑，從來佳茗似佳人。

方回：此謂壑源新芽，自如玉雪，不似餅茶、團茶，外若膏油之沃也，故云「佳茗似佳人」。

馮班：結句故事可用。

紀昀：五、六鄙俗。

汲江煎茶

活火仍須活水烹，自臨釣石汲深清。大瓢貯月歸春甕，小杓分江入夜瓶。雪乳已翻煎處脚，松風忽作瀉時聲。枯腸未易禁三椀，卧數荒城長短更。

方回：楊誠齋大賞此詩，謂「自臨釣石取深清」，深也，清也，近石也；又非常石，乃釣石；不令僕取，而自取之也。一句含數意。三、四尤奇。

紀昀：楊誠齋解首二句分爲七層，太瑣碎，詩不必如此說。○此說殊妄生支節，東坡本意不如此。

馮班：氣局自闊。○次句似賈長江斑竹杖詩。

查慎行：「貯月」「分江」，小中見大；第六句對法不測。

何義門：「大瓢」句反呼「三椀」，「分江」二字方見活水，「夜」字爲結句伏脈，五、六是形容活火。三椀便不能成寐，以足深情之意。「長短」則亦有活字餘韻，枕上時聞時不聞也。

紀昀：此詩老潔。○博物志曰：「飲真茶令人少眠。」結二句即此意。

吳傅朋送惠山泉兩瓶并所書石刻　曾茶山

錫谷寒泉雙玉瓶，故人捐惠意非輕。疾風驟雨湯聲作，淡月疏星茗事成。新歲綱頭須擊拂〔九〕，舊時水遞費經營。銀鈎蠆尾增奇麗，併得晴窗兩眼明。

查慎行：曾見古煎茶石鼎龍頭柄，此坡公所云「龍頭拒火柄猶寒」也。鼎内有銅匙，長尺許，此煎茶時用以「擊拂」也。

紀昀：敷衍無味。○第四句湊。

逮子得龍團勝雪茶兩胯以歸予其直萬錢云

移人尤物衆談誇，持以趨庭意可嘉。鮭菜自無三九種，龍團空取十千茶。烹嘗便恐成災怪，把玩那能定等差。賴有前賢小團例，一囊深貯只傳家。

方回：茶山嗜茶。茶詩無一篇不清峭，有奇骨。

馮班：未見深峭。

紀昀：所選六首，無一首可觀。

紀昀：拙鄙粗疏，備諸惡道，未審何以入選？

李相公餉建溪新茗奉寄

一書説盡故人情，閩嶺春風入户庭。碾處曾看眉上白，元註：「茶家云碾茶須碾着眉上白，乃爲佳。」分時爲見眼中青。飯羹正晝成空洞，枕簟通宵失杳冥。無奈筆端塵俗在，更呼活水發銅瓶。

方回：茶以碾而白爲上品。「摘處佳人指甲黄，碾時童子眉毛緑」，未極茶之妙也。此第三句得之矣。

馮班：總之不好。

紀昀：此卷馮云總欠佳，信然。惟東坡一首差可。

紀昀：五、六拙甚。

校勘記

〔一〕泉嘉　紀昀：「嘉」當作「佳」。〔二〕餅嘉　紀昀：「嘉」當作「佳」。〔三〕迪姪屢餉新茶　陸貽典：集本作「造姪二首」。〔四〕當令　陸貽典：集本「令」作「今」。〔五〕自歉　查慎行：「歉」當「歎」。〔六〕蒲萄　馮班：「萄」一作「黄」。淇：白集「萄」作

「黄」。〔七〕正歡　李光垣：「飲」訛「歡」。〔八〕句更嘉　紀昀：「嘉」字確是「佳」字，所改斷無嘉句之説也。〔九〕擊拂　按：「擊」原作「繫」，據康熙五十二年本、紀昀刊誤本校改。

瀛奎律髓彙評卷之十九　酒類

詩與酒常並言，未有詩人而不愛酒者也。雖不能飲者，其詩中亦未嘗無酒焉。「身入醉鄉無畔岸，心與歡伯爲友朋」，山谷奇語，以非律不與兹選；亦律之變格，宜附書諸此。

紀昀：如此，則各類之中，古體、絶句宜附者多矣。

五言　十九首

獨　酌

杜工部

步屧深林晚，開樽獨酌遲。仰蜂黏落絮，行蟻上枯梨。薄劣慚真隱，幽偏得自怡。本無軒冕意，不是傲當時。

方回：此以「獨酌」爲題，其實皆幽棲自怡之事。「仰蜂」「行蟻」，蓋獨酌時所見如此。凡爲詩，只兩句摸景精工，爲一篇之眼，餘放淡浄爲佳。

紀昀：此説有見。

紀昀：「行」或作「倒」，非。或音「杭」，亦非。三、四小巧似姚武功，不爲杜之佳處。

獨酌成詩

燈花何太喜，酒緑正相親。醉裏從爲客，詩成覺有神。兵戈猶在眼，儒術豈謀身？苦被微官縛，低頭愧野人。

方回：「燈花何太喜」，問也。「酒緑正相親」，答也。「醉裏」「詩成」一聯，天出奇語。一獨酌間，其妙如此。

馮班：豈是問答？

紀昀：亦無奇處。

軍中醉飲寄沈劉叟

元注：「或作沈八、劉叟。」〔一〕

酒渴愛江清，餘甘〔二〕漱晚汀。軟莎欹坐穩，冷石醉眠醒。野膳隨行帳，華音發從伶。

數杯君不見，都已遣沉冥。

方回：黄本注杜詩無此篇。山谷嘗用「酒渴愛江清」爲韻賦詩，任淵注亦云杜詩，而白本杜詩亦有此篇。或以爲暢當詩，然頓挫翕忽，不可以律縛，恐暢當未辨此也。第二句「甘」亦作「酣」。

紀昀：此評推許太過。○究是暢當作。

馮班：第六奇。

紀昀：六句不佳。

許印芳：起句甚佳，曉嵐密圈之。○「從」，去聲。○暢當，河東人，官果州刺史。

何處難忘酒

白樂天

何處難忘酒？天涯話舊情。青雲俱不達，白髮遞相驚。二十年前別，三千里外行。此時無一盞，何以敍平生？

陸貽典：少陵詩如仙家甘露，天厨法醞。以視此等，淡而少味矣。

何處難忘酒？霜庭老病翁。暗聲啼蟋蟀，乾葉落梧桐。鬢爲愁先白，顔因醉暫紅。此時無一盞，何計奈秋風？

何處難忘酒？青門送別多。斂襟收涕淚，蹴馬聽笙歌。煙樹灞陵岸，風塵長樂坡。此時無一盞，争奈去留何？

何處難忘酒？逐臣歸故園。赦書逢驛騎，賀客出都門。半面瘴煙色，滿衫鄉淚痕。此時無一盞，何處可招魂？

方回：七首内，三首以士人及第、少年春夜、軍功建旄而飲，今删之。何則？得志之人能不汩於酒，則人品高矣。所取四首，以逆旅窮交、老境寒病、都門送别、逐臣遇赦而飲。此則不能忘情於酒者，人情之常也。「鬢爲愁先白」一聯，後山略换數字，便鍜鐵成金，此又學者所當知也。

陸貽典：以樂天爲鐵，太過。

紀昀：此種總是詭激之見。○二聯工拙相去無幾，此亦黨附之見。

紀昀：頗爲流美，然此種體裁，究非大雅所尚。

不如來飲酒

莫作商人去，悽惶君未諳。雪霜行塞北，風水宿江南。藏鏹百千萬，沉舟十二三。不如來飲酒，仰面醉酣酣。

紀昀：五、六粗鄙。

莫事長征去，辛勤難具論。何曾畫麟閣，祇是老轅門。蟣蝨衣中物，刀鎗面上痕。不如來飲酒，合眼醉昏昏。

紀昀：五、六更粗鄙。

莫上青雲去，青雲足愛憎。自賢誇智慧，相糾鬬功能。魚爛緣吞餌，蛾焦爲撲燈。不如來飲酒，任性醉騰騰。

紀昀：五、六二句俚甚。

莫入紅塵去，令人心力勞。相争兩蝸角，所得一牛毛。且滅心中火，休磨笑裏刀。不如來飲酒，穩卧醉醄醄。

方回：不如來飲酒七首，删去三首。深山也、農夫也、學仙也，不可招之使還。商人、征夫，雲路、塵勞，此當以酒招耳。人言白詩平易，「相争兩蝸角，所得一牛毛」，豈不奇崛？胸中所見高，則下筆自高，此又在乎涵養、省悟之有得，不得專求之文字間也。

陸貽典：「相争兩蝸角，所得一牛毛。」二語似「江西」，虚谷所深服也。

紀昀：「相争兩蝸角，所得一牛毛」，亦無奇倔之處。○評白詩未允，而此論却是。

查慎行：此種終嫌近俚。

紀昀：五、六二句亦俚。○此四首語多鄙俚，不可爲式。

把酒思閒事

把酒思閒事，春愁誰最深？乞錢羈客面，落第舉人心。月下低眉立，燈前抱膝吟。憑君勸一醉，勝與萬黄金。

紀昀：三、四二句太卑猥。

把酒思閒事，春嬌何處多？試鞍新白馬，弄鏡小青娥。掌上初教舞，花頭欲按歌。憑君勸一醉，勸了又如何？

方回：樂天所賦必近人情。前一詩言羈窮之人不可無酒也，後一詩言得志之人，酒後有所不能自已也。一以憐，一以戒也。

紀昀：結句太淺滑。

晚春酒醒尋夢得

料合同惆悵，花殘酒亦殘。醉心忘老易，醒眼別春難。獨出雖慵懶，相逢定喜歡。還携小蠻去，試覓老劉看。

方回：此以「小蠻」爲酒榼名，又非舞腰之小蠻也。

馮班：携妓覓友，何言「酒榼」耶？

查慎行：酒具有蠻榼。

紀昀：前四句好，後四句率易。

臘　酒

梅聖俞

韋氏月録云：「臘月造，四月成。」

汲井轆轤鳴，寒泉碧甕盛。欲爲三伏美，方俟十旬清。漫憶黄公舍，徒聞韋氏名。熟時梅杏小，獨飲效淵明。

方回：此和晏元獻臘中諸詩。臘酒四月而成，今人未有得其法。

紀昀：平沓無味。

答高判官和唐店夜飲

露宿勤王客，相從月下來。黄流何日漲？緑酒暫時開。風定燈光爛，天高斗柄迴。醉言多脱略，吾黨不須猜。

方回：五、六流麗壯健。末句之意，又高於淵明矣。

馮班：何見得？

紀昀：淵明詩「但恐多謬誤，君當恕醉人」，此翻其意，故云「更高於淵明」，非謂詩高於淵明也。馮氏詆之非。

查慎行：此首已見「宴集類」，重出。

紀昀：重出而評語不同，此處評語較切實。

村　醪

雨濕破荆籬，風摇樹亞旗。小槽聲下急，挈榼問沽遲。摘果野棠〔三〕熟，望人船火〔四〕隨。燈前相對飲，還似昔過時。

方回：五、六不甚緊要而有味。

紀昀：未見其味。
查慎行：少趣。
紀昀：語意不甚了了，恐題有脱字，再校。

答田生

陳後山

酒亦有何好？人今未肯忘。苟無愁可解，何必醉爲鄉。賸欲論奇字，終能諱秘方。直饒肌骨秀，正要畫眉長。

方回：此戒田生過飲。尾句恐其不自修飾，則天資之美，亦不可恃也。
紀昀：尾句非虚谷不明。然如此費解，便非好句。
馮舒：撤盡。
查慎行：起句用成語，恰合。
紀昀：三、四輕滑，不似後山。

醉中作

陸放翁

宦游三十載，舉步亦看人。愛酒官長駡，近花丞相嗔。湖山今入手，風月始關身。少吐胸中氣，從教白髮新。

方回：三、四天生對偶。

馮班：第四句亦要斟酌。

馮班：用杜詩，應有所刺。

查慎行：三、四俱用杜，亦緊頂舉步看人意。

紀昀：後四句太快。

七言 十六首

嘗酒聽歌招客

白樂天

一甕香醪新插篘，雙鬟小妓薄能謳。管絃漸好新教得，羅綺雖貧免外求。世上貪忙不覺苦，人間除醉却須愁。不知此事君知否？君若知時從我游。

方回：曠達之言。

馮舒：「插篘」二字犯。

紀昀：三、四皆香山滑調，不宜效之。○第五句粗。

長齋月滿携酒先與夢得對酌醉中同赴令公之宴戲贈夢得

齋宫前日滿三旬，酒榼今朝一拂塵。乘興還同訪戴客，解酲仍對姓劉人。病心湯沃寒灰活，老面花生朽木春。若怕平原怪先醉，知君未慣吐車茵。

方回：第四句善恢諧。五、六足見飲酒之喜，快於心，見於面。

查慎行：第四句生動有機趣。○「寒灰活」襯「病心」，「湯沃」翻「心如死灰」成語，非支凑也。

紀昀：第五句粗。

無名氏（甲）：中山劉白墮善造酒，飲者一醉，千日方醒。又劉伶作酒德頌，其妻勸止飲，乃祝神曰：「天生劉伶，以酒爲名。一飲一石，五斗解酲。」

橋亭卯飲

卯時偶飲齋時卧，林下高橋橋上亭。松影過窗眠始覺，竹風吹面醉初醒。就荷葉上包魚鮓，當石渠中洗酒瓶。生計悠悠身兀兀，甘從妻喚作劉伶。

方回：五、六新異。

紀昀：五、六句調太野，格亦太卑。

太守徐君猷通守孟亨之皆不飲酒詩以戲之云〔五〕

蘇東坡

孟嘉嗜酒桓温笑，徐邈狂言孟德疑。公獨未知其趣耳，臣今時復一中之。風流自有高人識，通介寧隨薄俗移。二子有靈應拊掌，吾孫還有獨醒時。

方回：全用孟、徐二人飲酒事。以其泉下有靈，却笑厥孫不飲，善滑稽者。

馮班：坡體有氣力。次聯「江西」語也。詞氣高曠，更覺可味。

查慎行：用兩人事實作兩聯，天成對仗。首尾一意反覆，章法新奇。

紀昀：戲筆不以正論，存一種耳。就此而論，却點化得玲瓏璀璨。

許印芳：三句、五句承孟嘉，四句、六句承徐邈。紀批律髓此詩密圈第二聯，批本集通首密點，今兩從之。○紀昀於本集批云：「小品自佳，凡詩語切姓，未免近俗。此詩亦從姓起義，恰有孟、徐二酒事佐之，又不以切姓爲嫌。」又曰：「查初白云：中二聯兩兩分承起句，章法獨創。」○「獨」字複，「有」字凡三見，「醒」讀平聲。

章質夫送酒六壺書至而酒不達戲作小詩問之

白衣送酒舞淵明，急掃風軒洗破觥。豈意青州六從事，化爲烏有一先生。空煩左手持新蟹，漫繞東籬嗅落英。南海使君今北海，定分百榼餉春耕。

方回：「青州」、「烏有」之聯，既切題。「左手」、「東籬」一聯，下「空煩」、「漫繞」四字，見得酒不至也。善戲如此。

馮班：次聯「江西」句法。

陸貽典：與前三、四句法同。「江西派」句法，却高曠可味。

查慎行：次聯，承蜩、弄丸，不足喻其巧妙。

何義門：五、六勝次聯。○皮日休醉中寄魯望一壺絶句云：「醉中不得親相倚，故遣青州從事來。」此正用其語，刻畫送酒六壺，與韋相泛用「青州從事來偏熟」者又別。甚矣，公詩之不易讀也！

紀昀：「舞」字不安。○亦是諧體，三、四太俳，不及五、六。

醉中

陳簡齋

醉中今古興亡事，詩裏江湖摇落時。兩手尚堪盃酒用，寸心唯是鬢毛知。稽山擁郭東西去，禹穴生雲朝暮奇。萬里南征無賦筆，茫茫遠望不勝悲。

方回：此以「醉中」爲題耳。三、四絶妙，餘意感慨深矣。

紀昀：首聯十四字一篇之意。妙於作起，若作對句，便不及。

趙熙：起妙。

對酒

陳留春色撩詩思，一日搜腸一百迴。燕子初歸風不定，桃花欲動雨頻來。人間多待須微禄，夢裏相逢記此杯。白竹扉前容醉舞，煙波一作「村」〔六〕。渺渺欠高臺。

方回：簡齋詩，響得自是别。

紀昀：簡齋風骨高秀，實勝宋代諸公。此評却非阿好。

許印芳：此評確。詩乃折腰句法，而筋骨不露，最善學杜。

紀昀：三、四有託寓。

許印芳：簡齋外有「新詩滿眼」一首，亦同此題。◎「思」，去聲。

郡中禁私釀嚴甚戲作

曾茶山

結交歡伯無他腸，小槽竊比顧建康。此身忽墮禁酒國，何路得到無功鄉。官酤快甚夏酌水，齋釀愜於冬飲湯。客來且復置是事，北焙薦椀春風香。元注：「時建上送新茗。」

方回：此「吴體」。三、四絶佳。

紀昀：三、四常語，未見絶佳。

陸貽典：五、六惡句。

紀昀：頹唐之甚，五、六尤粗。

無名氏（甲）：顧憲之爲建康令，清儉强力。時人飲酒清美，輒以比之，遂呼爲「顧建康」焉。王無功有醉鄉記。

避寇遷居郭内風雨凄然鄭顧道餉酒

煙雨昏昏一月梅，全家避寇寄城隈。欲尋碧落侍郎去，遽沐青州從事來。令我妻孥争洗盞，想公伯仲正傳杯。安能鬱鬱久居此，且傍茶山松逕回。

方回：「碧落」、「青州」之句，本於東坡。

家釀紅酒美甚戲作

麴生奇麗乃如許，酒母穠華當若何。向人自作醉時面，遣我寧不蒼顔酡。得非琥珀所成就，更有丹砂相盪磨。可憐老杜不對汝，但愛引頸舟前鵝。

方回：此詩三、四不甚入律。然終篇發明紅酒之妙，前此未有。當時時玩味之。乃老杜「吴體」、山谷詩法也。

紀昀：風骨矯矯，却無獷態。如此何嫌於茶山！

許印芳：「不」字複。○四句「遣」字未免呆笨，故易之，作「顧」字。

秋夜獨酌

黄師憲

溪山態足身無事，天地功深歲有秋。投老相從管城子，平生得意醉鄉侯。捲簾清坐月排闥，横笛人家風滿樓。可是離人更遺物，何緣身世兩無求。

方回：黄公度字師憲，興化軍莆田人。紹興八年諒闇，大魁。思陵在御，丁未至壬午三十六年，首甲科十有一人，梁克家丞相，陳誠之樞使，三尚書曰汪應辰、劉章、王佐，五從官曰李易、張九成、趙逵、張孝祥、王十朋，獨師憲以忤秦檜得正字。即被論與祠，後倅肇慶。紹興二十五年檜死，始得召爲考功員外郎而卒，年不逮五十。洪景盧序其知稼集，有句曰：「雨意欲晴山鳥樂，寒聲初到井梧知。」景盧謂大曆十才子不能窺藩。又有句曰：「還鄉且盡田家樂，舉世誰非市道交。」「醉鄉歸去疑無路，詩筆拈來似有神。」是可以言詩矣。

紀昀：「雨意欲晴山鳥樂，寒聲初到井梧知」二句果佳。○「還鄉且盡田家樂」四句，猶是習語。

紀昀：音節頗響，然乏深味。

小飲梅花下作

陸放翁

脱巾莫歎髮成絲，六十年間萬首詩。予自十七、八學詩，今六十年，得萬篇。排日醉過梅落後，通宵吟到雪殘時。偶容後死寧非幸，自乞歸耕已恨遲。青史滿前閒即讀，幾人爲我作著龜。

方回：第二句舉世無對。

紀昀：白體。○次句云云，此正放翁之病。蓋太多，則不能盡有深意，而流連光景之詞，不能一一簡擇。膚淺草率之篇亦傳，令人有披沙揀金之歎。所以品格終在第二流中。

六日雲重有雪意獨酌

遍游藪澤一漁舠，歷盡風霜只緼袍。天爲念貧偏與健，人因見懶悮稱高。地連海溢濤聲近，雲冒山椒雪意豪。偶得芳樽須痛飲，涼州那得直蒲萄。

方回：三、四善斡旋，有味。

紀昀：三、四是真正宋調，然究是詩中一種，不得以外道目之。

查慎行：尾用翻案語，雋。

紀昀：先寫情，後入題，運筆有變化，語亦圓潔，不得以平調廢之。

小圃獨酌

少年裘馬競豪華，豈料今爲老圃家。數點霏微社公雨，兩叢閒淡女郎花。詩成枕上常難記，酒滿街頭却易賒。自笑邇來能用短，只將獨醉作生涯。

查慎行：三、四淡雅。

紀昀：此嫌頹唐。

對酒

老子不堪塵世勞，且當痛飲讀離騷。此身幸已免虎口，有手但能持蟹螯。牛角掛書何足問，虎頭食肉亦非豪。天寒欲與人同醉，安得長江化濁醪。

紀昀：亦復姿逸。結即子美廣廈、樂天大裘意。○後半氣脈自闊大，惟六句複一「虎」字，是微瑕。「蟹」、「牛」、「虎」字雜用礙格，亦一瑕。

醉中自贈

富貴猶宜早退休，一生齟齬更何求。賦形未至欠壬甲，語命寧須憎斗牛。栗里收身貧亦樂，平陵埋骨死無憂。狂歌醉舞真當勉，剩折梅花插滿頭。

方回：放翁此五詩皆新異。

紀昀：有圓熟者，有老健者，皆不得謂之新異。

查慎行：「欠壬甲」，語出三國志管輅傳。「憎斗牛」，用昌黎詩。

無名氏（甲）：相術：背有三甲，腹有三壬，方得壽考。韓文公、蘇東坡生命俱值斗牛箕，雖榮顯，亦遭險坎。

校勘記

〔一〕元注或作沈八劉叟　許印芳：一本無此八字，一本作杜甫詩。當作暢當詩。〔二〕餘甘　馮班、紀昀：「甘」一作「酣」。〔三〕野棠　按：「野」原訛作「夜」，據康熙五十二年本、紀昀刊誤本校改。〔四〕船火　按：「火」原訛作「犬」，據康熙五十二年本、紀昀刊誤本校改。〔五〕戲之云　許印芳：「云」字衍。〔六〕一作村　許印芳：「村」字非是。